Hans-Armin Weirich

# Verwehende Spuren

## Erinnerungen und Reflexionen

Herstellung: Libri Books on Demand
ISBN 3-8311-0075-6

Gewidmet

den Nachgeborenen,

die es wissen wollen,

wie es gewesen ist.

# Übersicht

# Verwehende Spuren

## Inhalt

## III. Jahre in Uniform (S. 151)

**Versuch einer Begründung**

Das Aufschreiben von Erinnerungen bedarf der Rechtfertigung. Drei Hauptgründe gibt es für mich:

Schreibend formen sich nicht nur die Gedanken, sondern auch die Erinnerungen, Verschüttetes wird freigelegt, Verblasstes aufgefrischt, Erlebtes rückblickend klarer gesehen. Der Versuch, dies aufzuschreiben, öffnet Schatzkammern des Gedächtnisses. Zugleich gibt der selbstauferlegte Zwang zu formulieren die Möglichkeit, Erkenntnisse zu gewinnen und Folgerungen zu ziehen, Vergangenes zu bilanzieren. Dabei sind die guten Erinnerungen ein Paradies, aus dem wir nicht vertrieben werden können.

Was der Mensch ist und im Laufe seines Lebens wird, das ist und wird er nicht allein aus sich. Zu einem wesentlichen Teil verdankt er es anderen, die ihm die Wege bereitet, ihn ausgebildet, gefördert und hilfreich begleitet haben. So sehe ich beim Rückblick auf mein bisheriges Leben viele Menschen - noch Lebende und sehr viele schon nicht mehr Lebende - aus dem Kreis der Familie, Lehrer, Freunde und Kameraden an meinem geistigen Auge vorüberziehen, denen ich Dank für geschenkte Liebe, Fürsorge, Freundschaft und Verständnis schulde. Ich kann sie nicht alle nennen, aber ich möchte versuchen, wenigstens einigen, auch andere mitbedenkend, mit diesen Aufzeichnungen ein kleines persönliches Denkmal der

Erinnerung zu setzen.

Ein Leben im 20. Jahrhundert bedeutet, in verschiedenen Zeiten gelebt zu haben. In keinem Jahrhundert der bisherigen Geschichte hat es in der Politik, in Wissenschaft und Technik sowie in den Lebensformen so viele radikale Umbrüche und dramatische Entwicklungen gegeben. Dies darzustellen ist ein Einzelner überfordert. Ich kann und will nur den bescheidenen Versuch machen zu sagen, was und wie ich es erlebt habe, für die, die wissen wollen, wie es gewesen ist.

# I. Die Wurzeln

## Zukunft wächst aus Herkunft

Tenent arborum radices - die Wurzeln halten den Baum

Wer sich je mit Ahnenforschung befasst hat, musste die Erfahrung machen, dass die Verwüstungen des Dreißigjährigen Krieges von 1618-1648 in den meisten Fällen eine nicht zu überwindende Grenze bilden. Es ist deshalb ein Glück, wenn wenigstens einige Ahnenlinien darüber hinaus geführt werden können. So ist es auch in meinem Fall. Immerhin sind einzelne Linien bis in die 15. Vorgeneration, das heißt bis weit in das 15. Jahrhundert hinein zu verfolgen.

Eine Ahnenlinie führt jedoch durch einen besonderen Umstand bis in die graue Vorzeit. Im Jahre 1483 hat der in der Marburger Elisabethkirche in überlebensgroß nachgebildeter Figur stehende Landgraf Heinrich III. von Hessen und Graf von Katzenellenbogen eine Jugendsünde begangen und die wahrscheinlich hübsche Marburger Bürgerstochter Contzel Dietz "erkannt" (wie die Verfasser der Bibel zu sagen pflegen). Sie hat später den Familiennamen ihres Stiefvaters Grebe erhalten und ist ca. 1499/1500 verstorben (vgl. dazu Deutsches Geschlechterbuch 175). Durch diese in der Ahnenreihe stehende Contzel Dietz ergibt sich eine zwar nicht konventionelle, aber biologische Fortsetzung der Ahnenreihe, die viele interessante Namen aus dem europäischen Hochadel enthält und über Karl d. Großen bis Arnulf von Metz und Pippin den Älteren, d.h. bis in die fränkische Frühzeit führt. Mein Sohn hat in diesem Zusammenhang von einer "äußerst homöopathischen Verdünnung" gesprochen.

Die Vorfahren der Weirich-Linie kommen im Wesentlichen aus dem Hunsrück-Nahe- Raum. Gehen wir acht Generationen zurück: Johann Weirich (1615-1669/70), verheiratet mit Catharina Brühl, war Müller der Genheimer Bannmühle im Guldenbachtal zwischen Stromberg und Schweppenhausen. Um eine Vorstellung über die Zeitverhältnisse zu gewinnen, braucht man sich nur bewusst zu machen, dass dies die schreckliche Zeit des Dreißigjährigen Krieges war, der ja eigentlich eine Kette von 13 Kriegen gewesen ist, dass dabei durch Kriegshandlungen, Seuchen und Hunger von 30 Millionen Menschen in Deutschland 18 Millionen ausgerottet wurden, und dass damals auch in deutschen Landen noch der Wahn der Hexenverbrennungen wütete und noch fast eineinhalb Jahrhunderte praktiziert wurde. Nachfolger als Müller der Genheimer Bannmühle war der 1654 geborene Sohn Hans Martin Weirich mit seiner Ehefrau Angelica Clausen aus Traben an der Mosel. Sein 1682 geborener Sohn Johann Philipp Weirich heiratete 1709 Elisabeth Katharina Grohe und wurde Müllermeister auf der von den Schwiegereltern übernommenen Grohenmühle in der Steinigten Au bei Gehlweiler, nahe Gemünden. Dessen Sohn, der 1719 in Gemünden geborene Samuel Ludwig Weirich und seine Ehefrau Elisabeth Pullich, finden wir danach als Müllermeister auf der Gehlweiler Mühle, der vorher sogenannten Franz-Mühle unterhalb der Grohenmühle. 1754 bittet er die Obrigkeit ihm zu erlauben, einen Schälgang einzurichten. 1766 sind ein Mahl- und ein Schälgang vorhanden. Sein Sohn Johann Conrad Weirich ist danach mit seiner Ehefrau Anna Katharina Lauf aus Rohrbach Müllermeister auf der Wallenbrück am Simmerbach zwischen Simmern und Gemünden. Damit endet die Müllertradition unserer Familie. Die Müller-Forschung zeigt, wie beweglich gerade die Müller gewesen sind. Obwohl die Mühlen meist in Erbpacht standen, kann ein Müller nacheinander auf mehreren Mühlen gewesen sein. Oft überlässt er bei der Heirat des ältesten Sohnes diesem die Mühle und übernimmt eine andere.

Im Jahre 1980 habe ich für alle Nachkommen meines sechsfachen Urgroßvaters Johann Weirich (1615-1669/70) im Mannesstamm ein Wappen begründet, eingetragen unter der Nummer 80324 der Allgemeinen Deutschen Wappenrolle. Darin ist in Erinnerung an die Müllertradition ein Mühlrad aufgenommen. Das im Wappen enthaltene Schachbrett erinnert an die reichsunmittelbar gewesene Grafschaft Sponheim im Hunsrück, aus deren Raum die meisten Vorfahren kommen.

Buch und Feder schlagen eine Brücke zur Gegenwart (s. Wappen-Bild).

# Weirich

*aus Genheim, Gemeinde Waldalgesheim,Krs.Kreuznach*

*Ältester bekannter Vorfahr im Mannesstamm: Johann Weirich, * vor 3.3.1670, Genheimer Bannmüller,Vater des Hans Martin Weirich, *Genheim 23.4.1654 Müllers.*

*Unter einem rot-silbern in zwei Reihen geschachten Schildhaupt in Blau ein goldenes Mühlrad, überhöht von einer goldenen Waage im Gleichgewicht.*

*Auf dem Helm mit rot-silbernen Decken ein wachsender, schwarz mit silbernen Aufschlägen gekleideter blondgelockter Mann, in der rechten Hand eine goldene Schreibfeder, in der linken ein rotgebundenes goldbeschnittenes Buch haltend, der Kopf mit einem silberngestulpten schwarzen Barett bedeckt, und anstelle des Gürtels mit drei goldenen Sternchen nebeneinander bezeichnet.*

*Neu angenommen am 22.Juni 1980 von Dr. Hans-Armin Weirich, Notar in Ingelheim/Rh., * 29.01.1920, für sich und seine ehelichen Nachkommen im Mannesstamm sowie zugunsten der übrigen ehelichen Nachkommen im Mannesstamm seines oben genannten sechsfachen Urgroßvaters Johann Weirich, Gennheim Bannmüllers, * vor 3.3.1670.*

*Entwurf des Wappenstifters.*

*Eingetragen unter Nr. 80324*

Der Sohn des Müllermeisters Johann Conrad Weirich, der im Jahre 1812 auf der Wallenbrück geborene Georg Johann Weirich, mein Urgroßvater, eröffnete im Jahre 1849 in Simmern mit seiner Ehefrau Eleonore Rheinländer aus Kirn eine Drechslerei zur Herstellung von Pfeifen. Daraus wurde ein Geschäft zum Verkauf von Pfeifen und Tabaken sowie nach und nach eine Gemischtwarenhandlung entwickelt. Er und seine Nachfolger wurden deshalb in Simmern und Umgebung "de Peife-Weirich" genannt (s. Bild des Hauses Hunsgasse). Das Geschäft wurde von seinem 1842 geborenen Sohn Georg Friedrich Weirich und seiner Ehefrau Emmeline Rheinländer aus Ettenheim, meinen Großeltern, weitergeführt und erweitert. Im Jahre 1903 ist es von ihrem ältesten männlichen Kind, dem ebenfalls Georg Friedrich Weirich heißenden Bruder meines Vaters, übernommen worden, der es im Jahre 1933 wiederum an seinen ältesten Sohn Ernst, meinen lieben Vetter, übergeben hat. Ernst hat es zum führenden Feinkostgeschäft des Hunsrücks ausgebaut und bis 1962 geführt. Als er während des Zweiten Weltkrieges zeitweise zur Wehrmacht eingezogen war, hat seine tüchtige zweite Ehefrau Martha das Geschäft unter den schwierigen Bedingungen des Krieges aufrecht erhalten. Mit meinem Vetter Ernst und seiner lieben Martha verbinden mich und meine Familie eine langjährige, weit über das Verwandtschaftliche hinausgehende herzliche

## Freundschaft .

*Haus Weirich in Simmern, Ecke Koblenzerstraße 1 - Hunsgasse*

*linke Aufnahme 1910/1911, rechte Aufnahme 1956*

*Dies war das Haus der Großeltern Georg Friedrich Weirich und Emmeline Rheinländer. Unten im Eingang das Hausmädchen. 1. Etage links die Enkel Ernst und Hildegard (gest. 1914), rechts Onkel Fritz, Tante Auguste und deren Sohn Otto, 2. Etage Opa Friedrich Weirich und seine Tochter Emilie.*

*In diesem Hause sind alle Kinder, darunter auch mein Vater Otto, geboren. Oben lag die Wohnung, unten eine Gemischtwarenhandlung der Großeltern. Diese hatte sich aus der Drechslerei, in der Pfeifen hergestellt wurden, entwickelt. Der Großvater wurde deshalb allgemein in Simmern "de Pfeife-Weirich" genannt. Dieser Name hat sich noch bis zu seinem Enkel Ernst Weirich erhalten, der bis in die 60er Jahre ein aus der Gemischtwarenhandlung entwickeltes Feinkostgeschäft betrieb, das das führende Geschäft in Simmern war.*

*Die Gemischtwarenhandlung der Großeltern führte zunächst neben
den Pfeifen die Tabake. Dazu kamen nach und nach Schirme, Handta-
schen, Kämme, Petroleum und was man damals alles brauchte. Par-
terre war auch die Küche. Die Drechslerei befand sich in einem Haus
schräg gegenüber in der Hunsgasse, das auch dem Großvater gehörte.
das Geschäft wurde im Jahre 1904 auf den Sohn Fritz übertragen und
von diesem 1919 mit Sitzrecht für Emilie verkauft.*

Unter den anderen Weirich-Vorfahren finden sich hauptsäch-
lich Handwerksberufe wie Weißgerber, Rothgerber, Metzger
und Bierbrauer. Dazu wird in den Kirchenurkunden häufig
vermerkt: "Bürger", "Kirchenältester" (= Kirchenvorsteher),
"Ratsherr", "Gerichtsschöffe" usw. Diese Angaben sollten
aber keine falschen Vorstellungen über die damaligen Verhältnisse erwecken. Der Hunsrück war bis in dieses Jahrhundert hinein eine sehr arme Landschaft mit harten
Lebensbedingungen für die Menschen, die viele, vor allem im
19. Jahrhundert, veranlasst hat auszuwandern.

Die Vorfahren mütterlicherseits (Rothhaar-Linie) waren u.a.
Bierbrauer, Metzger, Seilermeister, Landwirt, Küfermeister,
Töpfer, Glaser und Küster in Sobernheim, Kirn und Bad
Kreuznach. Eine Rothhaar-Linie führt auch nach Alzey. Dort
lebte im 17. Jahrhundert die angesehene Familie Helfenstein.
Johannes Helfenstein, dessen Bürgeraufnahme 1611 erfolgte,
wird in den Alzeyer Ratsprotokollen 1613 und 1618 erwähnt.
Er war 1632 und 1637 Bürgermeister der Stadt. Es war die

schlimme Zeit spanischer und schwedischer Besatzung. Sein Sohn Johann Martin Helfenstein, Bürger, Ratsverwandter und Wirt "Zum grünen Baum" (jetzt Papierhandlung Bloß in der St. Georgenstraße 9) war 1675 Bürgermeister. Dessen Sohn Johann Heinrich Helfenstein (ca. 1656-1718) war ebenfalls Bürger und Ratsverwandter und zeitweilig Bürgermeister.

Besonders berichtenswert scheint mir auch eine zeithistorisch interessante Episode aus der Familiengeschichte Rothhaar: In den Jahren 1793 bis 1797 erlebte die Bevölkerung der Stadt Bad Kreuznach durch Besatzungstruppen der Napoleonischen Armee wieder einmal Plünderungen, Tributforderungen und Beschlagnahmungen in großem Ausmaße. Am 4. September 1796 hatte der Wirt einer Gastwirtschaft in der Mühlenstraße eine Auseinandersetzung mit französischen Chasseurs, die ihre Zeche nicht bezahlen wollten. Da er sich nicht mit den Franzosen verständigen konnte, wurde der um die Ecke am Kornmarkt wohnende und ein Seilereigeschäft betreibende Bürger und Seilermeister Christoph Rothhaar - mein Ur-Ur-Urgroßvater - gerufen, um mit Hilfe seiner französischen Sprachkenntnisse zu vermitteln. Er soll versucht haben, friedlich auf die Soldaten einzuwirken. Plötzlich aber habe einer aus der Soldateska den Säbel gezogen und ihm den Kopf gespalten. Der Sohn Michael Rothhaar (1790-1860), dessen Name auf dem Ehrenmal für die Veteranen der

Napoleonischen Armee auf dem Friedhof verzeichnet ist, hat später erzählt, er habe als Kind erlebt, wie sein erschlagener Vater auf einer Tragbahre ins Haus gebracht worden sei. Es handelt sich um das schmale Haus Nr. 89, in dem sich heute das Spielwarengeschäft Hopf befindet. Die Tatsache und der Tag der Ermordung sind dokumentarisch belegt. Die Kenntnis der näheren Umstände beruht auf einer mündlichen Tradition in der Familie. Außerdem wurde berichtet, dass viele Jahre später, als der Friedhof an der Pauluskirche umgegraben wurde, ein gespaltener Schädel gefunden worden sei. Ein alter Kreuznacher namens Kaufmann, der dabeistand, habe den Schädel in die Hand genommen und erklärt: "So wahr ich Kaufmann heiße, das ist der Schädel von dem Rothhaar."

## Die Großeltern Weirich und Rothhaar

Meine Großeltern Weirich habe ich leider nicht mehr erlebt. Meinen Großeltern Rothhaar, die ich beide noch gut gekannt habe, kann ich jedoch ein eigenes Kapitel widmen.

Von meinen Großeltern Georg Friedrich Weirich und Emeline Rheinländer kann ich nur wenig berichten. Sie hatten neun Kinder, sechs Mädchen und drei Buben. Mein Vater war das sechste Kind und der zweitälteste Sohn. Die Mutter starb bereits im Jahre 1883 im Alter von nur 36 Jahren, als er erst knapp sechs Jahre alt war, so dass auch er seine Mutter kaum gekannt hat. Der Witwer gebliebene Großvater hat danach allein seine neun Kinder und sein Geschäft mit Personal versorgt. Von Vetter Ernst, der ihn noch gekannt hat, wurde er mir mit den Worten: "Ein ernster, strenger Mann" beschrieben. Das einzige erhaltene Bild zeigt ein Gesicht, in das sich ein arbeitsreiches und sorgenvolles Leben eingegraben hat. Er ist im Jahre 1913 im Alter von 71 Jahren verstorben (s. Bild).

*Georg Friedrich Weirich, Kaufmann und Drechsler, geb. 29.11.1842 in Simmern/Hunsrück, Sohn des Georg Weirich und der Louise Eleonore geb. Rheinländer, getraut am 13.4.1867 in der ev. Kirche zu Simmern, gestorben am 13.7.1913 in Simmern/Hunsrück.*

*Von der früh verstorbenen Großmutter gibt es leider kein Bild*

*Die Großeltern Rothaar bei ihrem jährlichen Kuraufenthalt in Bergzabern*

Meine Großeltern Carl Rothhaar und Elise Becker, beide Kreuznacher Kinder, habe ich glücklicherweise noch bis zu meinem elften Lebensjahr erlebt (s. Bild). Die Großmutter war eine liebe, stille Frau, in Aussehen, Kleidung und Lebensart von einer unauffälligen Würde. Gerne sind wir zu unseren Großeltern gegangen, besonders mein älterer Bruder Carl-Heinz, wo er auch die gute Küche der Großmutter zu genießen wusste. Es tut mir heute noch leid, dass ich ein der Großmutter gegebenes Versprechen nicht gehalten habe. Bei einem Gang mit ihr durch die Stadt sah ich im Schaufenster eines Spielwarengeschäfts ein mir besonders erstrebenswert erscheinendes Modellauto, um das ich sie eindringlich bat. Da sie ihrer friedlichen Natur nach sehr gegen das Boxen war, was wir Buben doch so gerne spielerisch übten, kaufte sie mir das Auto gegen das Versprechen, nie mehr zu boxen. Ein Versprechen, das im Zustande der noch nicht gegebenen Geschäftsfähigkeit abgegeben wurde. Und ist nicht das Raufen eine Lieblingsbeschäftigung aller männlichen Jungtiere?

Großvater Carl Rothhaar war ein ruhiger und ungemein fleißiger, gewissenhafter Mann. Bis zu seinem vierzehnten Lebensjahr hat er das Gymnasium besucht, kam dann 1877 in die kaufmännische Lehre bei der Gerresheimer Glashütte AG, Düsseldorf, Werk Kreuznach, wo er schon mit einundzwanzig Jahren zum ersten Prokuristen und einige Jahre darauf zum Direktor dieses damals mit bis zu 500 Arbeitern größten Betriebes in der Naheregion berufen wurde. Für soziale Einstellung der Werksleitung sprechen die Errichtung von 6 Arbeiterwohnhäusern in der Planiger- und der Schlachthofstraße, die wegen der bestehenden Wohnungsnot und ihrer für damalige Zeit komfortablen Ausstattung nebst Garten sehr begehrt waren, sowie ein reges und unternehmensinternes Vereinsleben mit einem Männergesangverein und einem Turn- und Volksspielverein. Das fünfundzwanzigjährige Dienstjubiläum von Großvater bei der Glashütte im Jahre 1902 wurde von der Konzernleitung im Kreuznacher "Kaisersaal" mit großem Festprogramm begangen. Dass auch damals schon unruhige Zeiten waren, zeigt eine Zeitungsnotiz vom 28. Mai 1905, in der berichtet wird, dass Direktor Rothhaar auf dem Heimweg von einem ausländischen Glasmacher mit einem Messer tätlich angegriffen, der Täter jedoch von Arbeitern der Glashütte sofort festgehalten und der Polizei übergeben wurde.

Nachdem der Großvater aus Gesundheitsgründen aus den Diensten der Glashütte ausgeschieden ist, hat er in vielfacher Weise ehrenamtlich im öffentlichen Leben gewirkt. Viele Jahre war er gewählter Stadtverordneter im Rat von Bad Kreuznach, fünfundzwanzig Jahre lang ehrenamtliches Vorstandsmitglied der Sparkasse und von 1913-1920 Vorsitzender des Kreuznacher Turnvereins TVK 1869, des heutigen "Vereins für Leibesübungen", des drittgrößten Sportvereins in Rheinland-Pfalz. Im Freundeskreis der "Loge zu den drei Weltkugeln", die damals in Kreuznach einen kulturellen und gesellschaftlichen Mittelpunkt bildete, war er gewählter "Meister vom Stuhl", was man in anderen Vereinigungen "Vorsitzender" oder "Präsident" nennen würde. Zum Thema "Loge" werde ich im Zusammenhang mit eigenen Entscheidungen später noch etwas sagen.

Im Jahre 1910 übernahm der Großvater als Rendant unter dem

Vorsitz des Landrats von Nasse die wirtschaftliche Leitung der 1878 von Kreuznacher Logenbrüdern gegründeten gemeinnützigen Stiftung "Viktoriastift". Er hat sie erfolgreich vergrößert und zur Versorgung der Kinder mit Lebensmitteln einen großen landwirtschaftlichen Betrieb angegliedert. Bei seiner Verabschiedung im Jahre 1922 erklärte der Vorsitzende der Stiftung, Oberbürgermeister Kirschstein, lt. Protokoll vom 30. März, dass Herr Rothhaar "durch sein kaufmännisches Genie die Anstalten vergrößert und zur Blüte gebracht habe".

Besonders erwähnen möchte ich dazu die Errichtung des Cecilienhauses auf der Höhe über dem Salinental mit Brücke und Gradierwerken, angelehnt an die Parklandschaft der Roseninsel. Der spätere langjährige Vorsitzende der Stiftung, mein väterlicher Freund Dr. Alfred Eckel, hat mir viele Jahre später die Geschichte der Entstehung des Hauses wie folgt geschildert: In einer Sitzung im Landratsamt unter dem Vorsitz des Landrats von Nasse, es wird in den Jahren von 1910-1912 gewesen sein, trug Carl Rothhaar seinen Plan vor, ein neues großes Haus für das Viktoriastift zu bauen, in dem an Stelle der bisherigen Sommerkuren ganzjährige Kinderkuren möglich werden sollten. Als Platz schlug er das weit außerhalb liegende Gelände über der Salinenbrücke und Carlshalle vor, wo sich damals noch die Weinberge bis zur Salinenstraße herabzogen. Als die Teilnehmer nach den voraussichtlichen Kosten fragten und Herr Rothhaar 400.000,- Mark nannte, machten die Beteiligten ein bedenkliches Gesicht. Auf dem Heimweg nach der Sitzung gingen Herr Carl Simon, der Inhaber der damals bedeutenden Lederwerke Simon in Kirn, und Rothhaar zusammen. Plötzlich fragte Herr Simon: "Herr Rothhaar, welche Summe brauchen Sie für das neue Haus?" Als Rothhaar nochmals 400.000,- Mark nannte, sagte Herr Simon nach einer kleinen Pause: "Sie bekommen das Geld."

Auf der sonnigen Höhe über der Saline Carlshalle wurde ein 15.400 qm großes Gelände erworben. Mit der Planung und Bauleitung wurde der Kreuznacher Architekt Hans Best beauftragt, im Herbst 1913 mit den Ausschachtungsarbeiten begonnen und im Mai 1914 der Grundstein gelegt. Als der Architekt zum Kriegsdienst eingezogen wurde, übernahm der Großvater auch die Bauleitung. Tag und Nacht hörte man das ferne Grollen des Geschützdonners von der Westfront. Am 25. Februar 1916 erfolgte die feierliche Eröffnung und die Aufnahme von 240 Kindern. So entstand das schöne Haus, das nach der Kronprinzessin den Namen "Cecilienhaus" erhielt, in landschaftbeherrschender, weithin sichtbarer Lage. Große, ruhig wirkende Baumassen mit einem der Mittelachse vorgelagerten Portikus mit breitem Aufgang und dorischen Säulen sowie großen dunkelroten Ziegeldachflächen verbinden sich zu einer Einheit von Größe, Gliederung und Harmonie.

Cäcilienhaus, erbaut 1914/16, großer Umbau 1971/72

Das Haus ist als Kulturdenkmal anerkannt und bildet, nach wechselvoller Geschichte und mehrfacher innerer Modernisierung, noch heute das Stammhaus der Stiftung. Ein besonderer Glücksfall ist der weitblickende Erwerb des ausgedehnten Geländes, das uns 1997/98 ermöglicht hat, unter dem Namen "Park der Sinne" eine in ihrer Art einmalige Spiel- und Therapielandschaft zu gestalten.

Nach seinem Ausscheiden aus der wirtschaftlichen Leitung des Viktoriastifts blieb der Großvater Rothhaar im siebenköpfigen Vorstand. Bis kurz vor seinem Tode hat er als "beeidigter Bücherrevisor", was dem heutigen Beruf des Wirtschaftsprüfers entspricht, viele bedeutende Firmen von Kreuznach bis Kirn in Steuer- und Wirtschaftsfragen beraten, darunter auch die Seitz-Werke, die damals der bedeutendste

Betrieb in der Naheregion waren.

Ursprünglich haben die Großeltern in der Viktoriastraße 55 in der Nähe der Glashütte gewohnt. Noch heute kann man in dem schmiedeeisernen Hoftörchen die ineinander verschlungenen Initialen C R erkennen. Nach seinem Ausscheiden aus dem Dienst der Glashütte kauften sie ein damals noch rundum in freiem Gelände stehendes und noch im Rohbau befindliches Haus an der Ecke Salinenstraße-Bismarckstraße (heute Freiherr-vom-Stein-Straße 17), das sie dann bis zu ihrem Tode bewohnt haben. Ihren beiden Töchtern Elisabeth (später genannt "Li") und Hanni haben die Großeltern eine sorgfältige Erziehung angedeihen lassen. Jede wurde nach ihrer Schulzeit für ein Jahr im Wege des familiären Austauschs ins Ausland geschickt, Elisabeth nach Paris ("nach einiger Zeit habe ich bereits in französischer Sprache gedacht") und Hanni nach England. Der Großvater hat seine liebe Frau nur ein halbes Jahr überlebt - mit ihr hatte er seinen Bezugspunkt verloren. Noch fünfundzwanzig Jahre danach hat mir der frühere langjährige, 1933 von den Nationalsozialisten entlassene Bürgermeister und nach dem Kriege wieder als Oberbürgermeister von Bad Kreuznach tätige Dr. Fischer gesagt: "Ihr Großvater war ein Finanzgenie."

## Wie Vater und Mutter sich kennen gelernt haben

Im Jahre 1912 veranstaltete der Kolonialfrauenbund in Bad Kreuznach im Kaisersaal in der Mühlenstraße einen japanischen Abend als Wohltätigkeitsveranstaltung für die Kolonien. Dabei wurden Tänze aufgeführt, die von dem bekannten Tanzlehrer Bier aus Wiesbaden einstudiert waren. Mutter tanzte in japanischem Kostüm und schenkte Tee in einem japanischen Zelt aus. Vater, angehender Zahlmeister in einer badischen Garnison, war als Gast von "Onkel" Gustav Wagner mitgebracht worden, damals Inhaber der später in der Inflationszeit verkauften Lederfabrik Gustav Wagner in Bad Kreuznach. Er war mit den Großeltern Rothhaar befreundet und ist später Patenonkel von Carl-Heinz geworden. Bilder aus dieser Zeit zeigen Vater als schlank, mit wachem in die Zukunft gerichteten Blick, entweder in gut sitzender Uniform oder in Zivil mit würdigem Stehkragen und damals noch mit einem wilhelminisch nach oben geschwungenen Oberlippenbärtchen, das später - wohl auf Wunsch der Mutter - verschwunden ist. Im Kreis seiner Freunde wurde er "der schöne Otto" genannt. Jugendbilder von Mutter zeigen sie als eine aparte junge Frau, dunkelhaarig, mit einer dezenten Beimischung von Melancholie.

Vater wollte an diesem Abend immer wieder mit Mutter tanzen, die jedoch zunächst mehr ihrem bisherigen Freundeskreis zugetan blieb. Acht Tage danach schrieb Vater und einige Tage darauf noch einmal mit der Bitte, aus mehreren Aufnahmen in Zivil und Uniform die beste als Geschenk für Onkel Wagner auszusuchen. Der Brief wurde beantwortet. An Weihnachten traf man sich auf dem Logenball in Bad Kreuznach wieder. Der Briefwechsel musste zunächst heimlich mit Hilfe eines bestochenen Briefträgers bewerkstelligt werden, weil Großvater Rothhaar den Werber um seine Tochter offensichtlich noch nicht als standesgemäß ansah. Mit der Zeit akzeptierte er jedoch den angehenden Schwiegersohn und gewann ein herzliches Verhältnis zu ihm, was ihn jedoch nicht daran hinderte, dass die Hochzeit erst nach der Bestallung zum Zahlmeister am 22. November 1913 erfolgen durfte. Trauzeugen waren die eng mit der Familie Rothhaar verbundenen Gustav Wagner und Philipp Baum.

**Vaters Militärzeit**

Für einen strebsamen jungen Mann war das Militär damals eine der wenigen Möglichkeiten zu sozialem Aufstieg. Mangels eines Abiturs und gehobener sozialer Herkunft war dem Vater der Zugang zum Offizierskorps des alten Heeres verschlossen. So ist er wohl in die Zahlmeisterlaufbahn eingetreten, die eine offizier-ähnliche Karriere eröffnete. Er gehörte dem Badisch-Großherzoglichen Infanterie-Regi-

ment 169 mit dem Standort Lahr in Baden an. Wie er als Huns-
rücker Bub aus dem zu Preußen gehörenden Rheinland in ein
Badisch-Großherzogliches Regiment gekommen ist, weiß
ich nicht. Aus gelegentlichen Äußerungen ist mir nur erin-
nerlich, dass er zeitweise wohl auch in anderen Standorten,
z.B. in den elsässischen Städtchen Schlettstadt und Bitsch gedient hat. Bei seinen Regimentskameraden scheint er sehr beliebt gewesen zu sein, wie ich in den 20er Jahren bei seiner
Freundschaftspflege mit ehemaligen Kriegskameraden empfunden habe.

Das Infanterie-Regiment 169 hat meines Wissens während
des ganzen Krieges an der Westfront gestanden und hat wohl
viele der großen Schlachten, z. B. in Verdun und an der Som-
me, miterlebt und miterlitten. Einzelheiten weiß ich nicht, nur,
dass mein Vater 1918, kurz vor dem Ende, knapp der französischen Gefangenschaft entgangen ist. Noch heute durch-
läuft mich ein Schauer, wenn ich in Ostfrankreich durch die
Landschaften fahre, in denen die blutigen Materialschlachten
des Ersten Weltkrieges stattgefunden haben und mir vorstelle,
dass mein Vater dabei gewesen sein könnte. Als 1918 der Kaiser abgedankt hatte und ins Exil nach Holland gegangen war,
wurden die noch intakt gebliebenen Verbände des Heeres in
wochenlangen Märschen unter der Führung ihrer Offiziere in
guter Ordnung in die Heimat zurückgeführt. So ist Vater mit

den Resten seines Regiments wohl wieder in Lahr angekommen. Ein in den zwanziger Jahren von den ehemaligen Angehörigen des Regiments zur Erinnerung an die gefallenen Kameraden gestiftetes Denkmal, das einen drohend nach Westen blickenden Löwen darstellte, ist später einem Autobahnzubringer zum Opfer gefallen und heute nicht mehr vorhanden.

*Vater beim Militär*

## II. Jugend zwischen zwei Weltkriegen

### Ein unechter Badener

Nach der Kapitulation wurde das zahlenmäßig riesige deutsche Heer gemäß den Bestimmungen des Friedensdiktats der Alliierten auf 100.000 Mann zurückgeführt. Dabei ist Vater offenbar zunächst in die neue Reichswehr mit Standort in Lahr übernommen worden. So kam ich am 29. Januar 1920 in dem badischen Städtchen zur Welt. Es war eine Hausgeburt im ersten Stockwerk der Familienwohnung im Hause Luisenstraße 11 über dem heute noch bestehenden Café Bauer. Meine Mutter soll dabei viel Blut verloren haben.

Meine Mutter hatte sich nach der glücklichen Heimkehr des Vaters aus dem Kriege und fünf Jahre nach dem ersten Sohn Carl-Heinz wohl noch eine Tochter gewünscht. Der statt dessen gekommene Junge trug deshalb bis zum Eintritt in die Schule einen mädchenhaften Bubikopf. Meine Mutter hat mir aber das Anderssein nicht nachgetragen und sich - so hoffe ich - mit dem Gedanken an einen zweiten Sohn versöhnt.

Meine Zeit als "Badener" beschränkte sich jedoch, wie gleich zu berichten sein wird, auf wenige Wochen. Dennoch meine ich, etwas von dem lebensfrohen und weltoffenen Gemüt der Badener mitbekommen zu haben. In späteren Jahren bin ich gelegentlich wieder mit meinen Eltern in Lahr gewesen, wenn

Vater an einer Wiedersehensfeier der 169er teilnahm. Auch nach dem Zweiten Weltkrieg habe ich einige Male nachdenklich vor dem Geburtshaus gestanden und versucht, mich in dankbarer Erinnerung an meine Eltern in die damalige Zeit zurückzuversetzen.

*Geburtshaus in Lahr in einer neueren Aufnahme*

**Das Katastrophenjahr 1920**

Es gehörte viel Mut dazu, sich in dieser Zeit noch ein Kind zu wünschen. Noch waren im besiegten Deutschen Reich die Spuren der November-Revolution frisch, alle Bereiche des Lebens, Politik, Gesellschaft und Kultur weitgehend von den Folgen des bisher weltweit größten Blutvergießens und der sich daran anschließenden Veränderungen geprägt. Das von

den Siegermächten über die Deutschen verhängte Friedens-
diktat von Versailles mit seinen grossen Gebietsabtrennun-
gen im landwirtschaftlichen Osten, den überaus harten
Reparationsforderungen, den Beschränkungen der nationalen Souveränität sowie der als ungerecht empfundenen Zu-
weisung der alleinigen Schuld am Kriege vergifteten das
öffentliche Leben. Die Wirtschaft lag danieder. Die Mark besaß nur noch ein Fünftel ihres Vorkriegswertes, Nahrungsmittel wurden knapp, Kohlen zum Heizen fehlten, die
Menschen hungerten und froren. Unser Vater ist jeden Tag
mit dem Fahrrad eine halbe Stunde weit aufs Land gefahren,
um einen halben Liter Milch für die Kinder zu bekommen.

Insbesondere die katastrophale Ernährungslage führte vielfach zu Protesten und Hungerrevolten. Am Vortag meiner
Geburt war der erste Mordanschlag auf den Reichsfinanzmi-
nister Matthias Erzberger erfolgt, der rechtsradikalen Fana-
tikern verhasst war, weil er am 11. November 1918 den
Waffenstillstand unterzeichnet hatte. Die junge noch unge-
festigte Republik wurde von vielen Unruhen erschüttert. Der
Berliner "Kapp-Putsch", der zur Flucht der Reichsregierung
nach Dresden und Stuttgart führte, zeigte die bedrohliche Bereitschaft rechtsradikaler Kreise, die Republik zu beseitigen.
Während dieser Putsch durch den ausgerufenen Generalstreik
vereitelt werden konnte, kam es in Mitteldeutschland und vor

allem im Ruhrgebiet zu linksrevolutionären Aufständen, die erst durch den militärischen Einsatz der jungen Reichswehr und von Freikorps beendet werden konnten. Im Februar verkündete Hitler im Münchener Hofbräuhaus das Parteiprogramm der NSDAP.

Die gesellschaftlichen Umwälzungen brachten eine schillernde Kulturlandschaft mit avantgardistischen Ausdrucksformen hervor. In der Kunst wurde der Dadaismus mit seiner totalen Absage an die konventionelle Malerei zum spektakulären Ereignis des Jahres, und in der Welt des Theaters eroberte der Expressionismus die deutschen Bühnen. Eines dieser Theaterereignisse in Berlin war die Aufführung des Stücks "Himmel und Hölle" unter der Regie von Ludwig Berger, einem Spross aus der Mainzer Bankierfamilie Bamberger, einem Freund und Förderer von Carl Zuckmayer. Mehr als vierzig Jahre danach hatte ich mehrfach das Glück, die geistvolle und liebenswürdige Gastfreundschaft des aus der Emigration zurückgekehrten Ludwig Berger in seiner Künstlerresidenz "Haus Fallada" in Schlangenbad zu erleben, wo er uns aus seinen Werken und insbesondere seinen Shakespeare-Studien vortrug. Sein barocker Schreibtisch, ersteigert als Erinnerungsstück aus dem Nachlass, steht seit 1969 in meiner Bibliothek.

Ein spezielles Ereignis zeigt die aufgeheizten Verhältnisse

des Jahres 1920. Im März kam es in Kiel zu Kämpfen zwischen Truppen des Kapp-Putschs und gleichfalls bewaffneten Arbeitern. Der junge Rechtsprofessor Gustav Radbruch, mein späterer verehrter Lehrer, dessen letzter Schüler ich 1948 wurde, hatte sich bemüht, ein Blutvergießen zwischen den gegnerischen Gruppen zu verhindern. Unter Einsatz seines Lebens hat er dabei die gefangengenommenen Soldaten und Offiziere vor der Volkswut gerettet. Es soll ein "Todesurteil" gegen ihn bestanden haben. Am 22. März wurden die 32 Toten der Arbeiterschaft bestattet und Radbruch hat die Grabrede gehalten.

Die Autobiographien von Ludwig Berger "Wir sind aus dem Stoff, aus dem die Träume sind" und von Gustav Radbruch "Der innere Weg" gehören nicht nur aus persönlichen Gründen, sondern auch wegen ihres Gedankenreichtums und der Musikalität ihrer Sprache seit Jahrzehnten zu meinen Lieblingsbüchern.

**Von Lahr nach Bad Kreuznach**

Mein Vater hatte nicht die Absicht, beim Militär zu bleiben. Dazu traf es sich günstig, dass mein Großvater Carl Rothhaar für die wirtschaftliche Leitung des Viktoriastifts einen Nachfolger suchte. So sind wir bereits sechs Wochen nach meiner Geburt nach Bad Kreuznach gezogen, wo ich dann in meiner ganzen Jugend gelebt und mich sehr wohlgefühlt habe.

Für seine neue Aufgabe als künftiger Verwaltungsdirektor des Viktoriastifts brachte der Schwiegersohn gute Voraussetzungen mit. Als langjähriger und kriegserfahrener, für alle Versorgungsfragen seiner Truppe zuständiger Zahlmeister, hatte er das gelernt, was man heute nach amerikanischem Muster "Logistik" nennt. Hinzu kam ein großes Interesse an Fragen der Landwirtschaft. Was ihm zunächst fehlte, war die buchhalterische Beherrschung des Rechnungswesens, in das er während einer Übergangszeit von seinem Schwiegervater eingeführt wurde. 1922 ist der Großvater dann endgültig aus der Leitung des Viktoriastifts ausgeschieden und mein Vater voll verantwortlich nachgerückt.

## In der Hindenburgstraße

Der erste Familienwohnsitz war eine Mietwohnung im Hause Hindenburgstraße 3, heute Badeallee. Die Wohnung bestand aus allen fünf Räumen des ersten Stockwerks mit einem schönen Balkon zum vorgelagerten Garten, der uns in der warmen Jahreszeit fast ein Zimmer ersetzte. Dann saßen wir oft draußen, um die frische Luft zu genießen, aber auch, um schmunzelnd die Damen und Herren zu beobachten, die auf - und abflanierten, um zu sehen und gesehen zu werden. Besonders die vorbeigetragenen Hutkreationen der Damen boten ein unterhaltsames Schauspiel.

Das Haus gehörte drei unverheirateten alten Geschwistern Pfeiffer. Die beiden Schwestern sah man kaum einmal aus ihrer Hochparterre-Wohnung herauskommen. Eigentümlich berührt hat mich nur, wenn ich bemerkte, dass sie ihren Kaplan bei seinen regelmäßigen Besuchen knieend empfingen. Der dritte im Bunde war der Bruder Peter, ein bereits vor vielen Jahren pensionierter Handelsschiffskapitän, der sich seinen Freiraum durch die Pflege des hinter dem Hause liegenden Gartens verschaffte. In seinem Gartenhäuschen habe ich ihn oft besucht, seinen Erzählungen über seine Fahrten auf den Weltmeeren gelauscht und Briefmarken mit ihm getauscht. In dieser Zeit muss wohl mein Wunsch entstanden sein, später Kapitän zu werden. Zwar bin ich dann nicht Schiffskapitän geworden, sondern für einige Zeit Staffelkapitän. Aber das ist eine andere Geschichte, die ich später berichten werde. Leider besitzen wir kein Erinnerungsbild von dem schönen Haus. Es wurde beim Bombenangriff am 2. Januar 1945 völlig zerstört und nicht wieder aufgebaut. Heute steht auf dem Grundstück ein großes Parkhaus.

Die Hindenburgstraße/Badeallee läuft über die Badebrücke direkt auf den Kurgarten und das 1913 von dem bekannten Münchner Architekten Emanuel von Seidl erbaute, zeitlos schöne Kurhaus zu. Während des Ersten Weltkrieges, in der

Zeit von 1915-1917, in der sich das "Große Hauptquartier" des Deutschen Heeres in Kreuznach befand, hat dort der Kaiser gewohnt. Während des Zweiten Weltkrieges war es 1940 Stabsquartier des späteren Generalfeldmarschalls v. Witzleben, der nach dem 20. Juli 1944 wegen Beteiligung an der Offiziersverschwörung gegen Hitler erhängt wurde. Nach dem Kriege im Jahre 1958 hat dort die historische, die deutschfranzösische Freundschaft begründende und die europäische Union vorbereitende Begegnung zwischen dem französischen Staatspräsidenten de Gaulle und Bundeskanzler Konrad Adenauer stattgefunden.

An der Ecke Hindenburgstraße-Ludendorffstraße stand ein vornehmes Pensionshaus, in dem der Generalfeldmarchall v. Hindenburg von 1915 bis 1917 gewohnt hat. Auch dieses Haus, später "Hindenburg-Haus" genannt, wurde am 2. Januar 1945 zerstört. Heute befindet sich dort ein Appartementhaus, in dem wir aus Gründen der nostalgischen Erinnerung an meine Jugendjahre in der "Hindenburgstraße" zwei Appartements erworben haben.

*Die Familie vor dem Victoria-stift (1923 oder 1924)*

## Das chaotische Inflationsjahr 1923

Das Jahr 1923 war für Staat und Gesellschaft eine Zeit großer politischer und wirtschaftlicher Not. Das Ruhrgebiet wurde zur Erzwingung von Reparationen durch französische und belgische Truppen besetzt. Überall im Reich, so auch in Bad Kreuznach, herrschte von deutscher Seite der "passive Widerstand" gegen die Ruhrbesetzung. Im Rheinland wurden zahlreiche Persönlichkeiten durch die französische Besatzungsmacht ohne Anlass ausgewiesen, so auch vier Lehrer des Kreuznacher Gymnasiums. Im Rheinland und in der Pfalz tobte außerdem der Kampf gegen die Separatisten, die für eine Abtretung von Deutschland und den Anschluss an Frankreich eintraten. Dadurch waren auch die Verkehrsverhältnisse katastrophal. Das Viktoriastift musste aus Mangel an Fahrmöglichkeiten teilweise die ankommenden Kinder per Leiterwagen vom Rhein abholen.

Die Inflation raste auf ihren Höhepunkt zu. Löhne und Gehälter mussten in immer kürzeren Abständen, schließlich sogar täglich ausgezahlt werden, damit die Papiermilliarden sofort in Lebensmittel umgesetzt werden konnten, weil die Scheine bereits am nächsten Tag wertlos waren. In Berlin kletterte der Preis für ein kg Butter von 2,60 Mark vor dem Kriege auf 5.500,- im Januar, 25.000,- im Sommer und schließlich auf 5,6 Billionen im November. Der Lebensstandard breiter Bevölkerungskreise sank dramatisch, die Arbeitslosigkeit stieg von 3,5 % auf über 20 %. Ursache der Finanzkatastrophe war, dass man die mit hohen Schulden, z.B. den Kriegsanleihen, finanzierten Kriegskosten nicht, wie 1870/71, dem Gegner aufbürden konnte. Hinzu kam, dass die Sieger dem besiegten Deutschland eine Reparationslast von - damals ungeheuerlichen - 132 Milliarden Goldmark sowie die Bezahlung der Besatzungskosten auferlegt hatten. Am 20. November erreichte der Wahnsinn seinen astronomischen Höhepunkt mit einem Umrechnungskurs von einer Billion Mark für eine neue Rentenmark, die 1924 durch die Reichsmark abgelöst wurde. Viele Existenzen waren zerbrochen, angespartes Vermögen verloren. Diese Erfahrung wurde im Bewusstsein der Deutschen zu einem nationalen Trauma, das viel zu der späteren politischen Radikalisierung beigetragen hat und noch heute nachwirkt.

**Früheste Erinnerungen**

Von all dem habe ich, wohl behütet von meinen Eltern, nichts mitbekommen bzw. in Erinnerung behalten. Meine Gesundheit scheint jedoch nicht die Beste gewesen zu sein. Unser Kinderarzt, Dr. Ley, der auch für das Viktoriastift tätig war, hatte meinen Eltern geraten, mich wegen ständiger Erkältungen für einige Wochen in einen Luftkurort zu schicken. Da ich erst drei Jahre alt war, sollte mich mein fünf Jahre älterer Bruder Carl-Heinz begleiten. So kam es, dass wir beide in ein Kinderheim nach Bad Dürrheim gebracht wurden. Und hier setzt meine erste Erinnerung ein. Leider war und blieb es eine unangenehme: Im Rahmen der Aufnahme wurde ich zunächst in eine Badewanne gesteckt und meine Eltern verabschiedeten sich mit dem (natürlich nicht sofort gehaltenen) Versprechen,

wiederzukommen. Ich erlebte, was Verlassenheit und Aus-
geliefertsein bedeuten können.

Eine weitere unangenehme Erinnerung betrifft das Essen im
Kinderheim. Die Verpflegung war, entsprechend den schwierigen Zeitverhältnissen, nicht mit heutigen Maßstäben zu
messen. Zum Mittagessen gab es jedesmal Berge von Spinat,
weil das gut für die Blutbildung sein sollte, und man durfte erst
aufstehen, wenn die Portion ganz gegessen war. So saß ich,

der Kleinste, manchmal noch allein am Tisch, während die anderen Kinder schon beim Spielen waren, und würgte weinend das ungenießbare Zeug hinunter. Wenn das meine Eltern gewusst hätten! So jedenfalls ist die verdunkelte Erinnerung. Meinen Bruder, der zu einer Gruppe der Größeren gehörte, sah ich nur selten. Aber als ich beim Hinablaufen eines Abhangs auf das Knie stürzte und mich verletzte, war er dem heftig weinenden Benjamin eine tröstende Hilfe. Er half mir, mit meinem ersten Heimweh fertig zu werden.

*Die Brüder Carl-Heinz und Hans-Armin Weirich*
*(v. r. n. l.)*

*Erster Schultag*

## Erste Schulerlebnisse

Was heute "Grundschule" und "Hauptschule" heißt, war damals die "Volksschule". 1926 wurde ich in die evangelische Volksschule an der Kreuzstraße eingeschult. Es bestand ja noch, und zwar bis in die 60er Jahre unseres Jahrhunderts, die sog. Konfessionsschule, so dass die evangelischen und die katholischen Schüler in verschiedenen geistigen Welten aufwuchsen. Ein Klassenbild zeigt den Erstklässler, einen halben Kopf größer als seine Klassenkameraden, aber noch mit Bubikopf.

*In der ersten Klasse (s. oberste Reihe zweiter von links)*

Das Schulgebäude wurde später die Heimstatt für das von unserem Heimatforscher und Erdkundelehrer Karl Geib begründete und geleitete Heimatmuseum, wofür ihm verdientermaßen der Dr.h.c. verliehen wurde. In späteren Jahren war dort mein Jahrgangskamerad und Freund Jakob Kiefer Hausmeister. Ich kannte ihn schon aus der Zeit nach 1930, in der wir auf kleinen Turnfesten miteinander und gegeneinander geturnt haben. Er war schon früh ein überragendes Turntalent und ist in den Jahren 1948-1956 einerder besten Kunstturner in Deutschland (1950 und 1951 deutscher 12-Kampf-Meister) sowie Teilnehmer an den Olympischen Spielen in Helsinki und in Melbourne gewesen.

Als Lehrerin bekamen wir Fräulein Leitgen - damals hieß eine unverheiratete Lehrerin noch "Fräulein", von uns "das Frollein" genannt - eine sehr engagierte Pädagogin, die uns mit Klugheit und Strenge in sämtlichen Fächern durch alle vier Jahre der Volksschule geführt hat. Glücklicherweise erlebten wir nicht den heute üblichen häufigen Wechsel der Lehrkraft. Bei Frl. Leitgen galten Ordnung und Leistung. Zu Beginn des morgendlichen Unterrichts musste jeder saubere Fingernägel sowie ein frisches Taschentuch und Kamm vorzeigen. Und am Anfang eines jeden Halbjahres wurden wir nach unseren Leistungen des letzten Halbjahres neu gesetzt, was wir immer mit Spannung erwarteten. Die guten Schüler wurden in die hinteren und die schwachen in die vorderen Bänke gesetzt. Dabei gab es fast jedes Mal eine Konkurrenz mit meinem Freund Walter E., einem späteren HNO-Professor, den seine ehrgeizige Mutter vergeblich durch allerlei Versprechungen dazu zu bringen versuchte, den ersten Platz zu erhalten. Gewohnheitsmäßig habe ich auch in späteren Schuljahren immer versucht, einen Platz in der hintersten Bank zu bekommen.

Es ist merkwürdig, dass sich als peinlich empfundene Situationen besonders tief in die Erinnerung eingraben. Meine Eltern hatten mir aus dem Urlaub eine Ansichtskarte vom Titisee geschickt. Als Frl. Leitgen uns in der Erdkundestunde von einem See erzählte, fragte ich vorlaut: "Ist der See so groß wie der Titisee?" Darauf fragte Frl. Leitgen zurück: "Kennst du denn den Titisee?" Worauf ich mich beschämt wieder setzte.

Wir haben Frl. Leitgen viel zu verdanken, und einige von uns haben sie noch viele Jahre nach unserer Volksschulzeit bis zu ihrem Wegzug von Kreuznach jährlich an ihrem Geburtstag besucht und mit einem Blumengruß erfreut. Noch heute bewundere ich ihre Leistung, über 40 Buben und Mädchen vier Jahre lang in allen Fächern zu unterrichten und zu erziehen.

Gemischte Erinnerungen habe ich, wenn ich an die Pausen auf dem engen Schulhof denke. Da kam es gelegentlich zu bösen Schlägereien und auch zu Misshandlungen durch Stärkere gegen Schwächere, ohne dass eine Aufsicht durch Lehrer dies verhindert hätte. Es gab auch allerhand Sonderlinge, so z.B. einen Klassenkameraden aus schwierigem sozialem Milieu, der zwar der schwächste Schüler war, aber in den Pausen mehr im

Handstand als auf den Beinen herumgelaufen ist.

Im Jahre 1929 wurden wir aus dem alten Gemäuer der Kreuzstraße in das auch nicht bessere Schulgebäude in der Planiger
Straße verlegt, mit einem noch trostloseren Schulhof. Dadurch hatte ich einen erheblich weiteren Schulweg von der
Hindenburgstraße, heute Badeallee, durch die ganze Innenstadt. Glücklicherweise war damals der Verkehr noch relativ
gering.

Auch in dieser Schule herrschte das Prinzip der Koedukation.
Die in unserer heutigen Enkelgeneration selbstverständliche
Spiel- und Gesprächsgemeinschaft zwischen den Geschlech-
tern gab es aber noch nicht. Die Buben saßen - in Blickrichtung
gesehen - rechts im dunkleren Teil des Raumes und die Mädchen links an den Fenstern. An hellen Tagen schimmerte die
Sonne durch das Blondhaar eines Mädchens, dass mir recht
warm ums Herz wurde.

**Französische Besetzung und Rheinland-Befreiung**

Bis zum Jahr 1930 bestand im Rheinland und so auch in Bad
Kreuznach eine Besatzung durch französische Truppen. Es
war die am längsten besetzte Zone Deutschlands; sie sollte
fünfzehn Jahre dauern. Die Besetzung wurde als sehr bedrük-
kend und national entwürdigend empfunden. Die französischen Offiziere mit ihren in den Stiefeln steckenden

Reitpeitschen wirkten arrogant. Wenn man ihnen auf dem Gehweg begegnete, musste man auf die Straße ausweichen. Es gab auch Gerüchte über angebliche sadistische Vorgänge. Am meisten gefürchtet war, zu Recht oder zu Unrecht, der Militärgeistliche, dem ich als Kind wegen der ihm nachgesagten Deutschfeindlichkeit nicht ins Gesicht zu blicken wagte. Besonders belastend aber wurde die Belegung mit marokkanischen und senegalesischen Truppen empfunden. Der Kreuznacher Volksmund nannte sie wegen ihrer unverständlichen Aussprache die "Hawwaras" oder "Neng-neng". Nicht ohne etwas Angst bin ich täglich an den Wachen vor der Kaserne in der Salinenstraße, dem ehemaligen Viktoriastift, vorbeigegangen, tatsächlich belästigt wurde ich aber nicht.

Nach der Räumung der als Truppenunterkünfte beschlagnahmten Anwesen "Viktoriastift" und "Hotel Fürstenhof" am Kurpark waren die Anlagen baulich und hygienisch in einem so heruntergekommenen Zustand, dass sie nicht mehr verwendet werden konnten und abgerissen werden mussten. Zum ersten Mal in meinem Leben habe ich dabei mit einigem Schaudern die orientalischen Hock-Klos gesehen, die von den abgezogenen Truppen in einem ekelhaft verdreckten Zustand zurückgelassen waren.

So haben wir, auch ich als noch nicht Zehnjähriger, den Abzug der französischen Besatzung herbeigesehnt. Als am 30.

Juni 1930 auf Grund einer zwischen dem deutschen Außenminister Gustav Stresemann und dem verständigungsbereit-
ten französischen Außenminister Aristide Briand
getroffenen Vereinbarung auch das Rheinland vorzeitig vor
dem im Versailler Vertrag bestimmten Termin geräumt wurde, erlebte auch ich, an der Hand meines Vaters und unter
dem Klang aller Glocken der Stadt, das Ereignis als ein Fest
der Befreiung. Kurze Zeit darauf ist der Reichspräsident v.
Hindenburg im offenen Wagen durch Kreuznach gefahren
und wir haben begeistert Spalier gestanden und mit Papier-
fähnchen gewinkt.

**Die Schulwahl**

Ostern 1930 stand die Aufnahme in die Höhere Schule an.
Dazu war eine Aufnahmeprüfung abzulegen. Außerdem
musste man sich für eine bestimmte Schulform entscheiden.
Es gab nebeneinander das humanistische Gymnasium mit
Latein ab Sexta, Griechisch ab Quarta und als Wahlfach
Französisch ab Untersekunda. Daneben bestand die
"Deutsche Oberschule" als eine mehr neusprachlich und
naturwissenschaftlich geprägte Form mit Französisch ab Sex-
ta und Englisch ab Quarta sowie als Wahlfach Latein ab Un-
tersekunda.

Da mein fünf Jahre älterer Bruder Carl-Heinz große Probleme

in den Fächern Latein und Griechisch (bzw. mit seinem diesbezüglichen Lehrer) gehabt hatte und ich auch nicht recht einsah, warum ich Griechisch lernen sollte, entschied ich mich für die Deutsche Oberschule. Mein Vater war, nach anfänglichem Zögern, damit einverstanden, jedoch unter der Bedingung, dass ich ab Untersekunda zusätzlich den Lateinunterricht besuchen würde. Auch dies, wie einige andere Dinge, blieb ein nicht eingelöstes Versprechen. Später, während des Jurastudiums, habe ich aber ein Bewusstsein für die Prägnanz und die begriffsbildende Kraft der lateinischen Sprache bekommen und mir, auch im Hinblick auf eine geplante Promotion, nach einer Einführung durch meinen ehemaligen Oberstudienrat Dr. Bastian, im Selbststudium gerade so viel Grundkenntnisse erworben, dass ich - zuletzt mit einem einwöchigen Intensivstudium in Klausur - das "Latinum" ablegen konnte. Dies war natürlich eine etwas hastige und deshalb nicht allzu weittragende Aneignung des Wissensstoffs. Das Selbststudium war möglich, weil das Erlernen der lateinischen Sprache ja, im Unterschied zu Französisch und Englisch, keine phonetischen Schwierigkeiten bereitet.

**Bündische Jugend in unruhiger Zeit**

Zwischen der Jahrhundertwende und dem Ersten Weltkrieg war in Deutschland eine pädagogische, geistige und kulturelle Erneuerungsbewegung mit dem Ziel entstanden, in freien

Jugendgruppen aus eigener Kraft eine wahrhaftige und natürliche Lebensgestaltung zu finden. Gemeinsam bei allen
Unterschieden im Einzelnen war diesen Gruppen das Streben,
durch Heimabende, Wanderfahrten und Lagerleben, die Pflege des Volkslieds, die Bevorzugung natürlicher jugendlicher
Kleidung sowie das Erlebnis der Einfachheit und Naturver-
bundenheit auf Freundschaft gegründete Gemeinschaften zu
bilden. Typisch für die romantische Grundstimmung war das
vielgesungene Lied: "Aus grauer Städte Mauern ziehn wir
durch Wald und Feld...". Ende der 20er Jahre gab es auch in
Kreuznach vielfältige Aktivitäten bündischer und anderer Jugendgruppen. Kaum war ich in die Sexta eingetreten, wurde
ich von einem älteren Mitschüler angesprochen, der für die
"Freischar Junger Nation" warb. Ich wurde "gekeilt", wie
man die Werbung eines Neuen in der Sprache der Jugendbewegung nannte. Nach einem Schnupperbesuch entschloss ich
mich mitzumachen. Ich habe zu Hause nicht gefragt, ob ich
eintreten dürfe. Das war wieder ein kleiner Schritt der Abna-
belung vom Elternhaus.

Die Ideale der "Freischar" waren die der bündischen Jugendbewegung, eines freien, selbständigen Jugendlebens, verbunden mit der Pflege des nationalen Erbes, aber ohne politische
Bindungen. Als Kluft trugen wir eine kurze, graue Hose, dazu
ein grünes Hemd mit einem Halstuch, dessen Farbe je nach

dem erreichten Rang wechselte. Die Führer waren selbst noch Jugendliche; die Hilfe Erwachsener galt grundsätzlich als verpönt! Als Behausung diente uns ein zum "Heim" umgewandeltes ehemaliges Gewächshaus der Gärtnerei Maurer in der oberen Mannheimer Straße. Führer unserer Gruppe war ein sechszehnjähriger Sohn der Familie Maurer. In den "Heimabenden" haben wir Lieder aus dem bündischen Liedgut zur Klampfe gesungen, gemeinsam Spiele und Lesungen veranstaltet, Fahrten geplant und draußen manches Pfadfinderische gelernt. Im Anschluss an die Heimabende gab es meist einen abendlichen Ausmarsch, wobei uns wegen der unruhigen Zeiten als "Schutz" vor handgreiflichen Belästigungen durch radikale Elemente ein älterer Jugendlicher begleitete.

Ein besonderes Erlebnis für mich war im Winter 1930/31 eine Fahrt mit Übernachtung auf dem verschneiten Lemberg bei Niederhausen über der Nahe. Hier wurde Härte auch von den Zehnjährigen erwartet, wobei mir imponierte, wie die Größeren ihre Morgenwäsche mit freiem Oberkörper in der winterlichen Kälte absolvierten. Im Sommer zog die Gruppe mit Fahrrädern auf "Fahrt". Wir bauten Zeltlager mit unseren Zwei-Mann-Zelten, kochten uns selbst, sangen am abendlichen Lagerfeuer. Es war eine herrliche Zeit, die Spuren geprägt hat.

## Zwischenspiel im "Scharnhorst-Bund"

Ich weiß heute nicht mehr, wie und warum ich die "Freischar" verlassen habe und um die Wende 1932/33 Mitglied des "Scharnhorst-Bundes" geworden bin. Dieser Jugendbund war ein Ableger des damals auch in Kreuznach sehr stark gewordenen "Stahlhelm, Bund der Frontsoldaten". Den Namen "Scharnhorst" hatte man gewählt in Erinnerung an den preußischen Heeresreformer, der in Gemeinschaft mit Gneisenau und im Zusammenhang mit den politischen Modernisierungsreformen des Freiherrn vom Stein das preußische Heer reformiert sowie den Freiheitskrieg gegen Napoleon vorbereitet und mitgeführt hat. Er galt als Symbol der Verschmelzung soldatischer Tugenden mit freiheitlichem Geist. Unser Kreuznacher Führer war der noch nicht zwanzigjährige Heinz Buddenberg aus einem Kreuznacher Verlagshaus, das die bürgerlich-konservativ geprägte Tageszeitung "Generalanzeiger" herausgab. Heinz Buddenberg habe ich in bester Erinnerung als ein von uns hochgeschätztes Vorbild an Idealismus, Liebenswürdigkeit und Kultiviertheit. Er ist nach 1945 an einem im Kriege erlittenen schweren Leiden gestorben.

## Isolde

Von seiner Militärzeit her war Vater ein passionierter Reiter.

Er schaffte sich deshalb in den 20er Jahren ein Pferd an, das in den Stallungen des Viktoriastifts in der Gartenbrunnenstraße untergebracht wurde. Isolde war ein ehemaliges Truppenpferd, zwar altersbedingt ziemlich langsam, aber dafür sehr zuverlässig. So brav, wie sie als Reitpferd war, so störrisch stellte sie sich an, wenn sie vor einen Wagen gespannt werden sollte. Da hat sie wütend und ausdauernd ausgeschlagen. Oft ist Vater, der ein Frühaufsteher war, bereits im ersten Morgenlicht vor seiner Arbeitsbesprechung mit dem Landwirtschaftsverwalter Strack mit Isolde ausgeritten.

Ab meinem neunten Lebensjahr durfte auch ich die Isolde reiten. Mein Lehrer war Herr Karl Hofmann aus Bretzenheim, ein erfahrener Meldereiter aus dem Ersten Weltkrieg, unter dessen Anleitung ich bald auch bei kleineren Reitturnieren im Dressurreiten und Springen und an einer Fuchsjagd auf dem Spreitel teilnehmen durfte. Besonders liebte ich es, mit Isolde in das unsere Stadt umgebende Gelände auszureiten, wobei mir die enorme Trittsicherheit des Pferdes zugute kam, und mit ihr unter der Wilhelmsbrücke in der damals noch tiefer wasserführenden Nahe zu schwimmen. Herr Hofmann hat Isolde auf den Turnieren in den höheren Klassen M und S geritten und dabei schöne Erfolge erzielt, an die einige gewonnene Vasen noch heute erinnern. Als ich ihn einmal mit kindlicher Naivität fragte, was er von Beruf sei, antwortete er

mit sichtlichem Stolz: " Ich bin der Leibdiener vom Graf Plet-
tenberg."

Leider hat mein Vater die Isolde verkauft als er, älter werdend,
mit dem Reiten aufhörte und ich durch Schule, Sport und Jungvolk so in Anspruch genommen war, dass die Betreuung des
Pferdes zu kurz kam. Die reiterliche Erfahrung war jedoch im
Jahre 1935 wahrscheinlich der Grund, dass ich ausgewählt
wurde, als ritterlich kostümierter "Maikönig" im Festzug zu
reiten. Das damals eingeführte Mai-Fest war der Versuch, aus
dem traditionellen sozialistischen Kampftag "1. Mai" einen
nationalen Feiertag der Arbeit mit dem Charakter eines Volks-
festes des Frühlings zu machen (s. Bilder nächste Seite rechts
oben und unten).

*Isolde*

*Maikönig 1935*

*Gruppe im Maifestzug*

*In einem Winzerfestzug*

# Gymnasiale Miniaturen

Jede autobiographische Darstellung ist ein Produkt aus dem Fundus der Erinnerung sowie der Kunst und Gnade des Vergessens. Schwer ist es, das Subjektive vom Objektiven zu trennen. Das gilt besonders für einen Bericht über die Erlebnisse der Schulzeit. Trotzdem soll versucht werden, der damaligen Wirklichkeit nahezukommen.

Unser Gymnasium befand sich an der alten Stadtmauer, in einem 1492 begründeten und 1802 im Rahmen der Säkularisation aufgelösten und verkauften ehemaligen Franziskanerkloster mit ehrwürdigen dicken Mauern. Vorgängerin war eine Lateinschule der Karmeliter gewesen, in der auf Empfehlung des Ritters Franz von Sickingen der sagenumwobene Magister, Zauberer und Schwarzkünstler Faust ab dem Jahre 1507 gelehrt haben soll. Die Klassenräume unserer Schule lagen an einem umlaufenden Gewölbekreuzgang des ehemaligen Klosters. Das Lehrerzimmer hatte einmal als Refektorium der Mönche gedient. In Mauernischen des Kreuzgangs standen auf hölzernen Podesten überdimensionierte Gipsköpfe antiker Größen, um der hehren Bildungsanstalt die angemessene Würde zu verleihen.

Gegenüber dem Hauptgebäude befand sich das Aula-Gebäude mit einem hochragenden Giebel und feierlichen pseudogotischen Fenstern. Im unteren Teil lagen drei ofengeheizte

Klassenräume, einer davon für die Musikerziehung, die leider nur aus Singübungen bestand. Eine Einführung in die Musiktheorie und Instrumentenkunde fand leider nicht statt. Was kann, was könnte es dem Schüler fürs Leben mitgeben, wenn es gelänge, ihm zu zeigen, wie sich die gewaltigen Klangorganismen eines Musikwerks im aufmerksamen Hörer zu gliedern beginnen, Variationen, Themenverschiebungen und die Aussageweisen der Tempi erkennbar werden. In einer Nische des breiten Treppenaufgangs zur Aula grüßte ein gipsernes Standbild des großen Rhetors Demosthenes.

Ein Schandfleck für die Schule (die Schüler?) war die vom Hauptgebäude abgesetzte Schülertoilette, die schon von weitem durch ihren Gestank abschreckte. Die Kabinen waren in einem so ekelerregenden Zustand, dass sie fast nie benutzt wurden. Abhilfe gab es erst, nachdem einige wütende Schüler kurz entschlossen die Inneneinrichtung zerschlagen haben, mit einem anschließenden Schülermarsch zur öffentlichen Toilette auf dem Kornmarkt, wobei einige namhafte Jungvolkführer eine Rolle gespielt haben sollen.

Im Jahre 1937 erhielt die Schule den Namen "Hindenburgschule" und heute trägt sie den schönen unpolitischen Namen "Gymnasium an der Stadtmauer".

In unserer Schulzeit war es noch selbstverständlich, dass Schulgeld gezahlt werden musste. Es betrug 20 Reichsmark halbjährlich und wurde vom Hausmeister Esteritt, einem meist unter Alkohol stehenden Faktotum mit den Worten eingesammelt: "Die Schöler, die wo noch nicht bezahlt haben." Jedoch wurden großzügig Geschwisterermäßigungen und Befreiungen aus sozialen Gründen gewährt. Einige Zeit nach der nationalsozialistischen "Machtergreifung" wurde die Schulgeldpflicht jedoch abgeschafft, da sie mit den Zielen der "Volksgemeinschaft" als nicht vereinbar angesehen wurde.

## Allerlei Lehrergestalten

Die politische Einstellung der Lehrer unserer Schule war Anfang der 30er Jahre sehr unterschiedlich, wie es dem politischen Meinungsbild der damaligen Zeit entsprach. Die meisten hatten ihre Ausbildung vor dem Ersten Weltkrieg erhalten, waren Teilnehmer am Krieg gewesen, einige schwer verwundet. Die nationale Grundeinstellung überwog. Andere waren mehr liberal geprägt, einer weit links orientiert. Breit gestreut waren auch das berufliche Engagement und die pädagogische Qualifikation für den Lehrerberuf, von souveräner Geistigkeit über erzieherische Hilflosigkeit und Amtsbequemlichkeit bis zu stumpfer Indolenz. Viele waren in unseren kritischen Augen komische Typen und trugen mehr oder weniger lieblos-treffende Unnamen wie "Rollje", "Wipp", "Hoorisch", "Spinn" usw. Einer von ihnen, "es

Kohn'sche", der die Fakultas für fünf Fächer besaß und zu Hause von zwei ledigen Schwestern "betreut" wurde, war so gehemmt, dass er auf der Straße gehend bei jedem Schritt mit dem Ärmel an der Wand entlangstrich. Ein anderer hieß "Kaffer", weil er bei seinen nicht seltenen Wutanfällen einen Schüler mit diesem Kosewort zu bezeichnen pflegte und gelegentlich auch mit seinem Schlüsselbund bewarf. Sein gefürchtetes Notizbuch, das er selbst als "Gesangbuch" bezeichnete, sollte die "Kaffer" und "Hämmel" zum " Singen" bringen. Ein anderer wurde das "Männje" genannt, weil er die Verabreichung einer Backpfeife mit der Bemerkung einzuleiten pflegte: "Männje, bring emol dei Backe her". Abgesehen von dieser etwas altmodischen Erziehungsmethode war er ein hochverdienter Heimatforscher, als Lehrer ein begnadeter Erzähler, der phantasiereich über das Leben unserer heimatlichen Vorfahren zu berichten und Jagdgeschichten von Hermann Löns spannend wiederzugeben verstand, z.B. die Geschichte von dem Jäger und dem Eichelhäher: Viele Stunden hatte der Jäger auf seinem Ansitz auf den Bock gewartet. Als dieser endlich im ersten Büchsenlicht erscheint und der Jäger anlegt, schlägt der Eichelhäher an und der Bock springt ab.

Unser Zeichenlehrer war ein schmächtiges Männchen mit fahrigen Gesten, stets auf der Flucht vor den Unverschämtheiten seiner Peiniger, denen er nichts entgegenzusetzen hatte als ein verzweifeltes "aber liebe Leute, so geht das doch nicht!" Gerne und auch zu unserer großen Freude verlegte er die Zeichenstunden an das Ufer der Nahe und des Mühlenteichs. Von der Kirchsteinanlage aus sollte das an der gegenüberliegenden Ellerbachmündung gelegene "Klein-Venedig" gezeichnet werden. Da ich weder Lust zum Zeichnen hatte noch Talent dafür besitze, habe ich mich die Jahre über durchgewurstelt, ohne je ein "Werk" abgeliefert zu haben.

Ein durchaus liebenswertes Original war Dr. Sch. Da er in jedem Semester für die Stundeneinteilung der Lehrer zuständig war, wurde vermutet, dass er dabei besonders gut abschnitte. Montags im Unterricht musste man berichten, was der Pfarrer am Sonntag in der Kirche gepredigt hatte, womit man gute Sympathiepunkte sammeln konnte. Seine Freude an gutem und reichlichem Essen zeigt folgende Episode: Bei der Feier zur Konfirmation meines Bruders saß neben ihm die lebens- und sangesfrohe Ella Millemann. Als sie bemerkte, dass er ein Stück Sahnetorte in seiner Rocktasche verschwinden ließ, rückte sie zu traulichem Gespräch so dicht an ihn heran, dass das Kunstgebilde total zerdrückt werden musste. Bei den Schulschwierigkeiten meines Bruders wegen eines rabiaten Kollegen hat er meine Eltern freundschaftlich beraten und die Umschulung auf das "Pädagogium" in Bad Godesberg eingeleitet.

Wegen der Lieblosigkeit und vielleicht auch Ungerechtigkeit der Unnamen möchte ich es mir versagen, sie hier mit den wirklichen Namen in Verbindung zu bringen. Schüler sind ja in der Beurteilung ihrer Lehrer häufig unfair, ja sogar grausam. Mitleid oder auch nur Nachsicht mit schwachen Lehrern hatten wir nicht, denn wir vertraten einfach den radikalen Standpunkt, dass Lehrer, die sich nicht durchsetzen können, in diesem Beruf nichts zu suchen hätten.

Nicht schildern will ich auch, was wir an Schabernack gegen die Schule und gegen einzelne Lehrer angestellt haben, was uns den Namen "Rüpelklasse" eingetragen hat. Andererseits haben einzelne Lehrer, die mit uns gut "konnten", auch erklärt, dass es sich bei uns um eine Klasse mit interessanten Schülern handele.

An eigentlichen Rüpeleien habe ich mich nicht beteiligt, jedoch gelegentlich selbstbewusst meinen Standpunkt vertreten. Nur einmal, in Obertertia, ist es dabei zu einem Eklat gekommen. Nach einer Auseinandersetzung im Religionsunterricht stellte mich der Lehrer Dr. A. auf dem Schulhof wegen meines Verhaltens zur Rede. Auf meine sicherlich sehr ungehörige Bemerkung: "Wenn Sie uns so einen Unsinn erzählen, dürfen Sie sich nicht wundern", holte er aus, um mir eine "runterzuhauen", worauf ich, einen halben Schritt zurückweichend, sagte: " Wenn Sie schlagen, schlage ich sofort zurück." Herr Dr. A. wurde kreidebleich und wandte sich wortlos ab. In der über den Vorfall geführten Diskussion in der Klassenkonferenz soll mein sehr geschätzter Klassenlehrer Dr. Sauer gesagt haben, er könne den Vorfall nicht verstehen, er käme mit dem Jungen sehr gut zurecht.

Unser Turnunterricht bei dem rundlichen Dr. O. fand in der Regel in Form eines Völkerballspiels auf dem Hof hinter der St. Wolfgangskirche statt. Die Tätigkeit des Lehrers beschränkte sich darauf, Heinz Hempel und mich als gegnerische Spielführer zu ernennen, die dann durch Zuwahl ihre Mannschaften zusammenstellten. Das änderte sich allerdings, als wir den schwergewichtigen Eugen Kramp bekamen, der zwar selbst nicht turnte, aber das Turnen und auch die Leichtathletik in der Schule und auch im Turnverein sehr förderte.

Im Jahre 1935 wurde der Turn- und Sportlehrer Hermann Niebuhr von der Deutschen Schule in Ankara an unsere Schule versetzt. Von dort brachte er das zwar international schon sehr verbreitete, aber in Deutschland noch unbekannte Basketball-Spiel mit, das er mit uns in der Schule und im Turnverein betrieb. Durch diesen Zufall waren wir die ersten Basketballspieler in Deutschland. 1936 hat er das olympische Basketballturnier in Berlin organisiert, von wo es seinen Siegeszug in ganz Deutschland angetreten hat.

Unser Direktor Dr. Post war eine respektgebietende Erscheinung von hünenhafter Gestalt, mit einer durch Verwundung verkrüppelten rechten Hand, die er beim Sprechen achtunggebietend anhob. Unter dem Bürstenhaarschnitt stand ein freundliches, rundes Gesicht. Durch Amt und Bildung stand er hoch über den Niederungen des Schulalltags und den ihm unverständlichen Rüpeleien der Schüler. Wenn er im Geometrieunterricht mit der ihm eigenen klassischen Prägnanz einen Lehrsatz entwickelt hatte, pflegte er mit den Worten zu schließen: "Quod erat demonstrandum" = was zu beweisen war (Schlussformel der Beweisführung des griechischen Mathematikers Euklid um 300 v.Chr). Dann erwartete er von einem Schüler die sofortige möglichst wörtliche Wiederholung der Beweisführung. Da sich niemand dazu freiwillig meldete, fiel die Wahl meist auf mich. Im Gegensatz dazu waren aber meine späteren Leistungen in der Mathematik recht bescheiden (was natürlich an den Lehrern gelegen hat).

**Philosophische Fingerübungen**

In der gleichen souveränen Geistigkeit versuchte Dr. Post einem kleinen Kreis interessierter Schüler privatissime in seiner Wohnung die Gedanken von Immanuel Kant über die Möglichkeiten und Grenzen des menschlichen Erkenntnisvermögens ("Kritik der reinen Vernunft" 1781) und die aus der Autonomie des Menschen folgende Pflicht zu einer ethisch bestimmten Lebensführung ("Kritik der praktischen Vernunft" 1788) nahe zu bringen. Der Zugang zu den das bisherige wissenschaftliche Denken umstürzenden Erkenntnissen von Kant geht über den Begriff des "Ding an sich." Wir erfahren die Welt bzw. ihre Gegenstände durch unsere Sinne, indem wir sehen, hören, fühlen, riechen oder schmecken. Diese Erfahrungen sind jedoch subjektiv. Dies gilt auch für unsere Begriffe von Raum und Zeit und die Gesetze der Logik. Sie sind in uns angelegte, vorgegebene Formen der Anschauung ("a priori"). Nur mit ihnen und durch sie können wir Erfahrungen machen. Aber diese Welt der Erscheinungen besagt nichts über die objektive Welt des Seins, über das "Ding an sich." Sie bleibt unserer Erkenntnis verschlossen. Man hat Kants Lehren als die Kopernikanische Wende des Denkens bezeichnet. Albert Einstein hat dazu erklärt, Kant sei der einzige Philosoph, der einem Naturwissenschaftler etwas zu sagen habe.

Die Lehre vom "Ding an sich" führt jedoch zu folgendem Problem: Wenn man die "Dinge an sich" nicht erkennen kann, dann kann man auch nichts darüber aussagen, ob es sie überhaupt gibt. Andererseits lehrt Kant in der "Kritik der reinen Vernunft", dass die Gegenstände die sinnliche Anschauung des Menschen hervorbringen (sog. "Affektionstheorie"). Insoweit ist also doch eine kausale Verbindung gegeben. Hier könnte ein nicht aufgelöster Widerspruch vorliegen.

Groß war und ist die Bedeutung der Erkenntnistheorie Kants auch für die Ideengeschichte (der moderne Relativismus beruht auf ihr) und für die Theologie, d.h., für das Verhältnis von Wissen und Glauben. Die Ideen von Gott, Seele, Unsterblichkeit usw. sind keine Erkenntnisse, sondern nicht beweisbare und nicht widerlegbare Glaubensinhalte. Die Lektionen von Dr. Post haben mir viel für die weiteren Denkwege mitgegeben.

**Inhaltliches**

Der Unterricht wurde damals noch allgemein in der Form des "Frontalunterrichts" erteilt. Der Lehrer stand oder saß vor der in parallelen Bankreihen sitzenden Klasse. Die heute vorherrschende Form des Arbeitsunterrichts, der die Schüler zu größerer Eigenständigkeit im Denken führen soll, war noch weitgehend unbekannt. Inhaltlich war der Unterricht von sehr unterschiedlicher Qualität. In den Naturwissenschaften Chemie, Physik und Biologie haben unsere Lehrer, deren Versuche meist nicht geglückt sind, es nicht verstanden, uns ein Gefühl für die Faszination des Naturgeschehens zu vermitteln. Diese Erklärung hat jedenfalls den Vorzug der Schlichtheit. Dr. M. pflegte seine Versuche mit der Bemerkung anzukündigen: "Wenn der Versuch gelingt, was ich nicht weiß." Persönlich war er ein liebenswerter Mann, als Flieger im Weltkrieg durch Abschuss oder Absturz schwer verwundet und im Übrigen ein engagierter Förderer der Flieger-HJ. Für die Chemie, die ich als formelhaft empfand, kann ich noch heute kein besonderes Interesse aufbringen. Mit der Physik bin ich dagegen später wieder in Berührung gekommen, als ich bei der Flakartillerie versuchte, in die Geheimnisse der Messtechnik und der Ballistik einzudringen.

Wenig befriedigend war auch der Unterricht in Französisch und Englisch. Neben der Erlernung der Grammatik lag der Schwerpunkt auf der Übersetzung spezieller, z. B. geographischer oder historischer Texte. Dabei kam die Umgangssprache zu kurz; eine Konversation fand praktisch nicht statt, was noch heute meine Sprachfähigkeiten beschränkt.

## Die politische Gleichschaltung der Schule

Die Machtergreifung Hitlers im Jahre 1933 mit ihrer totalen Umgestaltung von Staat und Gesellschaft brachte auch in der Schule tiefgreifende Veränderungen. Wie in der übrigen Bevölkerung schlossen sich viele Lehrer, sei es aus Überzeugung, sei es aus mehr äußerlicher Anpassung, den neuen Ideen an oder verhielten sich vorsichtig abwartend. Die als-

bald der "Partei" beitraten, wurden im Volksmund "März-
veilchen" genannt. Politisch nicht genehme Lehrer wurden
aufgrund des "Gesetzes über die Wiederherstellung des Be-
rufsbeamtentums", wie das Gesetz die wahre Absicht heuch-
lerisch verschleiernd genannt wurde, zwangspensioniert.
Unser einziger, wohlgelittener jüdischer Mitschüler Hans
Kahn schied nach massiven Belästigungen aus der Schule
aus. Niemand, weder die Schule, noch jemand aus der Schülerschaft, ist dieser Ausgrenzung entgegengetreten. Ich nehme an, dass die Familie Kahn glücklicherweise rechtzeitig
ausgewandert ist. Jedenfalls hat einer unserer Klassenkameraden mit ihm nach dem Kriege in New York eine freundschaftliche Begegnung gehabt.

Die Lerninhalte haben sich zunächst kaum verändert. Aber
schon bald änderten sich das äußere Bild und die Formen des
Umgangs. Bisher war es üblich, dass die Schüler mit Stolz far-
bige Klassenmützen trugen, so dass man an der Farbe erkennen konnte, welcher Klasse der Träger angehörte. Die
Sextaner trugen dunkelgrün, die Quintaner hellblau, die Quar-
taner dunkelrot, die Untertertianer hellgrün, die Obertertianer
hellrot, die Untersekundaner dunkelblau, die Obersekundaner hellgelb und die Unter- und Oberprimaner weiß. Dies
passte jedoch nicht mehr in unsere ideale Vorstellung von einer klassenlosen Volksgemeinschaft. Wir wollten uns nicht

von unseren Jungvolk- und HJ-Kameraden, die andere Schulen besuchten oder in praktischen Berufen standen, unterscheiden. Die Abschaffung vollzog sich ohne größere Widerstände, ohne eine administrative Regelung. Die bunten Klassenmützen sind seitdem bis heute verschwunden.

Mehr und mehr bestimmten auch andere politische Umstände das äußere Leben in der Schule. Bereits am 10. Mai 1933 fand die vom Reichspropagandaminister Dr. Joseph Göbbels, einem ehemaligen Jesuitenzögling und Schüler des jüdischen Literaturhistorikers Prof. Friedrich Gundolf, reichseinheitlich inszenierte "Bücherverbrennung" auch in unserer Schule statt. Zu der Veranstaltung musste die gesamte Schülerschaft auf dem vorderen Schulhof antreten. Der Unterprimaner Eilhard Röhling, Klassenprimus und "Bannführer" der HJ, hielt auf erhöhter Plattform über dem Eingang zum Kohlenkeller stehend, eine flammende Rede. Die Namen der zukünftig zu ächtenden Schriftsteller wurden aufgerufen und ihre Bücher in das lodernde Feuer geworfen. Betroffen waren jüdische und nichtjüdische Schriftsteller. Dazu gehörten, wie wir heute wissen: Karl Marx, Sigmund Freud, Kurt Tucholsky, Erich Kästner, auch Heinrich und Thomas Mann. Ihre Schriften wurden noch am selben Tage auf den Index der im "Dritten Reich" verbotenen Bücher gesetzt.

Eilhard Röhling beendete seine Rede mit den Worten, die mir

noch heute im Ohr klingen: "Ich erteile dem Herrn Direktor das Wort." Auch das versteinerte Gesicht des dabeistehenden Direktors habe ich nicht vergessen. Dieser Vorgang war typisch. Auf Grund seiner besonderen Stellung als hoher HJ-Führer und seiner Qualifikation als Schüler konnte Röhling in der Schule aus- und eingehen, ohne dass ihm Vorschriften gemacht wurden.

Ab 1936 mussten die Lehrer jede Unterrichtsstunde mit dem vom faschistischen Italien Mussolinis abgeschauten sog. "Deutschen Gruß", d.h. mit erhobenem rechtem Arm und dem Zuruf "Heil Hitler" beginnen, was je nach politischer Einstellung pflichtbewusst oder als lästige oder als lässig auszuführende Pflicht praktiziert wurde. Die Klasse hatte entsprechend im Chor zu antworten, was etwa so klang wie ein etwas gequältes "Hailliter." Ein skeptischer Lehrer konnte darauf fragen: "Wo waren wir stehengeblieben?" Ständig wurde der Schulalltag durch Erlasse des Reichskultusministers Rust reformiert und verunsichert, was zu der ironischen Definitionsfrage führte: "Was ist die kürzeste Zeiteinheit?" Antwort: "Ein Rust. Das ist die Zeitspanne zwischen zwei Erlassen des Kultusministers." Dabei war eine Rivalität zwischen Rust und dem "Reichsjugendführer" Baldur von Schirach nicht zu übersehen. Wie man heute weiß, war es ja eines der Führungsprinzipien von Hitler, Rivalitäten der verschiedenen Führungsorgane untereinander zuzulassen und sie dadurch als Machtfaktor zu neutralisieren. Es war das alte Beherrschungsprinzip des "divide et impera."

## Hommage an Dr. Sauer

Ein besonderes Kapitel der dankbaren Erinnerung möchte ich unserem Klassen- und Deutschlehrer der Oberstufe, Dr. Eduard Theodor Sauer widmen. Seine Fächer waren Deutsch, Geschichte und Französisch. Er war ein eleganter Typ, sprach- und weltgewandt und in seinen maßgeschneiderten Anzügen völlig ungeeignet zur Stilisierung als originelle Witzfigur. Auf seine Deutschstunden hat er sich immer sorgfältig vorbereitet ("Für eine Stunde in der Oberstufe brauche ich zwei Stunden Vorbereitung"). Wir haben bei ihm die Klassiker mit verteilten Rollen gelesen, was für mich eine gute Schule der genauen Artikulation gewesen ist. Sein Vortrag war prägnant, oft historisch weit ausholend, gelegentlich gelockert durch eine unsere jugendliche Neugier weckende süffisante Bemerkung, wie z.B. : "Die Frauen ziehen sich im Hinblick auf das Ausziehen an." Dr. Sauer respektierte den Schüler als jugendliche Persönlichkeit und konnte sich auch im Sinne eines nur pädagogisch Begleitenden zurücknehmen. Als ich ein Referat hielt über Heinrich v. Kleists Trauerspiel "Penthesilea", die Tragödie der liebestrunkenen und männermordenden Königin der Amazonen, setzte er sich still in eine Schülerbank und war ein aufmerksamer Zuhörer. Insbesondere habe ich von ihm gelernt, dass junge Menschen ein natürliches Bedürfnis nach Abgrenzung von der Erwachsenenwelt haben und dies ein Teil ihrer Identifikationsfindung ist. Obwohl Dr. Sauer Kreisvorsitzender des NS-Lehrerbundes war, haben wir von ihm nie politische Jubeltöne und Parteiparolen gehört, eher skeptische Bemerkungen wie "Ob der NS-Staat gelingt, hängt von den Frauen ab." In einem Nachmittagsgespräch in seiner Wohnung gab er dem Obersekundaner (und Jungvolkführer) als Lektüre das verbotene Buch des jüdischen, aus dem Kreis um Stefan George stammenden Heidelberger Literaturhistorikers Friedrich Gundolf "Dem lebendigen Geist" mit dem Bemerken: "Sie dürfen mich aber nicht verraten."

Gegen Ende des Krieges soll Dr. Sauer persönlicher Dolmetscher des im Schloss Sigmaringen internierten französischen Staatspräsidenten Marschall Pétain gewesen sein. Vielleicht haben die beiden Herren dabei auch ihre Erinnerungen an die Schlacht von Verdun ausgetauscht, an welcher der eine als Oberkommandierender der Franzosen und Sieger und der andere als mit dem Eisernen Kreuz Erster Klasse ausgezeichneter Feldwebel im Heer des Verlierers teilgenommen hatte.

## Die Klassengemeinschaft

Bei der Einschulung im Jahre 1930 umfasste die Klasse 35
Schüler. Davon sind elf im Kriege gefallen. Im Laufe der Jahre
änderte sich natürlich die Zusammensetzung durch laufende
Abgänge und Zugänge. Eine größere Veränderung gab es
nach dem Abschluss der Untersekunda im Jahre 1936. Etwa
fünfzehn Mitschüler verließen die Schule, um eine Berufs-
ausbildung zu beginnen, darunter auch meine später im Kriege gefallenen Freunde Hugo Ess und Günter Schneider.
Dieser Abgang nach der Untersekunda war damals weitgehend üblich. Gleichzeitig traten neue Schüler in unsere Klasse
ein, die von dem nur bis Untersekunda führenden Gymnasium
in Meisenheim kamen. Darunter waren auch zwei hochbe-
gabte Mathematiker. Von einem erinnere ich mich, dass er,
wenn der Mathematiklehrer bei der Entwicklung einer Glei-
chung hängenblieb, an die Tafel ging und die Rechnung zu
Ende führte. Mit den "Meisenheimern" kam auch ein Mädchen namens Gretel Andres. Sie blieb das einzige an unserer
Schule (!), denn Mädchen waren damals grundsätzlich im
"Lyzeum", wo sie ein hauswirtschaftliches Examen, genannt
das "Pudding-Abitur", ablegen konnten. Gretel Andres hat
sich bei uns wohlgefühlt, mit uns Abitur gemacht und ist Ärz-
tin geworden.

In jeder Jungenklasse gibt es Einzelne, die sich durch beson-

dere körperliche oder mentale Eigenschaften zu Meinungs-
führern entwickeln. In unserer Klasse war es vor allem
Jockel Fuchs aus Hargesheim, Sohn einer Weinbergsarbei-
terfamilie. Neben einer hellwachen Intelligenz, die ihn zu einem der besten Schüler machte, besaß er schon früh eine
große rhetorische Begabung. Mit ihm war ich über die Klas-
senkameradschaft hinaus auch persönlich und durch die Gemeinsamkeit als Jungvolkführer in Freundschaft verbunden,
die bis heute besteht. Nach dem Kriege, den er als Soldat und
Kriegsgefangener in Russland überlebt hat, war er zeitweise
Landesvorsitzender der SPD in Rheinland-Pfalz, Fraktions-
vorsitzender im Landtag und 22 Jahre, von 1965 - 1987, das
Stadtoberhaupt der rheinland-pfälzischen Landeshauptstadt
Mainz, nach verbreiteter Meinung der populärste Oberbürgermeister Deutschlands.

**Das "Viktoriastift"**

Auf Anregung des Landrats Agricola hatten in den Jahren
1876/78 Kreuznacher Logenbrüder der Loge "Zu den drei
Weltkugeln", unterstützt vom Central-Ausschuß für die Innere Mission der evangelischen Kirche Preußens, die Stiftung
Bad Kreuznacher Kinderheilanstalten unter dem Namen
"Viktoriastift" gegründet. Namensgeberin wurde die Kronprinzessin Viktoria, die aus dem englischen Königshaus stam-

mende Gattin des preußischen Kronprinzen und späteren 99-Tage-Kaisers Friedrich Wilhelm, eine liberale Gegenspielerin des Kanzlers Bismarck, die das Protektorat übernommen hatte. Es war eine Zeit großer wirtschaftlicher Sorgen. Die nach dem siegreichen Kriege von 1870/71 gegen Frankreich erlebte konjunkturelle Überhitzung der sog. Gründerjahre bis 1874 mit ihrer schnellen Milliardenblüte war in eine Rezession mit vielen Zusammenbrüchen und großer Not umgeschlagen. Man sprach von einer "Großen Depression." In der Industriearbeiterschaft bestand eine aggressive soziale und politische Unruhe. Zweimal wurden 1878 Attentate auf den 81jährigen Kaiser Wilhelm I. verübt, was zu dem von Bismarck durchgesetzten "Sozialistengesetz" gegen die "gemeingefährlichen Bestrebungen der Sozialdemokratie", aber auch zur Einführung des Systems der Sozialversicherungen führte. Als Gegenbewegung gegen die soziale Not gab es auch vielfältiges privates Engagement. So traten aus Stadt, Kreis und weiterer Umgebung weitsichtige und einflussreiche Männer dem Ausschuss zur Gründung des Viktoriastifts bei.

Im Jahre 1817 hatte der Arzt Dr. Prieger mit guten Erfolgen damit begonnen, skrofulöse Kinder mit Kreuznacher Sole zu baden. Zweck der Stiftung war, auch Kindern minderbemittelter Eltern, besonders aus den schnell gewachsenen ungesunden Industriestädten, diese Heilwirkungen der Kreuznacher Sole zum Selbstkostenpreis zukommen zu lassen. Im Vordergrund stand dabei die Bekämpfung der verbreiteten Skrofulose, einer Hauttuberkulose des Kindes. Zahlreiche Bürger halfen mit der Stiftung von Betten. Schräg gegenüber dem damaligen Gasthof "Oranienhof" - von 1915-1917 als "Hotel Oranienhof" Sitz des "Großen Hauptquartiers" des deutschen Heeres und heute "Oranienpark" - wurde ein fast zwei Hektar großes Gelände erworben und darauf ein Anstaltshaus mit einem Mittelbau und zwei Seitenflügeln für zunächst achtzig Kinder errichtet. Später kamen weitere Gebäude dazu (s. Bild).

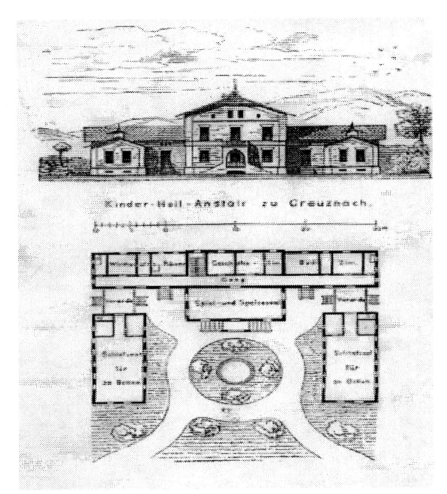

Am 4. Juni 1878 wurde das Haus mit einer Rede des Landrats Agricola eröffnet und mit Kinderkuren begonnen. Der Tagespflegesatz betrug 1,50 Mark. Als Schwestern wirkten Diakonissinnen der Diakonie-Anstalten Speyer. Im Jahre 1888 erhielt die Stiftung durch "Allerhöchste Kabinettsorder" die

Rechte einer juristischen Person, die sie bis heute genießt. Ab
dem Jahre 1894 führte die Geschäfte der Apotheker Dr. Karl
Aschoff, der im Jahre 1904 durch die Entdeckung der Radio-
emanation der Sole auf dem Gebiet der Balneologie Medi-
zingeschichte geschrieben hat. Ihm folgte im Jahre 1910 sein
Logenbruder Großvater Rothhaar nach. In einer Festschrift
von 1928 heißt es dazu: "Nun wurde Kaufmann Carl Rothhaar
mit der Geschäftsführung der Anstalt betraut, welcher die
Verwaltung in der Kriegszeit besonders glücklich geführt hat.
Das "kaufmännische Genie" des neuen Schriftführers und
Rendanten hat erst das schnelle Emporblühen der Anstalt ermöglicht. Im Jahre 1920 übernahm Herr Otto Weirich die
Buchführung und die Leitung der immer größer werdenden
Ökonomie. Für beide Zweige seiner schwierigen Aufgabe
brachte er gründliche Vorkenntnisse und natürliche Begabung mit. So wuchs mit dem vergrößerten Werk die Organi-
sation."

**Das "Parkhaus"**

Im Jahre 1921 wurde ein ansehnliches, aber ziemlich herun-
tergekommenes ehemaliges Badehotel in der Salinenstraße,
gegenüber der Einmündung der Rheingrafenstraße, hinzuer-
worben, aufwendig saniert und mit achtzig Pflegekindern belegt. Es erhielt den Namen "Parkhaus". Dazu gehörte ein

großer, mit alten Kastanienbäumen bestandener Garten, der sich bis zur Ludendorffstraße (heute Dr.-Karl-Aschoff-Straße) hinzog und als Spielgelände diente. Oft habe ich dort mit den Kurkindern gespielt, dabei aber auch erlebt, wie sich unter unbeaufsichtigt spielenden Kindern Unterdrückungsverhältnisse bilden können. Später, in der NS-Zeit, diente das Gebäude als Sitz der Kreisleitung der NSDAP, die es 1935 oder 36 durch einen Zwangstausch gegen das ehemalige jüdische Kinderheim "Bartenstein" vom Viktoriastift erworben hatte. Beim großen Bombenangriff am 2. Januar 1945 wurde es total zerstört und danach nicht wieder aufgebaut.

*Parkhaus an der Salinenstraße, erworben 1921*

*Herrenhaus des Hofguts Finkenbach/Pfalz, erworben 1926*

*50jähriges Jubileum des Viktoriastifts 1928.*
*In der Mitte die Eltern.*

## "Hofgut Finkenbach"

Schon in der Kriegs- und ersten Nachkriegszeit hatte die Stiftung sich bemüht, durch eigene Landwirtschaft in Kreuznach wenigstens teilweise eine Selbstversorgung mit Lebensmitteln zu erreichen. Die erforderlichen Gebäude und Stallungen standen in der Gartenbrunnenstraße und in der Albrechtstraße. Nach der Erweiterung der Anstalt durch das Parkhaus wurde eine Ausweitung der eigenen Landwirtschaft angestrebt. Der Jahresumsatz der Stiftung war von 60.000,- Mark im Jahre 1913 auf über 600.000,- Mark im Jahre 1920 gestiegen. So erwarb das Viktoriastift im Jahre 1926 aus einer Konkursmasse das in der Nordpfalz nahe Obermoschel gelegene "Hofgut Finkenbach". Es war eine sehr grosszügige und schöne, in den Jahren 1919-1922 von einem im Kriege zu Wohlstand gekommenen Schrotthändler errichtete Anlage. Im unteren Bereich befanden sich beiderseits der breiten Einfahrt langgestreckte Wirtschaftsgebäude. Das offene Mittelfeld wurde optisch überragt von dem auf kleiner Anhöhe stehenden mehrgeschossigen sog. Herrenhaus mit einer breiten Vortreppe, anschließenden gegenläufigen Aufgängen und einer großzügigen Terrasse, von der man einen schönen Blick über das weite Land hatte. Die architektonisch gut gegliederten mehreren Baukörper vereinigten sich zu einem eindrucksvollen Ensemble.

In mühsamer Aufbauarbeit wurde die bewirtschaftete Fläche durch Zukauf und Pachtland erweitert, eine Viehhaltung mit vierzig Kühen, achtzig Schweinen und einem großen Geflügelhof aufgebaut sowie eine moderne Fleischerei und Molkerei eingerichtet. In der Festschrift von 1928 heißt es dazu: "Herr Otto Weirich zeigte besondere Veranlagung auf diesem Gebiet." und: "Für unseren Verwaltungsdirektor begann nun eine neue Arbeits- und sorgenvolle Bauperiode."

Bereits 1926 konnten auch die ersten Kinder zur Nachkur nach der Kreuznacher Badekur aufgenommen werden. Herr Bodemer war für die Landwirtschaft und die tüchtige Tante Gretel Rothhaar für die Hauswirtschaft verantwortlich. Gerne und häufig wurden Besucher des Viktoriastifts auch nach Finkenbach geführt, um das Schmuckstück vorzuzeigen.

Mein Vater hat sich für "Finkenbach" sehr engagiert. Jede Woche ist er zweimal mit seinem treuen und vielgewandten Fahrer Herrn Gehrlein im offenen Renault oder im vornehmen Steyr hingefahren, um nach dem Rechten zu sehen. Dabei gab es, zeitentsprechend, viele Sorgen und Probleme, auch mit dem Personal. So habe ich es erlebt, dass er mit vor Erregung lauter Stimme auf Pflichtvergessenheiten reagiert hat. Sein Führungsstil war patriarchalisch, eine Mischung von Autorität und warmherziger Fürsorglichkeit. Besondere Aufregung gab es in der Nacht vom 8. zum 9. September 1929, als die Nachricht kam, "Finkenbach brennt", er in großer Eile losfuhr und die Familie in Angst zurückließ. Manchmal durfte ich nach Finkenbach mitfahren. Es war für mich eine Idylle. Ich habe dort gespielt, auf dem langgestreckten Hof vor den Wirtschaftsgebäuden das Rad fahren gelernt, den landwirtschaftlichen Betrieb erlebt und gelegentlich auch im Herrenhaus übernachtet. Mit dem Verwalter, Herrn Bodemer, habe ich gerne - ihn spielerisch neckend - geboxt, bis es ihm lästig wurde und er durch einen kräftigen Stoß mit seiner knochigen Faust auf meinen Oberarm das Spiel beendete. Besonders in Erinnerung ist mir ein "Puhl-Erlebnis". Beim Spielen war mir der Ball in die große Jauchegrube gefallen. In der Annahme, dass die dichte Strohdecke einen festen Untergrund habe, bin ich hineingesprungen, um ihn zu holen. Leider war die Strohdecke nur dünn und darunter eine tiefe mit Jauche gefüllte Wanne. Man hat mich herausgeholt und die Folgen in der Badewanne so gut wie möglich beseitigt.

Nach dem Zweiten Weltkrieg, Anfang der 60er Jahre, hat das Viktoriastift das Gut Finkenbach verkauft. Es war zuletzt nur noch mit einer Außenstelle der Landesnervenklinik Landeck belegt, in der leicht geistig behinderte Frauen betreut wurden. Nachdem die "Bildzeitung" in einer gehässigen "Reportage" - wohl zu Unrecht - behauptet hatte, die Frauen seien dort misshandelt worden, war der Vorstand nicht mehr bereit, weiter

Verantwortung für die Abteilung zu tragen, zumal die Aufgabe auch nicht in das Gesamtkonzept einer Kinderkurklinik passte. Dieser Vorgang fiel leider in die Anfangszeit meines Amtes als Vorsitzender des Aufsichtsrats. So stehen Anfang und Ende des Kapitels "Finkenbach" über zwei Generationen in einem Bezug zu unserer Familie. Seit dem Verkauf hat die sehr schöne Anlage keine Funktion mehr. Das Unkraut wuchert und die Gebäude verfallen.

## Der frühvollendete Vater

Die Jahre seiner Tätigkeit für das Viktoriastift von 1920 bis zu seinem frühen Tode im Jahre 1934 haben meinen Vater viel Lebenskraft gekostet. Die Not der ersten Nachkriegsjahre, die Probleme der Inflation und dann vor allem die Auswirkungen der Weltwirtschaftskrise von 1929 -1932 waren zu bewältigen. "Schlechte Belegung" heißt es in einer Protokollnotiz von 1929. Die Pflegesätze wurden herabgesetzt, Kinderentsendungen eingestellt, Kündigungen mussten ausgesprochen werden. "Große Not wegen Unterbelegung des Stifts", stellte der Aufsichtsrat 1932 fest. Viele Unternehmen und auch kleine wirtschaftliche Existenzen haben diese Krisen nicht überlebt. Das Viktoriastift hat sie überstanden und kann heute auf eine Geschichte von über 120 Jahren zurückblicken. Die Gedächtnisrede auf meinen Vater von Herrn Medizinalrat Dr.

Vollmer vom November 1934 - abgedruckt in der Kreuznacher Zeitung - gibt einen authentischen Eindruck von den
vierzehn Jahren des Existenzkampfes.

### Am Grab von Direktor Weirich

*Auf dem Kreuznacher Friedhof wurde unter großer Teilnah-
me der plötzlich verstorbene Direktor des Viktoriastifts Otto
Weirich, der sich um die Fortentwicklung dieser Kinder-
heilanstalt große Verdienste erworben hat, zur letzten Ruhe
gebettet.*

*Medizinalrat Dr. E. Vollmer, Kreisarzt i. R., widmete dabei
dem Verstorbenen folgenden Nachruf: Von der Leitung des
Viktoriastifts dazu bestimmt, sage ich im Namen des Gesamt-
vorstandes unserer Kinderheilstätte hier am Sarge unseres
Anstaltsdirektors Otto Weirich ihm unseren herzlichen Dank
für all die Sorgen, die er für unser Haus gehabt und für die
Mühe und Arbeit, die er für seinen weitverzweigten, großen
Betrieb geleistet hat. Nur wer die Unruhe und Sorge um das
Haus aus eigener täglicher Mitarbeit kennt, kann voll ermessen, wie gerade der Mann, auf dessen Schultern die ganze Last
der täglichen Arbeit ruhte, davon auch mitgenommen wurde,
und das Schwierige seiner Stellung, für die es nicht leicht ist,
einen vollwertigen Ersatz zu finden, lag eben in der Doppelarbeit des kaufmännischen Büros und des landwirtschaftli-*

chen Betriebes, der beiden großen Zweige seiner Tätigkeit.
Wie oft ist er zwischen dem Hofgut Finkenbach und dem Cecilienstift hin- und hergefahren! Dem Fernstehenden mochte
diese Arbeit leicht und mühelos, wie gegeben, erscheinen:
auch erscheint die Leistung solcher Doppelarbeit erstrebenswert. Und daß es auch für ihn stolz und schön war, an der Spitze solcher Verwaltung zu stehen, wer wollte das leugnen?
Aber ebenso gewiß ist, daß diese große Arbeitslast, die mit der
ersten Woche des Februars einsetzte und bis Mitte Dezember
dauerte, die mit dem ersten Kindertransporten der Frühjahrs-
tage und der Frühjahrsbestellung der Felder anfing, die
durch den Frühling, den Sommer und Herbst ununterbrochen
anhielt, die ihn täglich mit vielen Menschen zusammenbrach-
te, auch zermürbend war und seine Nerven und Kräfte vorzeitig verzehrt hat! Gerade dieses Jahr machte sich zuerst bei
ihm eine große Ermüdbarkeit und Unruhe im Herbst auffal-
lend bemerkbar, und er, der so oft früher mit dem Fahrrad ins
Cecilienstift kam, mußte sich fahren lassen, auch für kleinere
Wege. Wer die Tabellen der Frequenz des Viktoriastifts der
Festschrift für das 50 jährige Jubiläum von 1928 in die Hand
nimmt, der liest aus den angegebenen Zahlen, wie die Frequenz des Hauses seit 1918 bis 1928 sich mehr wie verdoppelt
hat, und gerade dies ist die Zeit, in der unser Direktor Otto
Weirich mit seiner Arbeit einsetzte, die er zuerst mit seinem

*Schwiegervater Karl Rothhaar teilte, um sie dann selbständig zu führen und der Höhepunkt war wohl d as 50 jährige Jubiläum, auch für ihn selber, das ihn in der Fülle und auf der Höhe seiner vielseitigen Arbeit sah. Wie er mit Leib und Seele fürs Haus tätig war, konnte man besonders sehen in der Separatisten- und Regiezeit, wo die Kinder zum Teil mit Leiterwagen vom Rhein abgeholt werden mussten, oder gar bei dem großen Brande in Finkenbach, der ihm Aufregungen aller Art brachte. Die Last der Arbeit hat ihn wohl manchmal verstimmt und er konnte wohl auch einmal mürrisch und all zu sparsam erscheinen, aber das muß wohl ein guter Haushalter sich schon gefallen lassen. Seine Erfolge konnten ihn auch wieder stolz und frohgemut machen. So wars als er uns diesen Sommer bei dem Jubiläum der Oberschwester Johanna den Neubau des Cecilienstifts zeigen konnte und wie endlich das Wasser erbohrt war, das wieder den weiteren Betrieb des Hauses, auch in trockenen Sommern fördern konnte. Mitten aus der Arbeit ist er nun abberufen worden, aber wir alle, die wir Zeugen seines täglichen Schaffens waren, können nur versichern, daß seine Arbeit eine vielseitige, umsichtige und andauernde gewesen ist und daß er den Spruch wahr gemacht hat: Sei getreu bis in den Tod. Seinen beiden Söhnen ist er so ein Vorbild fürs Leben, seiner lieben Frau der beste und treuste Kamerad gewesen. Das Viktoriastift verliert in ihm seinen*

*langjährigen treuen und redlichen Hausvater und Direktor,*
*dem wir alle nachtrauern.*

*Requiescat in pace!*

## Deutschland wird nationalsozialistisch

Unser Leben ist eingebettet in die jeweilige Zeit mit ihren
Zwängen, Nöten, Verführungen und Möglichkeiten. Nach-
folgende Generationen können deshalb Biografien aus einer
früheren Zeit nur verstehen, wenn sie versuchen, sich in die damaligen Zeitumstände hineinzudenken. Die Darstellung des
nun folgenden Kapitels gehört deshalb zu den schwierigsten
meiner autobiografischen Versuche. Hier muss sich die ehr-
liche Schilderung der Ereignisse, wie sie damals erlebt wurden, verbinden mit den rückblickenden Erkenntnissen,
welcher katastrophale Weg in den Unrechtsstaat daraus geworden ist. Nur wenn man sich bemüht, die Vielschichtigkeit
des Geschehens zu erkennen, hat man eine Chance, der Wirklichkeit nahe zu kommen.

Am 30. Januar 1933 hatte, wie es das demokratische Verfahren
vorsah, der Reichspräsident von Hindenburg den Führer der
zur größten Fraktion im Reichstag gewordenen "Nationalsozialistischen Deutschen Arbeiterpartei", Adolf Hitler, zum
Reichskanzler ernannt. Hindenburg hat das gewiss nur wider-
strebend getan, aber ohne große Besorgnisse, weil er glaubte,

dass durch die Einbindung Hitlers in eine Mehrheit bürger-
lich-nationaler Minister der Reichsregierung der revolutionären Nazi-Partei genügend Fesseln angelegt seien. Drei
nationalsozialistischen Ministern standen neun bürgerlich-
nationale gegenüber. Was konnte da schiefgehen? Auch die
Mehrheit der Deutschen glaubte, dass es sich nur um eine sehr
kurze Periode handele. Die national-konservativen Kreise um
General von Schleicher glaubten, man müsse Hitler nur in die
Verantwortung einbinden, dann wäre er mit seinem revolu-
tionären Programm bald am Ende. Aber die Suppe der
Revolution kocht auf der heißesten Flamme. Eindrucksvolle
Beispiele aus der neueren Geschichte sind die französische
Revolution von 1789 - 1799 mit der Entwicklung von den aus
Adel, Klerus und Vertretern des Bürgertums bestehenden
"Generalständen" bis zu dem jakobinischen Blutvergießen
der Robespierre, Danton und Marat sowie die Entwicklung
der russischen Revolution von der gemäßigten Kerenski-
Regierung zum brutalen Lenin'schen Sowjetstaat. Ein
Beispiel aus neuerer Zeit bildet die Zwangsvereinigung der
SPD und der KPD 1946 in Berlin.

Vergleichbares spielte sich in Deutschland nach dem 30. Januar 1933 ab. Die nicht der NSDAP angehörigen Minister wie
Hugenberg, v. Papen, v. Neurath, v. Blomberg, wurden nach
und nach aus der Regierung hinausgedrängt und machtpoli-

tisch kaltgestellt. Dabei hat Hitler innenpolitisch und später auch außenpolitisch nach seinem bereits in "Mein Kampf" dargestellten Prinzip gehandelt, dem jeweiligen Gegner nicht alle Forderungen auf einmal vorzulegen, sondern Stück für Stück, so dass er, in der Hoffnung, es werde das letzte verlangte Zugeständnis sein, eine nach der anderen schluckt und jeweils meint, es wäre doch jetzt töricht, alles wieder aufs Spiel zu setzen, nachdem man schon so viel hingenommen habe.

Nach dem Reichstagsbrand vom 27. Februar, dessen Hintergrund nie vollständig aufgeklärt worden ist, wurden viertausend kommunistische Funktionäre verhaftet und durch eine Verordnung vom 28. Februar zahlreiche Artikel der Reichsverfassung außer Kraft gesetzt. Dem folgte am 24. März das "Ermächtigungsgesetz", das die Verfassung praktisch aufgehoben hat. Alle Parteien, mit Ausnahme der Sozialdemokraten (und der bereits ausgeschalteten Kommunisten), haben diesem Gesetz zugestimmt, darunter auch der liberale Abgeordnete und spätere erste Bundespräsident Theodor Heuss, der spätere erste Ministerpräsident von Baden-Württemberg Reinhold Maier und der Vorsitzende des katholischen Zentrums Prälat Kaas. Damit hatte sich der Reichstag selbst entmachtet und Hitler in der Gesetzgebung freie Hand gegeben.

Der Vorgang der Machtergreifung spielte sich auf allen

politischen und gesellschaftlichen Ebenen ab. Politische Gegner wurden mit brutalen Mitteln, z.B. durch Entlassungen sowie Verhaftungen und Einweisung in Lager, sog.
"Schutzhaft", ausgeschaltet. Sie bedeutete für die Betroffe-
nen die Beraubung der Freiheit ohne eine Möglichkeit der gerichtlichen Verteidigung. Parteien, Vereine und
Institutionen, die als regimefeindlich galten, wurden verboten, unpolitische gesellschaftliche Gruppierungen "gleichgeschaltet", d.h. auf das Führerprinzip umgestellt, mit
nationalsozialistischen Führungen besetzt und gezwungen,
sich von jüdischen Mitgliedern zu trennen. Nicht wenige Vereinigungen haben sich in vorauseilendem Gehorsam selbst
gleichgeschaltet. Manche, wie die Logen und die Rotary-
Clubs, haben sich, um diesem Schicksal zu entgehen, selbst
aufgelöst. Die SPD wurde am 23.6.1933 verboten.Auch die
deutschen Gewerkschaften wurden verboten und ihre Mitglieder zwangsweise in die Deutsche Arbeitsfront überführt.
Am 28. Juni löste sich die Deutschnationale Partei selbst auf.
Am 5. Juli folgten das katholische Zentrum und die Bayerische Volkspartei; sie empfahlen ihren Mitgliedern "unter der
unmittelbaren Führung Adolf Hitlers am Aufbau des neuen
Deutschland mitzuarbeiten und sich rückhaltlos zur Verfügung zu stellen". Durch Gesetz vom 14. Juli wurde die Bildung neuer Parteien verboten. Es gab nur noch eine Partei, die

88

NSDAP, was eigentlich eine contradictio in adiecto (ein Widerspruch in sich) darstellte, denn der Begriff "Partei" kommt von dem lateinischen Wort "pars", was "Teil" heißt.

Auch auf den Straßen änderte sich das Bild. Durch die Ausschaltung der politischen Linken hörten die brutalen Straßenschlachten und Schlägereien mit oft tödlichem Ausgang auf. Die Polizeiknüppel wurden abgeschafft, da sie in einer "Volksgemeinschaft" nicht mehr gebraucht würden. Als Einschüchterungsmittel gab es ja statt dessen die "Schutzhaft" für politisch unliebsame Personen. Jetzt hatten Staat und Partei das Monopol für kriminelle Handlungen. Auch vor öffentlichen Demütigungen schreckte man nicht zurück. Zweimal habe ich, als Vierzehnjähriger, mit Gefühlen der Empörung gesehen, dass man einen Menschen mit einem Pappschild vor der Brust durch die Straßen geführt hat. In einem Fall handelte es sich um einen Friseurmeister, der in den 20er-Jahren als Separarist hervorgetreten war, im anderen Fall sogar um den bisherigen Kreispropagandaleiter der NSDAP, den man beschuldigte, ein Homosexueller zu sein. Er war danach ein verfemter, gebrochener Mann.

## Die Kirchen im NS-Staat

Auch die evangelischen Kirchen Deutschlands wurden in der Spitze durch die Ernennung eines Reichsbischofs (spöttisch

"Reibi" genannt) gleichgeschaltet, ungeachtet des Fortbestandes einzelner, bekenntnistreuer Widerstandsgruppen an der Basis, insbesondere der "Bekennenden Kirche" mit dem ehemaligen U-Boot-Kommandanten des Ersten Weltkriegs und Dahlemer Pastor Martin Niemöller. Diese in den "Bruderräten" zusammengefasste Pfarrergruppe wandte sich seit 1934 gegen die Anwendung des Arierparagraphen in der Kirche und gegen die Abschaffung des Alten Testaments in der Verkündigung. Aber der weltanschauliche Riss ging vielfach durch die Familien. So wurde z.B. der allgemein beliebte Pfarrer, der mich 1934 konfirmiert hatte, von seinem zur SS gegangenen Sohn verächtlich als "Himmelskomiker" bezeichnet.

Dagegen blieb die katholische Kirche eine der letzten nicht gleichgeschalteten Institutionen. Am 20. Juli 1933 schloss der Heilige Stuhl unter Papst Pius XI. mit der nationalsozialistischen Reichsregierung das noch heute gültige "Reichskonkordat" mit einer Festlegung der beiderseitigen Rechte und Pflichten, durch das Hitler auch das Vertrauen der deutschen Katholiken erwarb. Trotzdem musste sich die katholische Kirche ständiger Feindseligkeiten und Verstöße gegen den Staatsvertrag erwehren. So erinnere ich mich zum Beispiel, dass wir, HJ und Jungvolk von Kreuznach, singend, Landsknechtstrommeln schlagend und mit Fanfarengeschmetter um die Hl. Kreuzkirche marschierten, um eine Feier der Firmung durch den Trierer Bischof Bornewasser zu stören.

Der deutsche Episkopat unter seinem Vorsitzenden, dem Breslauer Kardinal Bertram, versuchte jedoch - gegen den Widerstand einiger Bischöfe - in den schwierigen Auseinandersetzungen durch vielfache Bekundungen der Loyalität zum neuen Staat und seinem Führer der Kirche einen gewissen Freiraum zu bewahren, wobei jedoch das Problem der Judenverfolgung bewusst ausgespart wurde. In diesem Sinne hat auch am 20. April 1939 der päpstliche Nuntius in Berlin auf ausdrücklichen Wunsch des Papstes Pius XII die große Gratulationscour zu Hitlers 50. Geburtstag eröffnet. Und noch nach dem am 2. Mai 1945 als "Heldentod" gemeldeten Selbstmord Hitlers ordnete Bertram an, "ein feierliches Requiem zu halten im Gedenken an den Führer und alle im Kampf für das deutsche Vaterland gefallenen Angehörigen der Wehrmacht". Man mag das im Rückblick unerklärlich finden. Aber der Kardinal befand sich in Übereinstimmung mit unzähligen anderen Deutschen, die im Krieg für "Führer, Volk und Vaterland" zu kämpfen glaubten, und die erst nach dem Zusammenbruch erkannten, wofür sie in Wahrheit gestanden hatten.

## Die Entrechtung und Verfolgung der Juden

Die Geschichte des " Dritten Reiches" wird überschattet durch die Mordaktionen an den europäischen Juden. Dadurch verliert alles, was an einzelnen Entwicklungen als positiv empfunden werden kann, an Bedeutung. Keine Zeitgeschichte des 20. Jahrhunderts und auch keine Autobiografie kann an diesem furchtbaren Geschehen vorbeisehen.

Schon in seinem 1924/25 in der Landsberger Festungshaft geschriebenen Buch "Mein Kampf" hat Hitler seinen, möglicherweise aus den Niederungen seiner Wiener Zeit stammenden, fanatischen Judenhass ausführlich dargestellt, ohne allerdings erkennen zu lassen, wie er sich die Lösung der "Judenfrage" vorstelle. "Mein Kampf" war das meistgedruckte Buch der NS-Zeit; jedes Hochzeitspaar erhielt ein Exemplar als Geschenk. Aber wer hat es gelesen und wer hat die darin enthaltenen Hasstiraden ernst genommen?

In unserer Familie war der Antisemitismus kein Problem. Meine Eltern haben zwischen jüdischen und nicht-jüdischen Geschäften keinen Unterschied gemacht und auch regelmäßig in jüdischen Geschäften eingekauft. Und als 1933/34 die ersten gelenkten Aktionen gegen die Juden aufkamen, hat mein Vater empört darauf hingewiesen, dass im Weltkrieg 1914/18 zwölftausend jüdische Mitbürger als Soldaten für ihr deutsches Vaterland gefallen seien. Persönliche Verbin-

92

dungen mit jüdischen Familien bestanden aber nicht.

Nach meiner Erinnerung kann man davon ausgehen, dass auch die übergroße Mehrheit des deutschen Volkes nicht antisemitisch war, jedenfalls nicht mehr als dies in vielen anderen Völkern der Fall war und ist. Zwar galt der jüdische Bevölkerungsteil wegen seiner besonderen, kultisch geprägten Lebensformen als nicht völlig integriert. Das führte zu Vorurteilen, wie sie in vielen Gesellschaften gegenüber Minderheiten bestehen. Damit verbanden sich wohl auch Neidkomplexe wegen der besonderen Erfolge von Juden im Wirtschaftsleben und einer überproportionalen Repräsentanz in den Bereichen der Politik, Wissenschaft und Kultur. Antisemitismus hat deshalb auch immer etwas mit Minderwertigkeitskomplexen zu tun. Hinzu kam für die Beurteilung durch bürgerliche Kreise vielleicht auch, dass die politische und geisteswissenschaftliche Intelligenz des Judentums eine deutliche Tendenz zu linkssozialistischen und marxistischen Ideen aufwies.

Die Drangsalierungen und Entrechtungen der Juden begannen schon bald nach der sog. "Machtergreifung" der Nationalsozialisten und radikalisierten sich bis zum Massenversuch einer "Endlösung" im "Holocaust". Auch hier hat Hitler nach seinem bereits erwähnten taktischen Prinzip gehandelt, schrittweise vorzugehen, wie die folgende Chronologie des grauenvollen Geschehens zeigt:

\* 1. April 1933: Erste Boykottmaßnahmen gegen jüdische Geschäfte

\* 15. September 1935: Durch die "Nürnberger Gesetze" wurden Ehen und Geschlechtsverkehr mit Juden verboten und ihnen die deutsche Staatsbürgerschaft aberkannt.

\* 9. November 1938: In einer von Göbbels und Heydrich inszenierten Aktion wurden jüdische Geschäfte und Synagogen zerstört.

\* 24. Januar 1939: Göring beauftragt Heydrich mit der "Lösung der Judenfrage".

\* 23. September 1941: Erste Versuche mit Vergasungen in Auschwitz.

\* 20. Januar 1942: In der "Wannsee-Konferenz" unter dem Vorsitz von Heydrich wird die "Endlösung der Judenfrage" durch Umsiedlung, Zwangsarbeit und "entsprechende Behandlung" entworfen, beginnend zunächst in Polen. Das Wort "Tötung" kam dabei nicht vor. Jedem Geschichtsbewussten empfehle ich, die Gedenkausstellung in der Villa am Wannsee zu besuchen.

\* 6. Oktober 1943: Geheimrede des "Reichsführers SS" Heinrich Himmler in Posen vor hohen SS-Führern, in der er den Willen zur "Entlösung der Judenfrage" verkündete.

\* 27. Januar 1945: Russen befreien das Vernichtungslager Auschwitz und seine wenigen Überlebenden.

Die anfängliche Entwicklung wurde von der Bevölkerung zwar mit Unverständnis und Abscheu, aber praktisch widerstandslos hingenommen. Eine Opposition, die einen Widerstand hätte organisieren können, bestand ja nicht mehr. Und als im bereits krisenhaften Kriegsjahr 1942 die Deportationen einsetzten, nahm man an, dass es sich um eine Aussiedlung in die eroberten Ostgebiete handele.Auch von einer geplanten Aussiedlung nach Madagaskar war gerüchteweise die Rede. Nur ganz wenige wussten, was wirklich geschah. Man lebte im Kriege, in dem es um das eigene Überleben ging. Wahrscheinlich wollte man es auch nicht wissen, weil schon das Wissenwollen gefährlich war. Nicht wesentlich anders stand es in den verbündeten und besetzten europäischen Ländern, wobei man sich bei der Selektierung und Verschleppung in der Regel williger einheimischer Verwaltungs- und Polizeiorgane bediente.

Die Geheimhaltung des Vernichtungsprogramms war so perfekt, dass sogar das ungarische Staatsoberhaupt v. Horthy noch im Sommer1944 daran glaubte, dass es sich bei den Verschleppungen um eine Aussiedlung handele. Nur die Engländer wussten, was in Wahrheit vorging, haben aber nichts unternommen, z. B. davon abgesehen, die Bahnlinie nach

Auschwitz ,zu bombardieren, um nicht ihr wichtigstes Kriegsgeheimniss zu offenbaren, dass es ihnen gelungen war, den deutschen Geheimcode zu entschlüsseln. So nahm die millionenfache menschliche, die nationale und europäische Tragödie ihren scheinbar unaufhaltsamen Lauf.

Es bleibt, vom Leiden reden zu müssen, ohne die angemessene Sprache zu finden. Ein persönliches Wort werde ich später noch dazu sagen.

## Die "Nationale Erhebung"

Der Widerstand gegen die Maßnahmen der Gleichschaltung und Ausschaltung war gering. Dies erklärt sich nicht nur durch die große Konsequenz und Brutalität, mit der diese betrieben wurden, sondern auch durch ein vielfach sich entwikkelndes neues Lebensgefühl. Macht hat die Wirkung von Magneten. Viele Bürger sind im Frühjahr 1933 als "Parteigenossen" der NSDAP beigetreten - vom stets lästerlichen Volksmund als "Märzgefallene" genannt - nicht alle aus Opportunismus, viele aus ehrlicher Überzeugung und in der Hoffnung auf eine neue bessere Zeit. Der Hass auf das Versailler System, das Verlangen nach einer Revision der "Kriegsschuldlüge" und die Hoffnung auf einen Wiederaufstieg Deutschlands zu einer international wieder anerkannten Nation hat auch die Urteilskraft vieler Intellektueller gelähmt.

Mehr als das, was Hitler sagte, als das Phänomen, dass er wie ein Erlöser bejubelt wurde, sagt etwas über die damalige Befindlichkeit der Gesellschaft, die sich nach Führerschaft und Vision sehnte. Auch in zahlreichen anderen Staaten Europas gab es eine nationalistische Welle. Ende 1932 war das allgemeine Gefühl in Deutschland: "So kann es nicht weitergehen" (Sebastian Haffner). Nach dem Versagen der Regierungen vor 1933 spürte man nun endlich eine kraftvolle Führung. Die neue Reichsregierung wurde vom Ausland mit wieder mehr Respekt behandelt. Viele prominente Ausländer haben Hitler ihre Aufwartung gemacht, haben sich wohl auch von seiner Gegnerschaft zum verhassten Bolschewismus beeindrucken lassen. So hat zum Beispiel noch im Jahre 1937 der englische Botschafter Sir Nevile Hendersen sein Amt in Berlin mit der Absicht angetreten, die "gute Seite Nazi-Deutschlands" zu suchen ("Failure of a Mission Berlin 1937-1939").

Die Bevölkerung war beeindruckt durch eine Kette politischer und wirtschaftlicher Erfolge des neuen Regimes. Am 13. Januar 1935 hat sich die Bevölkerung des Saarlands, das in das französische Zollgebiet einbezogen war, in einer international überwachten Volksabstimmung mit 90,8 % für eine Rückgliederung nach Deutschland, das ja ein nationalsozialistisches Deutschland geworden war, ausgesprochen. Am 7. März 1936 rückten Truppenverbände der Reichswehr, zwar unter Bruch des Locarno-Paktes, aber unter großer Begeisterung der Bevölkerung, in das bis dahin entmilitarisierte Rheinland ein. Im Sommer 1936 war die Reichshauptstadt Berlin Schauplatz der glänzend organisierten Olympiade, die von den teilnehmenden Sporteliten der Welt als ein Fest des Friedens und der völkerverbindenden Freundschaft erlebt wurde, wobei die französische Olympiamannschaft sogar mit dem "Deutschen Gruß" an Hitler vorbeimarschierte. Bei meinem gleichzeitigen Aufenthalt in England habe ich eine Welle der Sympathie für Deutschland gespürt. Im März 1938 schloss sich Österreich an das Deutsche Reich an und in der nachfolgenden Abstimmung sprach sich eine überwältigende Mehrheit von angeblich 99 % für die Bildung des "Großdeutschen Reiches" aus.

Die Wirtschaft kam schnell in Gang, wozu sicher auch beitrug, dass sich nach der großen Weltwirtschaftskrise von 1929 die Weltwirtschaft wieder erholte. Die sechs Millionen Arbeitslosen des Winters 1932/33, die wegen des Zusammenbruchs der staatlichen Arbeitslosenunterstützung große Not litten, waren vier Jahre später wieder in Lohn und Brot. Dabei spielte natürlich auch die beginnende personelle und materielle Aufrüstung eine Rolle, ebenso die Erweiterung des freiwilligen Arbeitsdienstes und die Beschäftigung von Arbeitslosen mit Notstandsprogrammen. Die hoch verschuldete Landwirtschaft und der Weinbau wurden im Rahmen des "Reichsnährstands" entschuldet und vielfach gefördert, z.B. durch Teilschulderlass, billige Kredite, Bodenmeliorationen, Einführung der Straußwirtschaften, Schaffung der "Deutschen Weinstraße" usw. Zur Förderung des Weinabsatzes wurden örtliche und regionale Weinfeste begründet. Die zur Arbeitsbeschaffung erforderlichen Mittel beschaffte der Reichsbankpräsident und Reichswirtschaftsminister Hyalmar Schacht, ein genialer Techniker der Finanzpolitik, der bereits die inflationsbereinigte Währungsumstellung im Jahre 1923 mitgestaltet hatte, ohne dass es zunächst zu einer Erschütterung der deutschen Währung kam. Es war in der gegebenen Situation der Unterbeschäftigung mit unausgenutzten Produktionskapzitäten die richtige Politik der Ankurbelung durch ein "Defizit - spending" im Sinne der Theorie des englischen Wirtschaftstheoretikers Lord Keynes. Der nationalkonservative Schacht wurde jedoch bereits 1937 als Reichswirtschaftsminister und 1939 als Reichsbankpräsident von Hitler entlassen.

Das alles wurde von Göbbels propagandistisch nahezu perfekt instrumentalisiert.Insbesondere der immer wieder propagierte Grundsatz "Gemeinnutz geht vor Eigennutz" tat seine Wirkung. Dafür ein Beispiel: Da es noch kein Fernsehen gab, gingen die Leute viel ins Kino, zumal auch viele gute Filme produziert wurden. Vor jedem Film lief ein Vorspann mit einem Dialog zwischen einem klugen, sympathisch dargestellten und einem dümmlich-verbohrten, alles kritisierenden Mann. Im Laufe der sehr geschickt gemachten Gespräche gelang es regelmäßig, dem klugen Mann seinen Widersacher zu überzeugen. So wurden Kritiker der neuen Zeit als Kritikaster dargestellt und der Lächerlichkeit preisgegeben.

In der Kulturpolitik haben sich die Machthaber bemüht, ein hohes Niveau des Theater- und Musiklebens aufrecht zu erhalten. In der Weimarer Republik war die Zahl der hervorragenden Künstler so groß gewesen, dass selbst nach dem Aderlass durch den Ausschluss von vielen ein eindruckvolles, bisweilen glanzvolles Kulturprogramm fortgesetzt werden konnte. Zwar hatte sich der Spielplan geändert, Stücke jüdischer Autoren durften nicht mehr gespielt werden, aber - wie ich vor und während des Krieges in Berlin vielfach erlebt habe - große Schauspieler und Regisseure wie Heinrich George, Werner Krauss, Hans Albers, Heinz Rühmann, Theo Lingen, Paul Henckels, Käthe Gold, Gustav Gründgens, selbst wenn sie "jüdisch versippt" oder linksverdächtig waren, berühmte Dirigenten und Komponisten wie Wilhelm Furtwänger und Richard Strauss sowie ausländische Künstler wie Zarah Leander, Johannes Heesters und viele andere feierten Triumphe. Doch darüber später mehr.

Man erlebte auch einen technischen Modernisierungsschub. Ab Mai 1933 begann die Massenproduktion eines nur 45 Reichsmark kostenden Radios, des "Volksempfängers", den jeder Haushalt der "Volksgemeinschaft" besitzen sollte, was sich als ein ideales Mittel der Propaganda erwies. Autobahnen wurden gebaut und jedem ein Volkswagen für (angezahlte) 1.000 Reichsmark versprochen. Dabei konnte die neue Regierung vielfach auf Pläne zurückgreifen, die wegen der Handlungsunfähigkeit der vorangegangenen Regierungen in den Schubladen der Ministerialbürokratie liegengeblieben waren. Dies gilt insbesondere für den Bau der Autobahnen, die geschickt als "Straßen des Führers" zu einer mythischen Einheit von technischem Fortschritt und sozialer Harmonie, Versöhnung mit der Natur und Symbol einer heilen, grandiosen Zukunft stilisiert wurden

Neben der brutalen Parteidiktatur und dem Technikschub gab es auch einen starken sozialen Modernisierungsschub. Das neue Regime wollte ja nicht nur national, sondern auch sozialistisch sein. Im Rahmen der geschickt propagierten neuen "Volksgemeinschaft" wirkten die "Nationalsozialistische Volkswohlfahrt", das "Winterhilfswerk" (Losung:"Keiner soll hungern und frieren") und das soziale Arbeitererholungswerk "Kraft durch Freude" für die Gemeinschaft der "Arbeiter der Stirn und der Faust". Sozial vorbildliche Betriebe wurden als NS-Musterbetriebe ausgezeichnet.

Zur höheren historischen Weihe legte sich der neue Staat, um sich im Kontinuum vom "Heiligen Römischen Reich Deutscher Nation" über den Bismarckstaat darzustellen, im allgemeinen Sprachgebrauch die noch heute meist verwendete Bezeichnung "Das Dritte Reich" zu. Es sollte ein "Tausendjähriges Reich" werden. Hitler hatte an das Volk appelliert: "Gebt mir vier Jahre Zeit." Das leuchtete ein. Nachdem fast alle vorhergegangenen Regierungen so schmählich versagt hatten, sollte er eine Chance haben. Man stimmte zu und schloss sich an, arrangierte sich oder versuchte, sich in private Nischen zurückzuziehen. Nur wenige Weiterblickende sahen die kommende Errichtung einer Unrechtsdiktatur und das drohende nationale Verhängnis. Tatsächlich hat sich ja auch das NS-Regime im Laufe seiner 12 Jahre nicht, wie von vielen erwartet, gemäßigt, sondern radikalisiert bis zur Einmündung in den totalen Staat und die Mordaktionen des Holocaust. Wenn man versuchen wollte, das Phänomen des Nationalsozialismus in einem Satz zusammenzufassen, könnte man sagen: Vieles im Einzelnen war zunächst gut, aber das Ganze war schlecht.

## Eingliederung und Einschmelzung in die national-sozialistische Jugendbewegung

Meine persönlichen Erlebnisse sind Teil der geschilderten Entwicklung. Schon bald nach der "Machtergreifung" begann der Druck auf die Jugendbünde, sich aufzulösen oder sich in die Hitlerjugend einzugliedern. So währte auch die Episode "Scharnhorst-Bund" nur kurze Zeit. Anfangs wurde uns in Aussicht gestellt, wir würden nur corporativ in die Hitlerjugend (HJ) eingegliedert und weitgehend unsere Selbständigkeit behalten. Das Versprechen wurde nicht gehalten. Im Rahmen einer Sonnenwendfeier am 21. Juni 1933 wurden wir aufgelöst und kollektiv in die Hitlerjugend überführt. Ich kam als 13jähriger in das "Jungvolk", den Teil der Hitlerjugend für Jugendliche von 10 bis 14 Jahren. Die 14-18jährigen kamen in die HJ. Nun waren wir "Pimpfe" im Jungvolk. Die Farbe der Hemden und Schlipse änderte sich. Als "Kluft" trug das Jungvolk schwarze Manchesterhosen, schwarze Jacken mit Bändchen, Braunhemd und schwarze Schiffchen, im Winter eine schwarze Skihose. Zur zünftigen Ausstattung gehörte ein Fahrtenmesser, auf dessen Scheide die Worte "Blut und Ehre" standen. Die Fahne des Jungvolks war schwarz mit einer weißen germanischen Siegrune. Für die 10-14jährigen Mädchen gab es die "Jungmädelschaft" und für die 14-18jährigen den "Bund deutscher Mädchen". Ihre Kluft bestand aus einem schwarzen Rock und weißer Bluse mit hellbraunen Knoten und schwarzem Tuch. Dazu kam das sehr kleidsame "Berchtesgadener" schwarze Jäckchen mit roten und grünen Bordüren.

Zwar waren wir der Eingliederung nur widerwillig, überwiegend aus Solidarität mit unserer Gruppe, gefolgt. Wir empfanden wohl die abstoßende Vulgarität und Willkür vieler Funktionäre des neuen Systems. Aber da war auch die einschmelzende Kraft einer charismatischen Führungsstruktur, verbunden mit dem Erlebnis einer klassenlosen, idealistischen jungen Gemeinschaft. Alles in Allem war es eine Zeit großer Hoffnungen. Was einem im Einzelnen missfiel, verbuchte man auf dem Konto revolutionärer Ungeschicklichkeiten und Übergriffe, von denen "der Führer" nichts wisse und die er sicher auch nicht billigen würde. Das dürfe und werde es, wenn wir einmal in der Verantwortung stünden, nicht mehr geben. Wir ahnten noch nicht, dass wir eine verführte Jugend waren, dazu vorbereitet, einige Jahre später skrupellos einer fanatischen Ideologie geopfert zu werden.

**"Jugend muss von Jugend geführt werden"**

Das Leben in der neuen Gruppengemeinschaft änderte sich zunächst nur wenig. Wir empfanden uns auch im Jungvolk als Jugendbewegung und lebten weiter in den traditionellen Formen der bündischen Jugend. Die übergroße Mehrheit der Jugendlichen öffnete sich erwartungsvoll dem Geist der propagierten neuen Volksgemeinschaft. Es spielte keine Rolle mehr, ob man evangelisch oder katholisch war, in die Volksschule oder in ein Gymnasium ging, arme oder wohlhabende Eltern hatte. Viele ehemalige bündische Führer wurden Führer im Jungvolk und in der HJ.

Die kleinste Einheit des Jungvolks war die "Jungenschaft" mit 10-15 Pimpfen. Drei oder vier Jungenschaften bildeten einen "Jungzug" und drei oder vier Jungzüge ein "Fähnlein". In Kreuznach mit Bad Münster am Stein gab es fünf Fähnlein mit den Namen "Volker", "Gunther", "Siegfried", "Hagen" und "Giselher". Sie bildeten zusammen den "Jungstamm" mit dem inspirierenden Namen "Nibelungen". Das aus vielen Quellen der Völkerwanderung stammende und um 1200 in Bayern aufgezeichnete Nibelungenlied mit seinen Heldengeschichten von Liebe und Treue, Verrat und Untergang eignete sich hervorragend als das Hohelied einer bedingungslosen Gefolgschaftstreue zu einem Führer bis zum heroischen Ende. Natürlich wurde nicht darüber nachgedacht: Wer ist im Recht, Kriemhild oder Hagen? Nicht über die Wechselbezüglichkeit von Treueverhältnissen, noch weniger darüber, dass die Nibelungen ein von Eroberungen lebendes Kriegervolk waren, das von der Arbeit anderer lebte. Im Nibelungenlied kommen, außer einem Schwerterschmied, keine Handwerker und auch keine Bauern vor.

Schon nach kurzer Zeit war ich "Jungzugführer" in dem westlich der Mannheiner Straße gelegenen Stadtteil. Mein Fähnlein-Führer war der in Münster lebende Otto Ruppel, mit dem mich bald eine enge Freundschaft verband. Er ist im Frankreichfeldzug als Panzerführer gefallen. Stammführer war der von mir sehr geschätzte Herbert Christmann, der im Kriege als Nachtjäger in der Reichsverteidigung gefallen ist.

Das vom "Reichsjugendführer" Baldur von Schirach verkündete Prinzip "Jugend muss von Jugend geführt werden" hatte eine faszinierende Wirkung. Es gibt in der Tat kein besseres Erziehungsmittel als Verantwortung zu übertragen. Ohne dieses frühe Hineinwachsen in verantwortungsvolles Führen wären wir später im Kriege wohl nicht fähig gewesen, als kaum erwachsen Gewordene die existentielle Doppelbelastung eines truppenführenden Offiziers mit den Zwängen des militärischen Auftrags und der persönlich-menschlichen Verantwortung für die anvertrauten Soldaten zu tragen.

## Die endgültige Machtergreifung

Am 30. Juni 1934 geschah etwas Ungeheuerliches. Herr Gehrlein, der treue Fahrer meines Vaters, kam in heller Aufregung mit der soeben im Radio durchgekommenen unglaublichen

Nachricht, Hitler habe eine Revolte der SA niedergeschlagen und der "Oberste SA-Führer" Ernst Röhm und viele seiner Mitstreiter seien erschossen worden. Näheres wusste man nicht. Was war geschehen? Die SA (Sturmabteilung) hatte in der sog. Kampfzeit die Macht über die Straße erkämpft und damit wesentlich zum Siege Hitlers beigetragen. Ihr Führer war der ehemalige Hauptmann und Freikorpsführer Ernst Röhm, der mächtigste Mann nach Hitler und sein einziger Duzfreund. Nach dem Siege verfolgte Röhm das Ziel, in einer zweiten Revolution SA und Reichswehr unter seiner Führung zu einem revolutionären Volksheer zu vereinen. Dadurch kam er in einen Gegensatz zur Reichswehr. Hitler konnte jedoch eine landsknechtsartige Revolutionsarmee nicht mehr gebrauchen. Außerdem wollte er sich die Reichswehr, mit der er andere Ziele hatte, nicht zum Gegner machen.

Am 25. Juni versetzte der Chef des Heeres, Freiherr v. Fritsch, die Reichswehr in Alarmbereitschaft. Am 30. Juni wurde die SA von Röhm im ganzen Reich alarmiert. Es herrschte Bürgerkriegsatmosphäre. Dann schlug Hitler mit der Energie eines Raubtiers und der Brutalität des Diktators zu. Er lässt Röhm und hunderte seiner Mitstreiter, fast die gesamte Oberste SA Führung, verhaften und durch SS-Männer erschießen, wobei er selbst in Oberbayern die Aktion leitet. Der siegreiche Revolutionär vernichtete seine Satrapen. Gleichzeitig wurden zahlreiche andere politisch missliebige Personen, darunter der frühere Reichskanzler General v. Schleicher und der engste Mitarbeiter des Vizekanzlers v. Papen, ermordet. Es war auch ein Sieg der in letzter Zeit durch den "Reichsführer SS" Himmler aufgebauten und sich als ordensähnliche Elitetruppe verstehenden, danach immer stärker werdenden und schließlich fast alle Lebensbereiche von Staat und Gesellschaft in verhängnisvoller Weise durchdringenden SS (Sturmstaffel) über die nach dem Schlag bedeutungslos gewordene SA.

Soweit die Aktion zur Ausschaltung der ungeliebten SA führte, wurde sie von der Bevölkerung mit Erstaunen und einer gewissen Erleichterung aufgenommen. Im Übrigen blieben die Vorgänge dunkel und sind es wohl bis heute. Damit die gesamte Aktion nicht als Massenmord zu gerichtlichen Folgen führe, wurde sie durch Gesetz zu einem Tatbestand des Staatsnotstands und damit für rechtens erklärt. Der führende Staatsrechtslehrer Carl Schmitt hatte keine Skrupel, mit einem Artikel unter dem Titel "Der Führer schützt das Recht" auch die theoretische Grundlage für die Lüge vom Staatsnotstand zu liefern. Einen Monat später starb der 88jährige Reichspräsident von Hindenburg und die Reichswehr wurde auf Hitler als Person vereidigt. Damit war der Prozess der Machtergreifung vollendet und legal nicht mehr umkehrbar. Die Erfahrungen in Vergangenheit und Gegenwart zeigen, dass ideologisch unterfütterte Diktaturen, wenn sie sich erst einmal fest etabliert haben, nur noch machtpolitisch von innen heraus zu verändern sind.

## Sommerlager im Hunsrück

Im Sommer 1934 veranstaltete unser Stamm "Nibelungen" unter der Führung von Herbert Christmann ein großes Zeltlager auf den Glashütter Wiesen am Gräfenbach in der Nähe der Gräfenbacher Hütte. Natürlich sind wir nicht mit Omnibussen hingefahren oder von unseren Eltern hingebracht worden, sondern mit allem Gepäck die 25 km marschiert, wobei die Älteren von uns die Jüngeren zum Durchhalten ermuntert haben.

Die Lagerzeit vermittelte uns ein herrliches Gemeinschafts- und Naturerlebnis. Zwei Ereignisse haben sich mir aber besonders eingeprägt -. Im Forstbereich Entenpfuhl war durch den trocknen Sommer ein großer Waldbrand entstanden. Das gab uns Gelegenheit, uns in der Brandbekämpfung als jugendliche Helden zu fühlen. Die Forstverwaltung sparte auch nicht mit großem Lob für unseren Einsatz. - An einem Abend gab es zwischen Herbert Christmann und dem sehr eigenwilligen und impulsiven Führer des Fähnleins 4, Ernst Ruppenthal, eine lautstarke Auseinandersetzung, deren Grund ich nicht mehr weiß. Vielleicht ging es um den Einsatz bei der Bekämpfung des Waldbrandes. Sie endete damit, dass Ernst Ruppenthal in großer Erregung das Lager verließ und in der Nacht mit dem Fahrrad nach Hause fuhr. In einer stark abschüssigen Kurve hat er, bei wahrscheinlich zu hoher Geschwindigkeit, die Gewalt über sein Fahrrad verloren und sich zu Tode gestürzt. Die Nachricht von dem tragischen Unfall traf noch in derselben Nacht in unserem Zeltlager ein und hat uns in große Aufregung und Trauer versetzt. Der Buchhändler Hermann Scheffel, der einzige Erwachsene im Lager, in dessen Buchhandlung auf der Alten Nahebrücke ich oft und gerne verweilte, veranlasste die Älteren von uns, sofort im Hinblick auf etwaige Vernehmungen die Vorgeschichte aufzuschreiben. An dem aufgebahrten Sarg von Ernst Ruppenthal haben wir drei Tage und Nächte die Totenwache gehalten.

**Wehrsport**

Der Sport war im Rahmen der nationalsozialistischen Jugenderziehung kein Selbstzweck. Die jungen Deutschen sollten, nach Hitlers Worten "Zäh wie Leder, flink wie Windhunde und hart wie Kruppstahl" werden. Ziel war die umfassende Wehrertüchtigung. So habe ich im Sommer 1934 auch an einem vierwöchigen Lehrgang der Geländesportschule Wolterdingen bei Soltau in der Lüneburger Heide teilgenommen.

Als nach Jahrgängen eingeteilt wurde, habe ich, um nicht zu den Vierzehnjährigen zu kommen, behauptet, bereits sechzehn Jahre alt zu sein, und wurde auch in den entsprechenden Zug eingeteilt. Die Ausbildung durch erwachsene Ausbilder war zweckbezogen hart, aber nicht eigentlich schikanös. Es galt, unausgesprochen, der Satz "Gelobt sei, was hart macht" von Friedrich Nietzsche, der zwar das heroische Getöne liebte, persönlich aber ein eher ängstlicher Adler gewesen ist. Immer wieder wurde an unsere Bereitschaft zum Mitmachen appelliert. Besonders beliebt bei den Ausbildern war im Geländedienst der plötzliche Befehl "Fliegerdeckung" und das Robben durch die Heide, was gewöhnlich mit dem aufmunternden Zuruf "Heide riechen" begleitet wurde. Noch heute meine ich, wenn ich daran denke, den würzigen Geruch von Heidekraut in der Nase zu haben. Ich habe das Ganze als sportlich willkommenes Konditionstraining empfunden. Beim abschließenden, mir eigentlich nicht liegenden, 3000 m-Lauf bin ich als Dritter der gewählten Jahrgangsgruppe angekommen.

**Fähnleinführer im Jungvolk**

Nach dem Tod von Ernst Ruppenthal wurde ich von Herbert Christmann mit der Führung des verwaisten Fähnleins 4 "Hagen" beauftragt. Das war aus mehreren Gründen eine schwierige Aufgabe. Ich war selbst erst vierzehn Jahre alt, nicht einmal der Älteste unter den rund 150 Buben, unter denen sich nicht wenige befanden, die wir damals als "rauliche Typen" bezeichneten. Hinzu kam, dass es sich um das Fähnlein der sog. Neustadt handelte, die eigentlich die Altstadt von Bad Kreuznach ist und sowohl wirtschaftlich wie sozial den problematischsten Teil der Stadt bildete. Ernst Ruppenthal, der selbst aus dem Neustädter Milieu gekommen war, hatte mit seiner auf die Buben charismatisch wirkenden radikalen Art großen Respekt, ja Verehrung, genossen. Trotz des schwierigen Umfelds bin ich jedoch mit meinem ganz anderen Führungsstil zurechtgekommen. Gelegentlich musste ich allerdings bei Konflikten und Dienstversäumnissen einzelner Pimpfe das Elternhaus besuchen, wo ich oft komplizierte soziale Verhältnisse und nicht immer freundliche Aufnahme fand. Sammelplatz meines Fähnleins war teils der sog. Eiermarkt am Denkmal von Michel Mort, teils der Holzmarkt an der Hochstraße. Von dort zogen wir hinaus durch die Dessauer Straße in das nahegelegene Wald- und Hügelgebiet der hinteren Hardt und des Lohrer Waldes, das uns ideale Möglichkeiten für Spiel- und Übungsgestaltungen bis zu sog. Kriegsspielen aller Art bot. Ein jugendgemäß gestalteter Raum in der Strasse "Im Brückes" diente als vorläufiges Heim.

Einer der Jungzugführer des Fähnleins und mein Vertreter als Fähnleinführer war mein Freund Otto-Günter Werren. Im Jahre 1937 haben wir beide eine wunderbare Fahrrad- und Zelttour durch das badische Land gemacht. Dabei habe ich mir durch ungeschicktes Hantieren mit dem Spirituskocher eine schwere Unterarmverbrennung zugezogen, so dass ich nur noch einhändig weiterfahren konnte. Leider hatte dies auch zur Folge, dass meine Teilnahme an den deutschen Jugendmeisterschaften in Breslau entfiel, wo ich, gemessen an meinen Trainingsleistungen, gute Aussichten im Kugelstoßen gehabt hätte. Otto-Günter hat mich im März 1944 als Rittmeister der Panzertruppe mit den Offizieren seiner Schwadron auf dem Flugplatz in Budapest besucht. Nach dem Kriege ist er in der Bundeswehr General und stellv. Divisionskommandeur geworden. Ein anderer Jungzugführer meines Fähnleins war mein Freund und Klassenkamerad Günther Schneider. Er hat sich am 4.9.1943 als dreiundzwanzigjähriger Kompanieführer in der Süd-Ukraine erschossen, als er erkannte, dass er keine Möglichkeit mehr hatte, der Gefangennahme durch die Russen zu entkommen.

Erwähnenswert erscheint mir in diesem Zusammenhang, dass ab 1936 auch meine heutige Frau Anne-Lore eine "Jungmädelführerin" bei den zehn- bis vierzehnjährigen Mädchen in der Neustadt war, ohne dass wir uns jedoch dadurch schon nähergekommen wären. Als einzelnes, verwöhnungsgefährdetes Kind einer bürgerlich-liberalen Familie war sie glücklich, in einer sozial gemischten Gemeinschaft von Mädchen zu leben, zu spielen und mitwirken zu können.

*In Jungvolkkluft*          *Auf Deutschlandfahrt der HJ 1935*

## Das Stammheim

Nach der Räumung des ehemaligen Viktoriastifts durch die französische Besatzung und dem Abbruch der Gebäude war in der Gartenbrunnenstraße das ehemalige Isolierhaus stehengeblieben. Da es nicht mehr gebraucht wurde, hat mein Vater es dem Jungvolk des Stammes "Nibelungen" zur Verfügung

114

gestellt. Die Räume haben wir nach eigenen Vorstellungen jugendgemäß ausgestaltet. Das geräumige Haus und seine Umgebung wurden der gern besuchte Mittelpunkt des Stammes Nibelungen, wo wir viele schöne Stunden unseres Gemeinschaftslebens verbracht haben.

**Auslandskontakte**

Auch Begegnungen mit ausländischen Jugendgruppen wurden im Rahmen der beschränkten Möglichkeiten gepflegt. Über zwei will ich berichten: Ein großes Erlebnis war für mich im Jahre 1935 die Teilnahme am "Deutschlandlager" und der "Deutschlandfahrt" der Hitlerjugend. Diese internationale Großveranstaltung mit Jugendgruppen aus vielen europäischen und außereuropäischen Ländern war hervorragend organisiert. Zum Abschluß wurden die Teilnehmer vier Wochen lang mit Omnibussen durch ganz Deutschland gefahren. Sie waren begeistert über das, was ihnen dabei an Schönheiten Deutschlands und Stätten deutscher Geschichte und Kultur gezeigt wurde, z.B. das Städtchen Dinkelsbühl mit seinen mittelalterlichen Fachwerkhäusern und seinem an die Eroberung der Stadt durch die Schweden (1632) erinnernden Volksfest "Kinderzeche". In allen Städten wurden die Gruppen von der Bevölkerung mit großer Herzlichkeit begrüßt. Meine Aufgabe bestand in

der Begleitung und Betreuung des Omnibusses der chileni-
schen Gruppe. Ihre melodischen Lieder aus der Heimat haben mich lange begleitet.

Reisen ins Ausland waren wegen der großen Devisen-
knappheit nur sehr eingeschränkt möglich. Je nach Land und
aktueller Wirtschaftssituation bekam man ausländische
Zahlungsmittel nur in Höhe von zehn bis fünfzig Reichsmark;
allerdings konnte man alle Fahrkarten der Bahnen vorweg in
Deutschland kaufen. Dennoch gelang uns 1936 eine dreiwö-
chige Gruppenfahrt nach England, wo wir sehr freundlich aufgenommen wurden. Am Lagerfeuer haben wir gemeinsam
mit jungen Engländern deutsche und englische Lieder (It is a
long long way to Tipperary, it's a long way to go) gesungen und
gegen eine Londoner Jugendmannschaft ein Rugby-Spiel mit
beiderseits leidenschaftlichem Einsatz ausgetragen.

**Der Weg in die Staatsjugend**

Rückblickend ist nicht zu verkennen, dass sich Inhalt und Formen des Jungvolk-Lebens mit der Zeit mehr und mehr von den
bündischen Vorläufern entfernten und sich in Richtung auf die
am 1. Dezember 1936 vom "Reichsjugendführer" Baldur von
Schirach verkündete "Staatsjugend" bewegten. Damit wurde
die bis dahin freiwillige Mitgliedschaft abgelöst durch den
Versuch einer vollständigen Erfassung der jeweiligen Jahr-

gänge. Dazu gehörte zum Beispiel, dass alle sportlichen Aktivitäten der Zehn- bis Vierzehnjährigen im Rahmen des Jungvolks erfolgen sollten. Ich wurde für Bad Kreuznach mit der Organisation beauftragt und gestaltete dies in der Weise, dass bei den Turn- und Sportvereinen entsprechende und vom jeweiligen Verein sportlich betreute Übungsgruppen gebildet wurden, die nur formal Sportgruppen des Jungvolks waren. Damit war dem Sport und auch den Vereinen gedient. Auch im zur Staatsjugend gewordenen Jungvolk wurden weiterhin die alten Natur-, Fahrten- und Volkslieder gesungen, wie z.B. "Wir wollen zu Land ausfahren", "Kein schöner Land in dieser Zeit", "Märkische Heide, märkischer Sand". Natürlich wurden auch Soldatenlieder gesungen wie das Walter-Flex-Lied aus dem Ersten Weltkrieg "Wildgänse rauschen durch die Nacht" und Lettow-Vorbecks Schutztruppenlied aus dem ehemaligen Deutsch-Ostafrika "Wie oft sind wir geschritten auf schmalem Negerpfad". Sehr beliebt war auch das sentimentalische, so schön mit Haupt- und Oberstimme zu singende "Jenseits des Tales standen ihre Zelte", dessen homoerotische Komponente in seiner schwül-melodischen Romantik untergeht und wohl von uns nicht erkannt wurde. Hier darf ich einflechten, dass ich niemals, auch nicht andeutungsweise, etwas von einer Homoerotik in unserer Jugendwelt bemerkt habe.

Es gab auch feierliche Lieder, die bei Morgenfeiern und anderen festlichen Gelegenheiten gesungen wurden, z.B. den bewegenden Hymnus:

*"Nichts kann uns rauben*    *Es zu erhalten*
*Liebe und Glauben*    *Und zu gestalten*
*Zu unserem Land.*    *Sind wir gesandt. "*

Im Rahmen der Kulturarbeit pflegten auf freiwilliger Grundlage Spielscharen deutsches Liedgut mit instrumenteller Begleitung und das Laienspiel. Ein Klassenkamerad meines Bruders Carl-Heinz, der schon früh als kompositorische Begabung galt, dirigierte das HJ-Orchester. Auf regelmäßigen Elternabenden zeigten die Jungzüge und Fähnlein der Öffentlichkeit ein Bild ihres Kameradschaftslebens in Spiel, Sport und Unterhaltung. Tragendes Gefühl war die Kameradschaft. Darüberhinaus gab es auch ein soziales Engagement, z.B. die Sammelaktionen für das Winterhilfswerk mit dem Verkauf sehr schöner Ansteckfigürchen mit Trachtendarstellungen aus deutschen Landschaften, wodurch zugleich ganze Regionen in Arbeit und Brot gebracht wurden, wie das Erzgebirge und Teile der Textilindustrie.

Mit zunehmendem Abstand von der Zeit der bündischen Jugend kamen zu dem bisherigen Liedgut auch politisch geprägte Lieder. Was haben wir dabei für unsinnige und barbarische Texte gesungen, ohne über ihren Inhalt nachzudenken, z.B. :"Es zittern die morschen Knochen der Welt vor dem großen Krieg"..."Wir werden weiter marschieren, wenn alles in Scherben fällt, denn heute gehört uns Deutschland und morgen die ganze Welt". Und schließlich das vom "Reichsjugendführer" Baldur von Schirach gedichtete Lied mit der fatalen Schlusszeile: "Ja, die Fahne ist mehr als der Tod." (Schirach hat den Krieg und den Untergang des Nationalsozialismus gesund überlebt).

Zum "Dienst" gehörten auch die gelegentlichen Aufmärsche in disziplinierter Formation durch die Straßen der Stadt. Helles Fanfarengeschmetter mit dumpfem Trommelschlag auf großen, von uns selbst aus Margarinetonnen gebauten Landsknechtstrommeln ließen die Herzen höher schlagen. Es gibt Rauscherlebnisse der Gemeinsamkeit in gleichem Lied und Klang, bei gleichem Schritt und Tritt, bei denen der Einzelne sich aufgehoben und gestärkt fühlt in der Masse Gleichgesinnter, nicht bedenkend, dass bei einem Aufmarsch immer doppelt so viele Beine beteiligt sind als Köpfe. Da vorbeigetragene Fahnen zu grüßen waren, ist wohl auch mancher erwachsene Zuschauer unauffällig in eine Nebenstraße ausgewichen.

Im Rahmen der Jungvolk-Kameradschaft bildeten sich viele

persönliche Freundschaften, die weit über die organisatorische Zusammenarbeit und die Gemeinschaftserlebnisse hinausgingen. Dabei habe ich mich meist zu etwas älteren Freunden hingezogen gefühlt. Wie oft hat sich meine Mutter Sorgen gemacht, weil ich sehr spät abends oder erst in der Nacht nach Hause kam. Dabei hatten wir nur zu zweit oder zu dritt an irgendeiner stillen Straßenecke gestanden und heiße Gespräche über viele persönliche und allgemeine Probleme geführt, insbesondere über unsere Zukunft, die wir doch mitgestalten wollten. Früh gefordert und in die Verantwortung für die uns anvertrauten Pimpfe gestellt, bildete sich wohl auch ein gewisses Elite-Bewusstsein, was sich dahin auswirkte, dass wir uns nicht in die uns weniger attraktiv erscheinende HJ überführen ließen, sondern Jungvolkführer bleiben wollten.

Nachdem Herbert Christmann zur Fliegertruppe gegangenen war, wurde mein drei Jahre älterer Freund Otto Ruppel aus Münster am Stein Stammführer für das Jungvolk von Bad Kreuznach und Bad Münster am Stein. Als auch er 1937 zur Wehrmacht ging, sollte ich sein Nachfolger werden, lehnte es aber wegen der nur noch kurzen Zeit bis zum Abitur ab. Statt dessen wurde es der etwa fünf Jahre ältere, noch stark bündisch geprägte und leidenschaftlich klampfespielende Fähnleinführer Heinz Gerber, der länger bleiben konnte, weil er aus

gesundheitlichen Gründen nicht zum Militär musste. Ich führte mein Fähnlein bis zu meinem Abitur, ohne die übliche Be-
urlaubung im letzten Schuljahr in Anspruch zu nehmen.

## Eine unglaubliche Geschichte

Jugend braucht und sucht sich ihre Vorbilder. Einer meiner
Leitsterne war der sechs Jahre ältere Siegfried Staadt. Er
muss wohl schon vor 1933 dem Nationalsozialismus nahe
gestanden haben; jedenfalls trug er später zur HJ-Uniform
auf dem linken Ärmel den Balken, der ihn als sog. "alter
Kämpfer" auswies. Er war klein, aber voller Energie und
Ideale, dabei sehr überlegend, ohne unangenehmes Pathos,
immer in die Zukunft sehend. Im fröhlichen Freundeskreis
erfreute er oft mit seiner schönen Tenorstimme. In der HJ hat
er schnell Karriere gemacht und wurde als "Unterbannfüh-
rer", das war der höchste Rang der Nichthauptamtlichen,
Führer der gesamten HJ von Bad Kreuznach und Bad Münster am Stein. Auch im Kriege muss er auf Grund seiner Füh-
rungskunst ein sehr guter Truppenführer gewesen sein;
jedenfalls wurde er bereits in den Anfangsjahren des
Russlandfeldzuges trotz seiner Jugend Kommandeur einer
Panzeraufklärungsabteilung, einer Einheit, deren Führung
besondere Umsicht und Kühnheit verlangte. Er wurde deshalb zur Verleihung des Ritterkreuzes des Eisernen Kreuzes

vorgeschlagen. Merkwürdigerweise verzögerte sich jedoch die beantragte Auszeichnung aus nicht erkennbaren Gründen in ungewöhnlicher Weise.

Im Herbst 1944, nach dem Stauffenberg-Attentat, während eines kurzen Heimaturlaubs in Bad Kreuznach, traf ich ihn wieder. Zu meiner großen Überraschung trug er Zivilkleidung. Auf meine erstaunte Frage: "Was ist denn mit dir los?" erklärte er ohne große Erregung: "Ich bin aus der Wehrmacht ausgestoßen. Ich bin Halbjude."

Nach damaligem Gesetz galten Halbjuden als "wehrunwürdig". Und dann schilderte er mir, was er bisher selbst nicht gewusst hatte und wohl bei den Nachforschungen im Ehrungsverfahren festgestellt worden ist: Siegfried - "Siffi" - wie wir ihn genannt haben, war der nichteheliche Sohn eines jüdischen Arztes, der ihn früh zur Inkognito-Adoption freigegeben hatte. So ist er in Meisenheim bei den Eheleuten Staadt aufgewachsen, die für ihn die nie in Frage gestellten Eltern waren. Das ist die Tragik eines Mannes, der unwissend über seine Herkunft treu und aufopferungsbereit einem System gedient hat, das von einem fanatischen Judenhass geprägt war. Mein späterer Schwiegervater Carl Weichel, der bei den Seitz-Werken auch Personalchef war, hat Siegfried alsbald in die Firma eingestellt, wo er den Krieg überlebt hat. Danach war er einer der markantesten Persönlichkeiten der Stadt als mittelständischer Unternehmer, langjähriges F.D.P Mitglied des Stadtrats und Vorsitzender des großen "Vereins für Leibesübungen", wo er mit seinem besonderen Organisationstalent viel bewirkt hat. Mit der Gestalt des "Barön'sche", eines mäkelnden Kurgastes, hat er eine besonders originelle Fastnachtsfigur geschaffen und gespielt, über die noch heute alle, die es erlebt haben, amüsiert lächeln. Sein Sohn Jochen ist heute einer der wichtigsten Historiker der DDR-Zeit.

## Nachbetrachtung: Jugend im "Tausendjährigen Reich"

Der nationalsozialistische Staat war darauf angelegt, den ganzen Menschen zu erfassen und ihn auf Lebenszeit geistig zu führen. Auf Jungvolk und Hitlerjugend sollten der Reichsarbeitsdienst, die Wehrmacht und schließlich SA oder SS folgen. Beim weiblichen Teil der Bevölkerung sollten sich dem "Bund Deutscher Mädel" (BDM) für die Achtzehn- bis Einundzwanzigjährigen der Bund "Glaube und Schönheit", den wir ironisch "Glaube an die Schönheit" nannten, und die NS-Frauenschaft anschließen. Eine rückblickende Gesamtbetrachtung sollte aber nicht verkennen, dass das Leben in den BDM-Gruppen für viele der Mädchen Geborgenheit, Ansporn und der Stolz, dazu zu gehören, bedeutete. Neben der Vorbereitung auf ihre Zukunft als Frauen und Mütter lebten auch die Mädchen in jugendgemäßen Formen mit Wandern,

Zelten, Sport und Spiel, Heimabenden und festlichen Auf-
märschen. Für viele war es neben den Schul- und Familien-
zwängen eine eigenständige Lebensphase im Sinne einer
partiellen Emanzipation.

Die Nationalsozialistische Deutsche Arbeiterpartei
(NSDAP) war als Kerntruppe der politisch aktiven Staats-
bürger gedacht. Dieses Ganze sollte ein nahezu perfektes System einer Erziehungsdiktatur werden, die den deutschen
Menschen lebenslang im Griff behält. Dazu gab es im Volksmund den Witz: "Der Vater ist in der Partei, die Mutter in der
Frauenschaft, die Kinder sind in der Hitlerjugend - dem Jungvolk und beim BDM. Die Familie trifft sich einmal im Jahr
beim Reichsparteitag." Alles war auf Hitler als den "Führer"
abgestellt. Niemand konnte oder wollte sich auch vorstellen,
wie es in einer Nach-Hitler-Zeit im "Tausendjährigen Reich"
weitergehen sollte. Dazu eine aufschlussreiche Episode: Redner einer Großkundgebung im damals noch bestehenden
Kreuznacher Kaisersaal war der Hohenzollernprinz August
Wilhelm, genannt Au-Wi, ein Sohn des letzten Kaisers Wilhelm II. Er trat in der Uniform eines SA-Gruppenführers auf
und begann seine Rede mit den Worten: "Sie werden sich ge-
wundert haben, dass meine Rede nicht mit einem Thema an-
gekündigt worden ist. Ich habe nur ein Thema: Adolf Hitler."

In dieser Kette der Erziehungsdiktatur war das Jungvolk die

unterste Stufe und mit seinem jugendlichen Eigenleben sicherlich der sympathischste Teil. Von der HJ unterschied es sich dadurch, dass es mit seinen Heimabenden, Fahrten und Lagern noch mehr mit den Idealen und Lebensformen der Bündischen Jugend verbunden blieb. Immer wieder habe ich in den folgenden Jahrzehnten von Leuten, die das Jungvolk in dieser Anfangszeit erlebt haben, gehört, wie schön und erlebnisreich es gewesen sei. Auch Menschen, die der NS-Weltanschauung reserviert gegenüberstanden, wie meine Mutter, oder mit Entschiedenheit ablehnend, wie der sehr kultivierte und belesene Dermatologe Dr. Baar und seine Frau, mit denen meine Mutter befreundet war, haben unsere jugendlichen Aktivitäten mit Verständnis und persönlicher Sympathie begleitet. Vielleicht wollte er, der Lebenserfahrene, mir den Konflikt zwischen meinen noch frischen Idealen und der von ihm gesehenen Realität ersparen. Dr. Baar hat oft mit mir über allgemeinmenschliche Probleme gesprochen und mich auf den Erziehungsroman "Emile" aufmerksam gemacht, in dem der französisch-schweizerische Philosoph und Pädagoge Jean-Jacques Rousseau (1712-1778), den für die moderne Pädagogik richtungweisenden Gedanken einer kindgemäßen, freien, individuellen, wachsenlassenden Erziehung vertrat (Rousseau selbst hat allerdings seine fünf eigenen Kinder ins Findelhaus verbannt!). Das kinderlose Ehepaar Baar ist beim Luftangriff am 2. Januar 1945 in seinem schönen Haus Ecke Salinenstraße/Schloßstraße umgekommen.

Jugend will gefordert sein. Und Jugend braucht Ideale, die Orientierung geben, Mut zur Lebensgestaltung machen und dem jungen Menschen helfen, das zu werden, was er sein kann. Dass unsere Ideale als Verführungsmittel einer fanatischen Ideologie missbraucht wurden, spricht nicht gegen den Wert von Idealen, sondern gegen die, die den Missbrauch zu verantworten haben. Der Mensch ist und bleibt, und das in jeder Gesellschaftsform, wie auch unsere Gegenwart zeigt, vielfältig verführbar. Es wird deshalb auch in Zukunft immer wieder die Gefahr des Missbrauchs von Idealen und die Manipulation durch falsche Ideale geben. Nur in einer freien Gesellschaft besteht die Chance, wirksame Gegenkräfte gegen Verführungen aller Art zu mobilisieren.

## Liebenswertes Bad Kreuznach

Mein heimatliches Kreuznach war für den Heranwachsenden eine ideale Stadt, gelegen an der Stelle, wo sich die Nahe aus dem verschlungenen Tal zwischen den Porphyrfelsen herauswindet und ihren Weg ins offene Land zum Rhein bahnt, eingebettet zwischen Rebhügeln, Wäldern und den Bergen der Hardt, des Kuhberges, des Spreitels und der Gans. Diese landschaftlichen Vorzüge verbindet sie mit den Annehmlichkei-

ten einer zentralen Mittelstadt, ohne die Anonymität einer
Großstadt und frei von kleinstädtischer Enge. Trotz der
schmückenden Bezeichnung als "Bad" beruht seine Wirt-
schaftskraft auf dem in Nord-Osten gelegenen Gewerbege-
biet mit vielfältigem Handel, Handwerk und Industrie.
Dennoch rechtfertigen das im westlichen Teil der Stadt gelegene Kurviertel mit den Kuranlagen, der Roseninsel, den
Gradierwerken, Sportanlagen und reizvollen Wanderwegen
im Salinental den Beinamen "Stadt der Rosen und Nachti-
gallen". Zwar war das Flair eines mondänen Bades aus dem
vorigen Jahrhundert und der Vorkriegszeit mit Kurgästen aus
russischen Großfürstenfamilien und anderen Herrscherhäu-
sern etwas verblasst, aber noch immer gab es ein lebhaftes Ba-
deleben mit eigenem Theater, zahlreichen Hotels und
Kurpensionen und vielen festlichen Veranstaltungen im eleganten Kurhaus. Auch wenn mein späterer Lebensweg mich
von Kreuznach weggeführt hat, bleibe ich ihm doch als Stadt
meiner Jugend sowie durch Familientradition, Freundschaften und durch das Viktoriastift besonders verbunden. Ein Bild
mit dem Wahrzeichen der Stadt, der erstmals 1311 urkundlich
erwähnten steinernen Alten Nahebrücke mit den seit dem Jahre 1495 nachgewiesenen, auf zwei Pfeilern der Brücke stehenden Brückenhäusern, hängt zur ständigen Erinnerung in
meinem Arbeitszimmer.

## Behausende Familie

In den Phasen der Kindheit und Jugend sind die Erlebnisse und Erfahrungen im Elternhaus von besonderer Prägekraft. Das war bei mir nicht anders. Die Jahre der Kindheit empfinde ich im Rückblick als sehr harmonisch. Wir lebten im Lebensgefühl einer geordneten Bürgerlichkeit. Wie in vielen Bürgerhäusern hingen auch in unserer Wohnung die Verse des 1920 verstorbenen schwäbischen Dichters Cäsar Flaischlen, die mit den Worten beginnen:

*"Hab Sonne im Herzen,*
*ob's stürmt oder schneit,*
*ob der Himmel voll Wolken,*
*die Erde voll Streit."*

Zu meinen besonderen Kindheitserinnerungen gehören die Weihnachtsfeste. In den Tagen vor dem Fest hat die Mutter mit dem Christkind Weihnachtsplätzchen gebacken. Da ich das Christkind natürlich nicht sehen durfte, war die Küchentüre abgeschlossen und ich darauf verwiesen, vor der Türe Liedchen für das Christkind zu singen und Gedichte aufzusagen. Erst wenn die Backarbeiten beendet waren, durfte ich in die Küche kommen, die frische Backluft schnuppern und die köstlichen Produkte probieren. Das Christkindchen war bereits durch das geöffnete Fenster entflogen. Auch der Weihnachtsabend hatte ein kindgemäßes Ritual. Ein silbernes Glöckchen verkündete den Erwartungsvollen, dass das Christkind wieder entflogen war und wir das Zimmer mit dem geschmückten Weihnachtsbaum betreten durften. Die bereitliegenden Geschenke blieben aber mit einem weißen Tuch zugedeckt, bis wir unsere Gedichte gesagt, ein Liedchen gesungen oder einige Weihnachtslieder auf dem Klavier gespielt hatten. Kindlicher Glaube an die Geheimnisse des Unsichtbaren wurden nicht vorzeitig zerstört.

Mein Bruder Carl-Heinz und ich fühlten uns von unserer klugen und liebevollen Mutter umsorgt. Wir erlebten sie als verständnisvoll und friedliebend. Ich kann mich an keine einzige ernsthafte Auseinandersetzung mit ihr erinnern. Körperlich war sie von zarter Konstitution, deshalb schon in der Schule vom Turnunterricht befreit, auch ohne sportliche Neigungen. Aber sie besaß eine zähe Natur, die ihr, abgesehen von einer Mamma-Operation im Jahre 1944, eine relative Gesundheit bis zu ihrem sanften Einschlafen im 90. Lebensjahr geschenkt hat. Noch in hohem Alter hielt sie eine Konsultation von Ärzten nicht für empfehlenswert. Entsprechende Anmahnungen beantwortete sie gerne mit der Erkenntnis: "Ach, die finden ja immer etwas."

Da sie als Mädchen und junge Frau neun Jahre lang Klavier-
unterricht bei "Fräulein" Tessendorf gehabt hatte, war sie eine
gute, aber nicht leidenschaftliche Klavierspielerin. Leider hat
sie das Klavierspielen in späteren Jahren langsam aufgegeben. Auch ihr Versuch, mich zum Klavierspielen hinzuführ-
ren, erwies sich als nicht sehr erfolgreich. Nach zwei Jahren
wurde der Unterricht wegen zu geringen Übens eingestellt.

Vater war die eigentlich bestimmende Kraft der Familie. Von
ihm gingen die wesentlichen Aktivitäten und Entscheidungen
aus. Zu ihm habe ich als Kind eine besondere Zuneigung gehabt. Nach den Mahlzeiten rutschte ich gerne zum Schmusen
auf seinen Schoß. Sonntags wurde - ohne Mutter, die keine
Wanderfreundin war - durchs schöne Salinental nach Bad
Münster am Stein gewandert und bei "Tante Baum", der
Schwester des Großvaters Rothhaar, zum zweiten Frühstück
eingekehrt, wozu "Onkel Baum", ein passionierter Jäger und
kleiner Winzer einen guten Schoppen und Jagdgeschichten
beisteuerte. Gerne ging Vater auch nach Dienstschluss durch
die Stadt, eine Neigung, die mein Bruder Carl-Heinz und ich
geerbt haben. Und man landete häufig am Stammtisch im
"Felsenkeller", der eine Art Kreuznacher "Löwenbräukeller"
gewesen ist. Auch habe ich Vater oft auf die Felder des Viktoriastifts und gelegentlich zum Vieheinkauf bei einem jüdischen Viehhändler in Frei-Laubersheim begleitet und dabei

seine Sachkenntnis und Ausdauer im Verhandeln mit schließlich einvernehmlichem Ausklang bewundert. Von Vater habe ich auch gelernt, dass es sich gehört, an die zu denken, die uns bedienen. Der Straßenbahnschaffner bekam zu den zwei Groschen, die der Fahrschein kostete, einen Groschen als Trinkgeld, und wenn die Eltern privat eingeladen waren, wurde auch an das dortige Hausmädchen gedacht. Heute ist das, wie ich immer wieder beobachte, weitgehend außer Übung gekommen. Der zahlende Gast zahlt Trinkgeld, der eingeladene Gast nicht - warum eigentlich nicht?

**Umzug in die Bismarckstraße**

Nach dem Tode von Großvater Rothhaar im Jahre 1931 übernahm meine Mutter in der Erbteilung mit ihrer Schwester, der lieben Tante Hanni, das Haus Bismarckstraße 17 (nach dem Kriege hat man die Straße in historischer Verkennung des Wirkens von Bismarck in Freiherr-vom-Stein-Straße umbenannt). Das Dachgeschoss wurde für ein Gästezimmer aufgestockt und nach dem Garten, der damals bis zum Grundstück von Tante Hanni reichte, ein Wintergarten mit Treppe zum Garten angebaut. Im Keller befanden sich die Küche mit Speiseaufzug, Heizung und Vorratsräumen, im Hochparterre das Herrenzimmer, Wohnzimmer und Musikzimmer, im Obergeschoss das Esszimmer und Schlafzimmer der Eltern mit Balkon, das Badezimmer und das Zimmer der Buben, im Dachgeschoss das Mädchenzimmer und ein Gästezimmer. Das Bubenzimmer war durch einen Raumteiler in einen Wohn-Arbeits- und einen Schlafbereich unterteilt. Da mein Bruder als Godesberg-Schüler und dann als Student nur zeitweise zu Hause war, hatte ich das Zimmer meist für mich allein, was ich sehr genoss. Die frühe Zuteilung eines eigenen Zimmers fördert die Selbstbeschäftigung und Entwicklung vorhandener Neigungen und Fähigkeiten. Ein Fenster ging nach der Seite auf das Nachbarhaus des immer sehr verschlossen wirkenden Chirurgen Dr. M. Ihm bin ich erstmals begegnet, als ich etwa dreißig Jahre später als Kreuznacher Notarassessor sein Testament in seinem Haus beurkundet habe, das mit seiner dämmerigen Atmosphäre und seltsamen Einrichtung an die Studierstube des sagenhaften Dr. Faustus erinnerte. Das Fenster aus dem Schlafbereich meines Zimmers öffnete den Blick in den Garten. Wie oft habe ich da, auf die Fensterbrüstung gelehnt, hinausgeschaut und meinen jugendlich schweifenden Gedanken freien Lauf gelassen!

**Familienleben**

Der Tagesablauf in der Familie wurde dadurch bestimmt, dass der Vater ein passionierter Frühaufsteher war und sich schon vor dem Frühstück um die Landwirtschaft des Viktoriastifts kümmerte. Dafür pflegte er zum Mittagessen nach Hause zu kommen und anschließend ein Mittagsschläfchen im Sessel zu halten. Die Mahlzeiten wurden grundsätzlich gemeinsam eingenommen. Mittags gab es eine Suppe (noch heute schwärme ich von den Einlaufsuppen meiner Mutter) und ein Hauptgericht und abends zunächst auch wieder ein warmes Gericht und anschließend eine Brotzeit mit Aufschnitt und Käse. Die Eltern haben dann meist noch bis in den späten Abend zusammengesessen, um sich bei einer Flasche Wein zu unterhalten und zu lesen. Radio und Fernsehen hatten abendliche Gespräche und Lektüre noch nicht verdrängt. Auch kannte man noch nicht die Kultur der Freizeitbekleidung, die uns heute eine lieb gewordene Selbstverständlichkeit ist. Für die bürgerlich geprägte Generation meines Vaters und auch noch nach dem Kriege für meinen späteren Schwiegervater Carl Weichel war es selbstverständlich, dass man die formelle Tageskleidung mit geschlossenem Hemdkragen und Schlips nicht vor dem Ende des Tages ablegte.

Es wurde ein gutbürgerlicher Haushalt geführt. Dazu gehörte, dass man für die Hausarbeit ein ganz im Haus aufgenommenes "Mädchen" hatte. Dies war anfangs “unsere Else", die erst nach sieben Jahren wegging, als sie einen Gastwirt heiratete, und dann unser liebes "Käthchen", das uns treu geblieben ist, bis es sich mit einem Gärtner vom Viktoriastift verheiratet hat.

Dass die "Mädchen" so lange bei uns geblieben sind, stellt sicher auch meiner Mutter ein schönes Zeugnis aus. Käthchen hat viel zu der guten Atmosphäre des Hauses beigetragen. Sie hat meine Mutter bestens unterstützt und meine Schwächen mit wohlwollender Nachsicht behandelt, zum Beispiel indem sie schnell das Fahrrad herbeiholte, wenn es darauf ankam, noch rechtzeitig zur Schule zu kommen. Meine heutige Frau, deren Familie Weichel ab 1934 schräg gegenüber gewohnt hat, behauptet, öfter den Ruf gehört zu haben: "Käthchen, mein Fahrrad!"

## Ein gastliches Elternhaus

In den 20er Jahren, die manchmal sehr einseitig die "Golden Twenties" genannt werden, hat es noch viel bürgerliche Geselligkeit gegcben. Meine Eltern pflegten zahlreiche familiärgeprägte Freundschaften mit gegenseitigen Einladungen und gemeinschaftlichen Ausflügen. Unser Haus war ein gastlich offenes Haus. So kam es nicht selten vor, dass nach einer auswärtigen Geselligkeit gesagt wurde: "Jetzt gehen wir noch ins Café Weirich." Bei größeren Einladungen, z.B. bei den Konfirmationen, wurde Herr Linn, der beliebte Koch der Loge, ins Haus geholt. Auch geschäftliche Besucher des Viktoriastifts waren oft zu Gast in unserem Haus und es haben sich dabei auch persönliche Freundschaften entwickelt. Wie oft hat Vater kurz vor dem Mittagessen zu Hause angerufen: "Li, ich bringe noch Gäste mit", was von Mutter mit klagloser Bereitschaft hingenommen und in harmonischer Zusammenarbeit mit "Käthchen" bewältigt wurde. Mutter muss eine vorzügliche Gastgeberin gewesen sein, wie mir noch später oft bestätigt worden ist. Ich glaube, dass diese Pflege persönlicher Verbindungen mit für das Viktoriastift wichtigen Personen dazu beigetragen hat, die für die Stiftung so schwierigen Zeiten zu überstehen.

Häufiger Gast über Wochen war die ebenso korpulente wie lebenslustige "Tante" Kekulé. Sie wohnte in Bad Godesberg und war die verwitwete Schwiegertochter des berühmten Chemikers Professor Dr. Friedrich August Kekulé von Stradonitz, des Entdeckers des Benzolrings, dessen Denkmal vor der Universität in Bonn steht. Als Carl-Heinz 1929 nach Bad Godesberg ins sog. "Pädagogium" ging, war sie ihm eine fürsorglich bemutternde Tante. In der Zeit kurz vor oder nach dem Kriegsende, als keine Verbindung mit ihr bestand, soll sie verhungert sein.

Auch an andere mehrwöchige Hausgäste erinnere ich mich, so z.B. an einen Studenten aus der französischen Schweiz, der Deutsch lernen wollte (und uns Französisch beibringen sollte), und an einen Kunstmaler, der im Rahmen einer "Aktion Künstlerhilfe" vier Wochen bei uns aufgenommen wurde.

## Aufziehende Wolken

Anfangs bedeutete der recht große Altersunterschied zwischen den Eltern von siebzehn Jahren kein besonderes Problem, da der Vater ein ziemlich unternehmungsfreudiger Mensch war. Jedenfalls hatte ich nichts davon bemerkt. Das hat sich aber in den späteren Jahren geändert, als er schwieriger und leicht reizbar wurde. Der eigentlich warmherzige und gutmütige Vater war wohl durch die mehr als vier Jahre Krieg und die Last der Nachkriegsjahre, insbesondere durch den Existenzkampf für das Viktoriastift, nervlich verbraucht. So kam es gelegentlich zu ehelichen Auseinandersetzungen, die wohl vom Vater ausgingen und die ich hilflos und verständnislos miterlebte. Anlässe und Inhalte sind mir nicht mehr bewusst. Auch mein Verhältnis zum geliebten Vater wurde distanzierter und schwieriger, wahrscheinlich weil ich, für seine Vorstellung zu früh eigene Wege suchte. Ich habe später oft an seinem Grab und vor seinem Bild dafür Abbitte geleistet. Übergewicht und Bewegungsmangel in den letzten Jahren haben sein Leben viel zu früh im November 1934 durch einen Schlaganfall beendet.

## Politisches

Politische Fragen haben mich schon sehr früh interessiert und ich versuchte, mir durch das tägliche Lesen von Zeitungen eine Meinung über das Geschehen zu bilden. Abseits der relativ harmonischen Bürgerlichkeit gab es in der Stadt Bad Kreuznach starke politische Spannungen. Die Kommunisten waren in der Arbeiterschaft und unter den Arbeitslosen sehr stark vertreten und beängstigten das brave Bürgertum durch ihre revolutionären Umzüge mit roten Fahnen und dem Skandieren aggressiver Sprechchöre. Meine Frau Annelore berichtet, dass sie jedes Mal Angst gehabt habe, wenn sie als junges, bürgerlich gekleidetes Mädchen auf ihrem Schulweg von der Hofgartenstraße über die Wilhelmsbrücke an proletarisch wirkenden, wahrscheinlich arbeitslosen Männern vorbeigehen musste. Gegen Ende der 20er Jahre kamen auch die revolutionären Nationalsozialisten mit ihren SA-Schlägertrupps auf und es gab erbitterte Straßenkämpfe zwischen linken und rechten Radikalen, wobei die Polizei mit Gummiknüppeln versuchte, die fanatischen Gegner zu trennen. So erlebte ich, an der Hand meines Vaters, wilde Auseinandersetzungen, z.B. auf dem Bismarckplatz, dem heutigen Kornmarkt und auf dem damaligen Schad'schen Platz, wo wir uns einmal nur durch die Flucht vor den Gummiknüppeln der Polizei in Sicherheit bringen konnten.

Meine Eltern waren nicht eigentlich politische Menschen, aber auch nicht unpolitisch. Man war bürgerlich-national, mit stark liberalem Einschlag. Man trauerte dem untergegangenen System des Kaiserreichs nicht nach. Es gab keine Anhänglichkeit mehr an monarchisches Gedankengut. Dafür waren die mit dem alten System erlittenen Enttäuschungen zu groß. Monarchien verschwinden und verlieren ihre Legitimation, wenn sie sich selbst aufgegeben haben. Die neue Weimarer Republik wurde, wenn auch ohne besonderen Enthusiasmus, akzeptiert. Ihre Realität mit den ständigen Regierungswechseln und Skandalen wurde jedoch nicht als herzenswärmend empfunden. So war es z.B. in den damaligen bürgerlichen Kreisen weitgehend üblich, an nationalen Gedenktagen nicht die neue schwarz-rot-goldene Fahne der Republik, sondern die alte schwarz-weiß-rote Handelsflagge zu zeigen.

Ich weiß nicht, welche Partei meine Eltern gewählt haben, nehme aber an, dass es meist die Deutsche Volkspartei des hochgeschätzten Gustav Stresemann war, der im Herbst 1923 als Reichskanzler einer großen Koalition mit der Einführung der Rentenmark die Grundlagen für die Gesundung der Währung gelegt hatte und als langjähriger Außenminister beharrlich mit den Mitteln der Verständigungspolitik auf eine Reduzierung der drückenden Reparationslasten und eine Verbesserung der internationalen Stellung Deutschlands hinarbeitete.

Vater hat die sog. "Nationale Revolution" ab Januar 1933 nur relativ kurz erlebt, ohne sich von der allgemeinen Begeisterung anstecken zu lassen. Mutter hatte in der Zeit vor 1933 in einem vaterländischen Frauenverein mitgewirkt, der sich sozialen Diensten und der Pflege nationalen Gedankenguts widmete. Der Verein trug den Namen "Königin-Luise-Bund" nach der tapferen preußischen Königin, die nach der Niederlage Preußens von 1806 mit ihren Kindern nach Königsberg geflohen war und 1807 in Memel den siegreichen Kaiser Napoleon I. vergeblich um mildere Friedensbedingungen gebeten hat. Während des Krieges hatte Mutter regelmäßig Bahnhofsdienst beim "Roten Kreuz" geleistet.

Nach dem politischen Umbruch 1933 blieb Mutter, wie bereits erwähnt, reserviert. Ich erinnere mich, dass sie einmal im Zusammenhang mit einer der Wahlen mit angeblich über 99 % Zustimmung zur Regierung die Überzeugung geäußert hat, das Wahlergebnis sei zu Gunsten der NS-Partei gefälscht worden, woraus ich schließe, dass sie mit Nein gestimmt hat. Im Jahre 1939 erlebte sie eine unangenehme Begegnung. Meine Mutter hatte das ihr zu gross gewordene Haus an einen Block- oder Zellenwart der NSDAP vermietet und ihn verklagt, weil er seine Miete nicht zahlte. Darauf wurde sie zu dem mächtigen Kreisleiter bestellt, der ihr heftige Vorwürfe machte, weil sie es gewagt habe, einen NS-Funktionär vor Gericht zu verklagen, so dass sie weinend die Kreisleitung verließ.

## Sport und Literatur

Die Prägung eines jungen Menschen wird durch vielfältige Faktoren bestimmt. Dazu gehören auch seine selbstgewählten Lieblingsbeschäftigungen. Bei mir waren es der Sport und die Beschäftigung mit der deutschen Sprache. Klang, Rhythmus und gedanklicher Inhalt von Sprache haben mich seit früher Jugend fasziniert, die schulischen Exerzitien in Grammatik dagegen eher gelangweilt. Der Sport begann mit dem Eintritt als Sechsjähriger in den Turnverein, der damals TVK 1869 hieß, später TVK 1848, und 1946 wegen des Turnverbots der französischen Besatzung in VfL umbenannt worden ist. Mein Weg in die Turnhalle in der "Jahngasse" in der Neustadt führte durch die Kurhausstraße, die mit ihren vielen riesigen Platanen die älteste Allee dieser Art in Deutschland sein soll. Daneben gab es noch den "Männerturnverein", der viele Jahre eine Spitzenstellung im Geräturnen einnahm und u.a. den mehrfachen Olympiasieger von 1936 Konrad Frey sowie in meiner Generation den bereits genannten Jakob Kiefer und weitere deutsche Spitzenturner hervorbrachte.

Unser Turnlehrer war Wilhelm Doll, ein freundlicher, weiß-haariger Herr, der uns trotz seines hohen Alters von über 70 Jahren noch den Schulterstand im Barren und andere Übungen vormachte. Später kam als angestellter Vereinsturnlehrer Albert Oppelt, der mehr spielerische Elemente in die Übungsstunden einbrachte. Geübt wurden das Turnen an den Geräten Barren und Reck, die beflügelnden Sprünge über den hohen Kasten mit Hocke, Grätsche, Überschlag und Salto sowie das Bodenturnen mit Rollen vorwärts und rückwärts, Flick-Flack und Salto. In der mehr alten als ehrwürdigen Turnhalle in der Jahngasse, beheizt noch mit Kohleöfen, und auf dünnen Kokosmatten haben wir eifrig geübt. Was hätten wir für die dicken Weichbodenmatten und anderen Übungs-hilfen von heute gegeben! So habe ich z.B. bei einem ohne Anleitung und Hilfestellung unternommenen Versuch einer Riesenwelle am Hochreck schmerzhafte Bekanntschaft mit dem dünn belegten Boden gemacht, weil sich die Hände wegen eines falschen Griffs von der Reckstange gelöst haben.

Dem Gerätturnen - nicht Geräteturnen, denn es turnen ja nicht die Geräte - bin ich bis zum Abitur treu geblieben. Ich bin der Auffassung, dass es mit seinem vielfältigen Auffor-derungscharakter unterschiedlichen Geräte und die Unersetzbarkeit der turnspezifischen Körper- und Bewegungserfahrungen des Hängens, Stützens, Schwingens sowie des "Kopfüber" einen hohen Wert für die gesamtmotorische Koordination besitzt und bedauere deshalb, dass es durch die Konkurrenz der vielen neuen Modesportarten an Bedeutung verloren hat.

Für den Heranwachsenden kamen weitere Sportarten hinzu. Da unser Verein schon damals ein vielseitiger Allsportverein war, konnte das meiste im Rahmen des geliebten Vereins ausgeübt werden. So gab es z.B. eine Schwimmabteilung unter der tatkräftigen Führung des Kunstspringers Friedrich Dhein und seiner rührigen Frau Else. Die von uns erreichten Leistungen im Schwimmen, Kunstspringen und Wasserball sind allerdings mit den heutigen nicht vergleichbar, da es in Bad Kreuznach noch kein Hallenbad gab und deshalb nur in den kurzen Sommermonaten trainiert werden konnte. Hinzu kam bei mir, dass mir das Kraulschwimmen eigentlich nicht lag, weil ich mich nicht damit anfreunden konnte, mit dem Gesicht flach im Wasser zu liegen und seitlich zu atmen.

An Spielen betrieben wir Völkerball, Handball und ab 1935 unter der Leitung von Hermann Niebuhr auch Basketball. Auch gab es eine Boxabteilung unter seiner Leitung, jedoch nur mit vereinsinternem Sport, ohne die Austragung öffentlicher Kämpfe. Ich halte das Boxen für Jugendliche, wenn es nicht auf eine Zermürbung des Gegners oder den KO-Sieg

gerichtet ist, für ein vorzügliches Konditions- und Reaktions-
training. Erzieherisch wirkt auch die ständige Mahnung jedes
Trainers, die Deckung nicht zu vergessen. Auch im Sportun-
terricht der Schule wurde das Boxen geübt. Lehrer war dabei
der von der deutschen Schule in Budapest zu uns gekommene,
hochgewachsene Herr Scheffer. Aber die von Schülern wiederholt an ihn gerichtete Aufforderung, doch mal mit "dem
Weirich" zu boxen, hat er immer höflich überhört.

Dazu will ich noch eine kleine Episode erzählen: Als einmal
meine Mutter durch die Stadt ging, bemerkte sie auf dem
Bismarckplatz (heute Kornmarkt) eine große Menschenmen-
ge, die offenbar einer Vorführung zusah. Nachdem sie sich,
wohl nicht ohne Neugier, durch die hinteren Reihen nach vorne gedrängt hatte, erkannte sie zu ihrem Entsetzen ihren Sohn
in einem Boxkampf, bei dem er wohl nicht sehr gut ausgesehen hat. Mein überlegener Gegner war Karl Thomas, einer
meiner engsten Freunde, einige Jahre älter und reifer als ich,
von Beruf Drucker, ein guter Sportler und eleganter Box-
Techniker, ungemein belesen, strebsam und von idealer
Gesinnung. Auch er ist nicht aus dem Kriege heimgekehrt. Er
hat am 23. April 1945 als Oberleutnant bei den Pionieren bei
den Kämpfen in Schlesien durch einen Kopfschuss einen frühen Tod gefunden.

Das Wichtigste für mich aber war die Leichtathletik. Oft bin

ich ins Salinental geradelt, habe mir vom Platzwart des Sport-
platzes Kugel, Speer und Bandmaß aushändigen lassen und
für mich geübt. Meine Stärke waren das Kugelstoßen, wobei
mir die auch beim Boxen wichtige schnelle Drehung aus der
Hüfte zugute kam, und besonders das Kurzstreckenlaufen,
während mir die langen Strecken nicht besonders lagen. Bei
den zahlreichen Staffelläufen wurde ich fast immer als
Schlussläufer eingesetzt. Mein schönster Erfolg war im Jahr
1934, als ich im Koblenzer Stadion Oberwerth HJ-Gebiets-
meister, heute würde man sagen "Rheinlandmeister", im 50-
m-Lauf wurde. Die dabei im Regen, ohne hilfreiche Start-
blöcke und auf weicher Aschenbahn in einfachen Turnschu-
hen (Spikes und Tartanbahnen waren noch unbekannt)
erzielte Zeit von 6,5 Sekunden kann sich vergleichsweise
noch heute sehen lassen. Im selben Jahr wurde ich auch
Kreisjugendmeister im Waldlauf über 1000-m. Leider hat
sich die läuferische Entwicklung ab dem 16. Lebensjahr nicht
entsprechend fortgesetzt, vielleicht wegen meiner in der Pro-
portion etwas zu kurz geratenen Beine. Über die Zeit von
12,2 Sekunden für 100 m bin ich deshalb nicht hinausgekommen.

Gefördert wurden meine sportlichen Betätigungen durch die
Teilnahme an mehrwöchigen Lehrgängen der Hochschule
für Leibesübungen in Köln und der Deutschen Hochschule

für Leibesübungen in Berlin unter Leitung des berühmten Sportpädagogen Carl Diem, des Organisators der Olympischen Spiele 1936 in Berlin (s. Bild).

*Vier Kreuznacher auf der Hochschule für Leibesübungen*

Den anderen Schwerpunkt meiner außerschulischen Interessen bildete die Literatur. Einige Beispiele mögen genügen. Ein Gegenstand war natürlich, dem Zeitgeist entsprechend, die deutsche Kriegs- und Erlebnisliteratur. Die Literatur der außerdeutschen Welt war damals ja kaum zugänglich. Besonders aufregend empfand ich z.B. die abenteuerlichen Berichte der Kapitäne Graf Dohna mit dem Hilfskreuzer "Möve" und Graf Luckner (Seeteufel) mit dem Hilfskreuzer "Seeadler" über ihre wagemutigen Kaperfahrten, die sie, erfolglos gejagt von den Engländern, auf den Weltmeeren unternommen hatten, den listenreichen Kampf von Lettow-Vorbeck, der sich mit seiner deutsch-afrikanischen Schutztruppe von 1914-1918 gegen eine zehnfache englische Übermacht behauptet hatte, sowie den erregenden Bericht von Edwin Erich Dwinger "Eine Armee hinter Stacheldraht", in dem er über die Schrecken der Kriegsgefangenschaft in Sibirien berichtete. Fesselnd und phantasieerregend auch der in der Zeit der Völkerwanderung spielende Roman "Ein Kampf um Rom" von Felix Dahn, einem Wegbereiter des heroischen Nihilismus, mit der großartigen Schilderung vom Kampf und Untergang der Ostgoten in Italien nach dem Tode des großen Theoderich von Ravenna. Eine ganz andere, verinnerlichende Thematik boten mir die Romane und Novellen des (politisch beargwöhnten) ostpreußischen Dichters Ernst Wiechert "Die Majorin", "Das einfache Leben", die autobiographischen Bücher des feinsinnigen Arztes Hans Carossa "Der Arzt Gion", "Geheimnisse des reifen Lebens" und der bäuerliches Leben idealisierende Roman "Segen der Erde" des norwegischen Nobelpreisträgers Knut Hamsun. Einen Kontrapunkt zur Idealliteratur bildete der in der Bibliothek meines Vaters gefundene, damals viel diskutierte antimilitaristische Kriegsroman "Im Westen nichts Neues" von Erich Maria Remarque, dessen

Mittelpunkt die widerwärtige Kommissgestalt des Unteroffiziers Himmelstoß bildet. In dieser Zeit begann auch die bis heute lebensbegleitende Beziehung zur Lyrik, insbesondere zu Hölderlin, Goethe und Schiller. Die Eigenprodukte dieser Lebensphase möchte ich nur als pubertäre und zeitgeistgeprägte Stilübungen gelten lassen.

## Unterprimaner - Abitur

Im Jahre 1936, wir waren in der Untersekunda, wurde die gymnasiale Schulzeit durch Erlass des Reichskultusministers Rust um ein Jahr verkürzt. Ich weiß nicht, ob dies pädagogische Gründe hatte oder ob der eigentliche Grund war, dass der militante Staat mehr Soldaten zur Verfügung haben wollte. Dadurch entfiel für uns die Oberprima und das Abitur war bereits am Ende der Unterprima abzulegen. Wir haben das sehr begrüßt, weil wir uns längst schulmüde fühlten und ins volle Leben strebten. Die Verkürzung der Schulzeit hat uns, wie viele erfolgreiche Lebensläufe meiner Jahrgangskameraden zeigen, nicht geschadet. Ich bin deshalb der Meinung, dass die Verkürzung der Schulzeit auf insgesamt zwölf Schuljahre auch heute richtig wäre. Keiner von uns dachte aber damals, dass die frühere Schulentlassung für manche den frühen Tod bedeuten könnte.

Infolge meiner bis zuletzt weitergeführten Tätigkeiten als

Fähnleinführer im Jungvolk und vielerlei sportlicher Aktivitäten war wenig Zeit und Engagement für die Vorbereitung zum Abitur geblieben. Dennoch erregte mir das Herannahen des Termins kaum beunruhigende Gefühle. Aber meine Mutter machte sich Sorgen und sagte wiederholt, wenn ich wieder einmal nichts für die Schule tat: "Bub, wie willst du Abitur machen?" Als Wahlfach wählte ich Deutsch und als Thema "Die Arbeiterdichtung", insbesondere die Romane und Gedichte des Kesselschmieds Heinrich Lersch, der einen christlichen Sozialismus mit nationalem Pathos vertrat. Von ihm stammt auch das gedanklich tiefste Kriegsgedicht, das ich kenne. Es beginnt mit den Worten: "Es lag schon lang ein Toter vor unserm Drahtverhau ..." und endet mit den ergreifenden Worten "Es irrten meine Augen. - Mein Herz, du irrtest nicht: Es hat ein jeder Toter des Bruders Angesicht." Zu den Merkwürdigkeiten meines Lebens gehört, dass der Sohn von Heinrich Lersch, Gerrit Lersch, was ich später noch berichten werde, im Frühjahr 1943 mein Freund und Vertreter im Kommando des ABK-Z in Budapest wurde. Er ist Gegenstand des liebenswerten Buches "Manni", in dem Heinrich Lersch heitere Erlebnisse mit seinem kleinen Jungen mit köstlichem Humor aufgezeichnet hat. Da ich im Abiturjahr bei Dr. Sauer alle Aufsätze und auch den Abi-Aufsatz mit der Note "Eins" geschrieben hatte, hoffte ich, in den Lernfächern, insbesondere in

Chemie, nicht geprüft zu werden. Damit sollte ich Glück haben. Am Tage der mündlichen Prüfung, am 15. Februar 1938, kam ich schon frühzeitig an die Reihe mit der Aufgabe, nach kurzer Vorbereitung die "Orphischen Urworte'" von Goethe zu interpretieren. Dafür gab es wieder eine Eins und ich durfte, ohne weitere Belästigungen in Lernfächern, zu meiner von der schnellen Rückkehr überraschten Mutter nach Hause gehen.

Da der Sport als Mittel der körperlichen Ertüchtigung in hoher Gunst stand, wurde er im Zeugnis in die fünf Einzelnoten Turnen, Leichtathletik, Spiele, Schwimmen und Boxen aufgeteilt. Auf meine abiturielle Turnübung am Hochreck bin ich noch heute ein bisschen stolz. Sie enthielt die Elemente: Schwungstemme, Bauchwelle vorwärts, Fallkippe, Hocke ab. Beim Boxen bekam ich einen starken Gegner, gegen dessen längere Arme ich mit meiner Technik nicht durchkam. Trotzdem langte es in allen Sportfächern für eine Eins, wodurch die teilweise mäßigen Noten in den Lernfächern optisch überblendet und zu einer Gesamtnote "Gut" zusammengefasst wurden. Die heute in fast jeder Abiturklasse anfallenden Einser-Noten kamen damals so gut wie nie vor. Die Allgemeinbeurteilung im Abiturzeugnis war allerdings sehr wohlwollend: "Er hat sich ausgezeichnet durch hervorragende Leistungen in den Leibesübungen, durch tiefes Interesse und große Begabung im Deutschen und in der Geschichte sowie durch die Reife seines Urteils."

Viele unserer Mitschüler sind im Krieg gefallen, andere inzwischen verstorben. Die Übriggebliebenen halten noch immer zusammen und treffen sich jedes Jahr zu einem Wiedersehen in Bad Kreuznach, hoffentlich auch zukünftig, solange es das Schicksal erlaubt.

Im Jahre 1998, 60 Jahre nach dem Abitur, wurden wir von unserer ehemaligen Schule zur Verabschiedung des neuen Abiturjahrgangs eingeladen. Sechs von uns konnten daran teilnehmen. Unser Klassenkamerad, Dr. Friedel Schmitt, auch er ehemaliger Jungvolkführer, im Kriege Flak-Hauptmann, nach dem Kriege Direktor eines großen Gymnasiums und noch heute schriftstellerisch tätiger Lokalhistoriker, hat als Ehrengast eine gedankenreiche Rede gehalten, in der er den weiten Bogen über die Zeit von damals zum Heute gespannt hat. Es war eine würdige Feier, wie sie noch vor wenigen Jahren wegen der Nachwehen der 68er-Revolte nicht möglich gewesen wäre.

## Zwischen Schule und Dienstpflicht

Wer kennt nicht das schöne Gefühl der Freiheit zwischen einem bestandenen Examen und dem Eintritt in neue Lebensbereiche? Leider war die Zeit nach dem Abitur nur kurz. Eine

Auslandsreise war vor dem Eintritt in Arbeitsdienst und Wehrmacht nicht gestattet. Aber meine Mutter ermöglichte mir einen ersten Skiurlaub. Ich habe mich in einer kleinen Pension in Bad Reichenhall einquartiert und das Skilaufen, zwar ohne skiläuferische Erfahrung, aber allgemeinsportlich geübt, auf der Nebelhorn-Abfahrt genossen. Leider konnte ich an diese schönen Erlebnisse erst viele Jahre später nach dem Krieg am Großen Feldberg bei Hinterzarten mit meiner Familie anknüpfen und dabei meine Kinder in das Skilaufen einführen.

## III. Jahre in Uniform

### Im Kult der Primitivität

Im Anschluss an einen seit 1931 bestehenden freiwilligen Arbeitsdienst hatte der neue Staat im Jahre 1935 eine allgemeine Dienstpflicht für Jungen und Mädchen im "Reichsarbeitsdienst" geschaffen. Dort sollte unter Aufhebung aller Klassenunterschiede die neue Volksgemeinschaft gelebt und gegen bescheidenes Entgelt volkswirtschaftlich nützliche Arbeit geleistet werden. So wurde ich bereits zum 1. April 1938, wenige Wochen nach dem Abitur, in das Arbeitslager bei Kirchberg im Hunsrück einberufen. An die folgenden sieben Monate habe ich überwiegend negative Erinnerungen.

Jedes Lager bestand aus hölzernen grau-grünen Einheitsbaracken einfachster Art. Sie waren in einem weiten Rechteck um einen Appellplatz angeordnet, in dessen Mitte die Fahne mit dem Emblem des Reichsarbeitsdienstes, einem Spaten mit Hakenkreuz und zwei Ähren, wehte.

Die Mannschaftsstuben waren mit 16 "Arbeitsmännern" belegt. Geschlafen wurde in doppelstöckigen Feldbetten auf Strohsäcken, die jeden Tag neu aufgeschüttet werden mussten. Das "Bettenbauen" galt als vorzügliches Disziplinierungsmittel, weil man daran immer etwas aussetzen kann. Jeder Arbeitsmann erhielt zwei Spaten: einen stumpfen Arbeitsspaten für die Erdarbeiten und einen blinkenden, täglich zu wienernden Paradespaten, damit man beim Exerzieren und auf Wache etwas Gewehrähnliches zum Schultern und zum Griffekloppen hatte. Im Dienst wurde ein dünner Sommerdrillich getragen, in dem wir beim umständlich hingezogenen Morgenappell im noch feucht-kalten Hunsrückklima des April jämmerlich gefroren haben. Anstelle von Strümpfen gab es Fußlappen in den Stiefeln. Die sehr unattraktive Ausgeh- und Paradeuniform bestand aus einem grob geschnittenen oliv-braunen Stoff mit dicker Hakenkreuzbinde am rechten Oberarm. Als Lohn des Vaterlanddienstes gab es 25 Pfennige pro Tag, was kaum für die notwendigsten Ausgaben reichte.

Der Tageslauf begann morgens um 5.00 h mit Wecken, Bettenbauen, Geländelauf und Appell mit Flaggenhissung. Nach dem Frühstück wurde mit Gesang auf die Baustelle marschiert. Aufgabe des Lagers Kirchberg war die Trockenlegung sumpfigen Geländes. Dazu mussten enge, grade noch schulterbreite Drainagegräben ausgehoben und Entwässerungsrohre verlegt werden. Dabei stand man bis schultertief in dem meist schlammigen Boden, in Augenhöhe mit den Stiefeln der aufsichtführenden Vormänner und Truppführer. Die Arbeit war sehr anstrengend, "Arbeiterdenkmäler" durften nicht gebaut werden. Hatte man jedoch einen Truppführer, der eine bestimmte Grabenlänge als Tagespensum vorgab, und war man vor der Zeit bis auf die zu erreichende Sohle vorgedrungen, hatte sie sorgfältig geglättet und die Rohre verlegt, konnte man sich für den knappen Rest der Arbeitszeit entspannt ins Gras legen und in die Sonne blinzeln. Dabei habe ich sehnsüchtig den Flugzeugen nachgeschaut, die hoch über unser Elend hinwegzogen, mit der Vorstellung, da oben müsse "die Freiheit wohl grenzenlos sein" (Reinhard Mey).

Eine andere Arbeit bestand darin, Bäche zu begradigen und ihre Sohle sowie die hergestellten Böschungen mit Schieferplatten zu befestigen, eine Maßnahme, die heute im Wege der Renaturierung wieder zurückgebaut wird. Dieses "Stücken" erforderte aus Gründen der Strömungsfestigkeit ein sorgfältiges Einfügen der einzelnen Platten, was einigen "Spezialisten" übertragen wurde, zu denen zu gehören ich - obwohl nur ein unpraktischer Abiturient - die Ehre hatte. Der Rückmarsch von der Arbeitsstelle wurde wieder mit Gesang verschönt, eine ungenügende Singleistung des Zuges durch Hüpfen mit vorgehaltenem Spaten, möglichst bergauf, ermuntert.

Der Nachmittagsdienst bestand aus Sport, Exerzieren und Gepäckmärschen. Ein Zug der Lagermannschaft wurde zur Teilnahme am "Reichsparteitag" in Nürnberg ausgewählt. Dafür haben wir bis zum Exzess den Parademarsch und das der Wehrmacht abgeguckte Spatenexerzieren - Spaten über, Spaten ab, präsentiert den Spaten - geübt. Beim Gepäckmarsch war es für mich ein eigentümliches Gefühl, wenn wir an der Wallenbrück vorbeikamen, von der meine Vorfahren Weirich stammen. Der Tag wurde beschlossen mit der Stubenabnahme, die wiederum willkommene Gelegenheiten zur schikanösen Disziplinierung bot.

In der einebnenden und abstumpfenden Atmosphäre einer engen Lagergesellschaft kann sich die Innenwelt des Ich nur behaupten, wenn sie Freiräume hat. Der Tagesablauf bot dazu wenig Möglichkeiten. Aber ich hatte das Glück, häufig als Nachtwache eingeteilt zu werden. In der Stille der Nacht, alleinstehend auf Posten, konnte ich meine Gedanken aus dem Gefüge des Tages hinausschmuggeln und in die Sterne sehen. Dieses Gefühl fand seinen Ausdruck in einem in einer Mainacht entstandenen Gedicht, in dem es heißt:

*"...Doch die Seele fieberte*
*nach Weite und Einsamkeit.*
*Jetzt, da die Stille*
*unendlicher Nacht*
*sich in den schweigenden*
*Himmelsdom wölbt*
*und das Dunkel sich schützend*
*rings um die Glut baut,*
*entschweben*
*heiße Träume*
*in das kühle*
*Licht der Sterne."*

Die Verpflegung stand in keinem Verhältnis zu den körperlichen Belastungen und dem Bedarf junger Männer. Sie war
nicht nur knapp, sondern auch von schlechter Qualität. Als ich
einmal mit Heißhunger die mir zugeteilte Wurst verzehrte und
meinen Nachbarn, einen Metzgergesellen, fragte, warum er
sie nicht esse, bekam ich zur Antwort: "Wenn du wüsstest, was
drin ist, würdest du sie auch nicht essen."

Die Qualität des "Führerkorps" unseres Lagers - Vormänner,
Truppführer, Obertruppführer, Feldmeister, Oberfeldmeister
- ließ sehr zu wünschen übrig. Wie wohl allgemein im Reichsarbeitsdienst, der sich als etwas minderwertigerer Bruder der

Wehrmacht verstand, handelte es sich meist um Männer, die im Zivilberuf erfolglos geblieben und beim Militär nicht angekommen waren. Der Alkohol stand hoch im Kurs; so haben wir bei einem abendlichen Heimweg ins Lager unseren Feldmeister E. im Straßengraben aufgelesen, ins Lager gebracht und zur Ernüchterung unter die Dusche gestellt. Der politische Unterricht bot reinen Schwachsinn. Überhaupt war der Dienst geprägt durch einen gewissen Primitivitätskult, in Verbindung mit übermäßiger, gelegentlich auch sadistischer Härte.

# BILDER AUS DEM ARBEITSDIENST

Der Minderwertigkeitskomplex des Führungspersonals gegenüber den Abiturienten, besonders wenn sie Offizieranwärter waren, zeigte sich in dem Versuch, sie besonders zu
schikanieren und lächerlich zu machen. So war es z.B. ein be-
liebter Ulk, am ersten Tag auf der Baustelle, wenn die Neuen
damit beschäftigt waren, mit den Spaten die Böschungen eines neu angelegten Bachbetts glattzuschrubben, einen Mann
mit dem Befehl zur Nachbarbaustelle zu schicken, beim dor-
tigen Zugführer den "Böschungshobel" zu holen. Bei unserem Jahrgang war ich dran, das Objekt des Gelächters beider
Zugführer zu sein. Man konnte sich wohl nicht vorstellen,
dass es ein solches Gerät durchaus geben könne und wie ar-
beitsökonomisch sein Einsatz wäre. Leider war ich nicht so
schlagfertig, die Rückmeldung bei meinem Zugführer mit der
Rückfrage zu verbinden, welche Winkeleinstellung das Gerät
haben solle.

Eine beliebte Schikane bestand darin, uns zum Wochenendurlaub am Samstagnachmittag durch umständliche und klein-
liche Anzugskontrolle erst so spät aus dem Lager zu entlassen,
dass wir den ca. 3 km entfernten Bahnhof in Kirchberg nur im
Laufschritt erreichen konnten. Ein Lichtblick für mich waren
dann die wenigen Stunden, die ich in Simmern bei Onkel Fritz,
dem Lieblingsbruder meines Vaters, und der fürsorglichen
und klugen Tante Auguste verbringen durfte, deren ich mit be-

sonderer Dankbarkeit gedenke.

Die geschilderten Verhältnisse erschienen mir als ehemaligem Jungvolkführer nicht mit unseren Idealen von einer neuen Volksgemeinschaft vereinbar. So kam es durch zwei Vorkommnisse zum Eklat: Es war vorgeschrieben, dass wöchentlich ein Arbeitsmann in einem besonderen Lagerbuch die Menge und Qualität des Essens zu begutachten hatte. Aus Angst vor Repressalien wurde dies regelmäßig hoch gelobt. Als ich wieder einmal als Führer der wöchentlichen Wache eingeteilt war, kam ich dran. Während ich schrieb, dass das Essen zu knapp und von schlechter Qualität sei, schaute mir der Verwaltungs-Feldmeister mit steigender Erregung über die Schulter und sagte: "Das werden Sie verantworten müssen." Meine Antwort war: "Jawohl, das werde ich."

Am Pfingstsonntag kam dann das Fass zum Überlaufen. Wir hatten Urlaubssperre und wurden von dem diensthabenden Lagerführer, einem besonderen Scharfmacher, in unerträglicher Weise durch Strafexerzieren und den verhassten "Maskenball" (= mehrfaches Wechseln der Dienstkleidung unter äußerstem Zeitdruck) geschunden. Als er dann noch einen Eimer mit Dreckbrühe über unsere in der Hast aus dem Spind herausgerissenen Klamotten ausgoss, war die Hinnahmebereitschaft erschöpft. Ein Kamerad namens Müller, ehemaliger HJ-Gefolgschaftsführer aus Berlin, und ich inszenierten eine allgemeine Gehorsamsverweigerung. Die gesamte Lagermannschaft löste sich beim Strafexerzieren einfach auf und weigerte sich wieder anzutreten. Was Aufruhr und Meuterei im NS-Staat bedeuteten, kann nur ermessen, wer diese Zeit erlebt hat. Aber als ehemaliger Jungvolkführer und bei den gegebenen Verhältnissen glaubte ich, mir dies leisten zu können. Es kam zu einer großen Untersuchung durch eine übergeordnete Dienststelle mit vielen Vernehmungen, bei denen glücklicherweise keine Kameraden umgefallen sind. Das Ergebnis war die Strafversetzung von einigen Männern der Lagerführung. Die Rädelsführer Müller und ich blieben straffrei. Danach wurden die Verhältnisse deutlich besser. Gegen Ende der Dienstzeit wurde ich einem Messtrupp zugeteilt und Ende Oktober als "Ehrenvormann" entlassen, eine Ehre, von der Gebrauch zu machen ich niemals das Bedürfnis gehabt habe. Mit einem von uns gestalteten Abschiedsabend für die Bevölkerung von Kirchberg haben wir der Lagerführung gezeigt, wie wir uns kulturelle Arbeit vorstellten.

## Die Suche nach dem richtigen Beruf

Die Hauptschwierigkeit der Berufsfindung für junge Menschen ergibt sich vor allem daraus, dass sie mangels Lebenserfahrung meist nur sehr vage Vorstellungen über Inhalt und

Möglichkeiten der in Frage kommenden Berufe haben. So spielen Zufälligkeiten, vor allem aber Einflüsse und Bildungserlebnisse, eine große Rolle.

Meine erste naive Äußerung zu dem Thema geht weit zurück. Als die leitende Diakonieschwester des Parkhauses, die sehr patriotische Oberschwester Auguste, den vielleicht Siebenjährigen fragte, was er später einmal werden wolle, war die unreflektierte Antwort "Reichspräsident". Von meinen Eltern erhielt ich keine Ratschläge. Im Alter von zehn bis vierzehn Jahren wollte ich wohl Schiffskapitän werden, woraus dann viele Jahre später für einige Zeit ein Staffelkapitän geworden ist. Dann verdichtete sich die Vorstellung auf den Offizierberuf. Das schien mir in der Linie meines Engagements als Jungvolkführer zu liegen. Ich hoffte, einen Beruf zu finden, in dem es auf die verantwortliche Führung von Menschen ankam. Es sollte auf jeden Fall ein Dienst für die Nation sein, ein Dienst, der es mir ermöglichen würde, meine idealistischen Lebensprinzipien zu verwirklichen. Eine Parteikarriere in der NSDAP kam jedoch auf keinen Fall in Betracht. Mir schwebte das Leitbild eines gebildeten, nicht nur militärischen Truppenführers vor, wie es sie schon immer im deutschen Militär, z.B. gemäß den Leitbildern Scharnhorst, Gneisenau und Moltke d.Ä. gegeben hat.

Der Beruf des Soldaten stand damals in hohem gesellschaftlichem Ansehen. Das zeigte sich bis hin zu Äußerlichkeiten. So bestand z.B. mein immerhin fünf Jahre älterer Bruder, junger Mediziner und eigentlich ein sehr unmilitärischer Mensch, der nie Soldat wurde, später darauf, dass ich als Uniformierter rechts von ihm zu gehen habe.

Eine willkommene Nebenwirkung der Zugehörigkeit zur Wehrmacht bestand darin, dass man damit der Frage der ungeliebten, aber bei den meisten Karrieren kaum vermeidbaren Parteimitgliedschaft auswich, was manche Regimegegner, z.B. Gottfried Benn, dazu bewog, in den Soldatenberuf einzutreten.

Nach der Grundsatzentscheidung ergab sich die Notwendigkeit, eine bestimmte Waffengattung zu wählen. Es sollte nach meiner Vorstellung eine moderne Truppe sein, mit der Faszination einer technisch-wissenschaftlich geprägten Waffengattung, mit einer Erlebniskameradschaft, die auch zu neuen fortschrittlichen Umgangsformen führt. Insbesondere erschien mir die Luftwaffe von einem solchen Geist erfüllt zu sein. Da ergab es sich, dass ein Freund meiner Eltern namens Adolf Müller, von Beruf Bergingenieur, der Reserveoffizier bei der Flak-Artillerie war, mir von dieser neuen hochtechnisierten Waffe erzählte und von dem guten Geist seines Regiments schwärmte. Die Flak war keine Angriffs -, sondern eine interessante neu entwickelte Verteidigungswaffe. Zwar hatte Hitler über seine wahren Absichten täuschend immer wieder seine Friedensbereitschaft beteuert, aber ein starker Flakschirm über Deutschland schien ein wichtiges Element der Sicherung unseres Landes zu sein. So kam es, dass ich mich im Januar 1937, noch ohne konkrete Vorstellungen, beim Flak-Regiment 22 in Berlin-Döberitz als Fahnjunker-Anwärter bewarb. Die Regimenter konnten sich damals ihren Offiziernachwuchs noch selbst auswählen und dabei ihre eigenen Maßstäbe anlegen. Der Bewerbung waren neben dem Ariernachweis u.a. beizufügen: die Namen von zwei Persönlichkeiten als Referenzen, die Einverständniserklärung des gesetzlichen Vertreters und dessen Erklärung, dass er bereit sei, dem Sohn eine monatliche Beihilfe von 25,- Reichsmark sowie die erste Offizierausstattung in Höhe von 700,- bis 800,- Reichsmark zu bezahlen.

Vor dem Eintritt galt es, noch einige Hindernisse zu überwinden. Damals hatte die Wehrmacht, und insbesondere wohl die Luftwaffe, noch viel mehr Personalangebot als Bedarf und konnte dementsprechend strenge Auswahlkriterien anlegen, so dass es unsicher war, ob man angenommen würde. Es begann am 4. August 1937 mit einer medizinischen Untersuchung auf Militärfliegertauglichkeit im Herzforschungsinstitut Kerckhoff in Bad Nauheim. Die nächste Schwelle war am 8. November 1937 eine zweitägige psycho-technische

Eignungsprüfung in Wiesbaden, Bahnhofstraße 10, wo die schon damals üblichen psychologischen Spielchen mit den Probanden gemacht wurden. Dazu gab es Überraschungsfragen wie z.B.: "Was wäre, wenn es keine Uhren mehr gäbe? Was wäre, wenn das spezifische Gewicht des Wassers mehr oder weniger als 1 g pro 1 ccm betrüge?" In dem Beurteilungstest, der sich in meiner noch heute vorhandenen Luftwaffen-Personalakte befindet, hieß es u.a.: "Er ist ein Mensch, der bei seiner Unternehmungslust immer eine Tätigkeit braucht, um sich wohlzufühlen." Was kluge Psychologen so alles merken!

Schlusspunkt und Höhepunkt des Hürdenlaufs der Bewerbung bildete eine zweitägige Prüfung in Döberitz beim Regiment. Das Programm begann morgens um 7 Uhr mit einem 3.000 m-Lauf. Durch allerlei sportliche und koordinatorische Aufgaben, z.B. die Führung einer Gruppe beim Überwinden unterschiedlicher Hindernisse, und Intelligenzprüfungen wurden die Ausdauer, Belastbarkeit, Geschicklichkeit und technische Kombinationsfähigkeit getestet. Zum Programm gehörte auch eine Beurteilung der Umgangsformen im Rahmen einer Einladung zum Mittagessen im Offizierkasino, wo man zwischen zwei Offiziere gesetzt wurde und während des Essens so tiefschürfende Fragen zu beantworten hatte wie: "Warum wollen Sie eigentlich Offizier werden?" Gefordert

wurde auch ein Stegreifvortrag über ein selbstgewähltes Thema. Ich wählte dazu bewusst einen kunstgeschichtlichen
Stoff, die Gotik, in der Annahme, dass man keine angehenden
"Kommissköppe" suche, sondern Wert auf Anwärter lege, deren Geisteswelt sich nicht im Militärischen erschöpft. Wie das
aufgenommen wurde, konnte ich nicht erkennen. Auch weiß
ich nicht, wer von den mit mir getesteten Kandidaten angenommen wurde, denn ich habe keinen von ihnen später wiedergetroffen. Mit Schreiben vom 15. Februar 1938,
unmittelbar nach dem Abitur, erhielt ich vom Regiment den
erhofften Annahmeschein als Offizieranwärter der Flak.

### Der Fahnenjunker

"Beim Ersten sind wir frei, beim Zweiten sind wir Knechte."
Diese Erfahrung Goethes gilt für viele Entscheidungen im Leben. Sie galt auch für meinen Eintritt in die Wehrmacht. Als
Freiwilliger, d.h. noch nicht Dienstpflichtiger, hatte ich mir
zwar die Waffengattung, ja sogar das Regiment aussuchen
können. Mit dem Dienstantritt am 11. November 1938 bei der
I./Flak-Regiment 22 in Döberitz-Elsgrund gab es kein Zurück
mehr, nur noch ein Vorwärts, das Leben unter dem eisernen
Gesetz des Mitmachens in der Truppe mit der, andere Lebensformen ausschließenden Radikalität der Anforderungen
im Rahmen der auf Gehorsam gegründeten soldatischen

Disziplin.

Der Standort Döberitz war kein Platz, an dem man das ursprüngliche Paradies vermuten würde, ein großes Militärlager der verschiedensten Verbände, gelegen westlich von Berlin in märkischer Sandlandschaft, die Friedrich d. Gr. "des Heiligen Römischen Reiches Streusandbüchse" genannt hat. Die Landser haben es drastischer ausgedrückt: "Unter Donner und Blitz schuf der Herrgott die Wüste Döberitz." Für den Rekruten war das weiträumige Kasernement zunächst einmal die begrenzte Welt. Es gab zwar staatsrechtlich kein Preußen mehr, doch in der Döberitzer Atmosphäre war der preußisch-traditionelle Geist von Zucht und Ordnung noch sehr lebendig. Der Sold betrug jetzt das Doppelte wie beim Arbeitsdienst, nämlich 50 Pfennige pro Tag. Das Flak-Regiment 22 war ein sog. schweres Regiment, voll motorisiert und ausgestattet mit 8,8 cm Flak Langrohrgeschützen mit einer hohen V 0 (= Anfangsgeschwindigkeit der Geschossflugbahn), die der Abwehr hochfliegender Verbände dienen sollten.

Abteilungskommandeur der I. Abteilung war Major Weisser, der schon kurz nach dem Beginn des Krieges in Polen gefallen ist. Als Chef der 1. Batterie hatten wir mit Oberleutnant Tesch einen ruhigen, eher gutmütigen Offizier, der bereits Kriegserfahrung mit der Legion Condor im Spanischen Bürgerkrieg von 1936-39 auf Seiten des Generals Franco erworben hatte.

Man wusste das, ohne dass darüber gesprochen werden durfte. Dass wir einmal unseren Chef als Opfer einer im Kasino durchzechten Nacht in seine Badewanne gelegt haben, hat er uns nicht übelgenommen.

Der Dienst in der Ausbildungsphase war äußerst hart, härter wohl noch als im Arbeitsdienst, aber im Ganzen doch funktionaler und wurde deshalb nicht in gleichem Maße als formalistisch und schikanös empfunden. War erst einmal das Formalexerzieren der Grundausbildung überstanden, kam das feldmäßige Geschützexerzieren mit dem Ziel einer optimalen Beherrschung der Waffenbedienung. Das war einsehbar.

Auch der angehende Fahnjunker war zunächst Rekrut unter Rekruten, lediglich mit der Besonderheit, dass von ihm noch mehr verlangt wurde als von den anderen. Wer, so das Prinzip, später einmal befehlen soll, muss vorher alles mitgemacht und sich dabei durch besondere Leistungen qualifiziert haben. Dabei kann es nicht ausbleiben, dass einzelne Ausbilder ihre noch gegebene Machtstellung gegenüber den Überholern ausnutzen. So hatten wir z.B. in der Batterie einen Hauptfeldwebel ("Spieß"), der es sich angelegen sein ließ, die Fahnjunker möglichst oft auffallen zu lassen. Ein Wachtmeister (Feldwebel) namens Drebenstedt (kein Zufall, dass ich den Namen behalten habe) tat sich als besonderer "Schleifer" hervor. Es war ihm nicht zuviel, uns am Samstagnachmittag, wenn die übrigen Soldaten Ausgang hatten, mit Strafexerzieren zu beschäftigen. Beide habe ich im späteren Fronteinsatz nicht erlebt, jedoch gehört, dass sie da keine gute Figur abgegeben hätten. Die strammsten Kasernesoldaten sind nicht immer die besten, wenn es ums Existentielle geht.

Der anstrengendste und unangenehmste Teil der Ausbildung der Fahnjunker bestand darin, dass sie nach dem körperlich erschöpfenden Dienst ins Offizierkasino zu kommen hatten, um nicht nur gute Manieren zu lernen, sondern auch ihre Standfestigkeit durch das Überstehen der von den Offizieren gespendeten "Runden" zu beweisen, sodass die Schlafzeit bis zum morgendlichen Wecken um 5 Uhr zu kurz zur Erholung war. Aber auch an besonderen Veranstaltungen im Offizierkorps durften wir teilnehmen, z.B. an einem Vortrag über die damals noch in den Anfängen stehende Technik der stufenlosen Kraftübertragung im Motorenbau.

Schon bald kamen für die Fahnjunker Sonderausbildungsgänge hinzu, zunächst die Fahrschule für Pkw und Lkw, so dass ich meine damals erworbenen Führerscheine nun bereits seit über 60 Jahren besitze. Eine besondere Attraktion war die Kradschule. Dazu übergab der Regimentskommandeur die sechs Fahnjunker des Regiments seinem besten Fahrlehrer mit der Weisung: "Machen Sie mit denen Fahrschule, dass ihnen das Wasser im Arsch kocht." Wir wurden auf schwere 500er BMW-Motorräder gesetzt und ab ging die wilde Fahrt ins Gelände. Die zahlreich vorhandenen Sanddünen der märkischen Heide boten dem Fahrlehrer hervorragende Möglichkeiten, im Hinauf- und Hinunterfahren aus uns und den Maschinen das Letzte herauszuholen.

## Schnelle Laufbahn

Die vorgezeichnete Laufbahn des Fahnjunkers bedeutete, wenn nichts besonderes dazwischen kam, eine relativ schnelle Aufeinanderfolge der Dienstgrade. Nach rund sechs Monaten wurde man Gefreiter, nach zweieinhalb weiteren Monaten Unteroffizier, nach weiteren zwei Monaten Fähnrich und wiederum zwei Monate später Oberfähnrich. Dazu gehörte die möglichst rasche Aneignung des truppendienstlichen Handwerks, zum Beispiel der Funktionen eines Geschützführers einer der 4 schweren Geschütze der Batterie mit einer Gruppe von 9 Mann, der Führung des Messtrupps mit dem 4 Meter breiten E-Messgerät sowie des mit 13 Mann besetzten "Kommandogeräts 36". Dieses Gerät war ein wahres Wunder der Technik, in dem die vom Messgerät ermittelten Flugdaten des anzupeilenden Ziels zusammenliefen und an die Geschütze weitergegeben wurden. Da galt es, die Kenntnisse der Schulphysik wieder aufzugreifen und weiter zu entwickeln. Geübt wurde auch das Fahren in motorisierter Kolonne, das Verlegen des Verbandes auf Strasse und Schiene, das Instellunggehen der Batterie und vieles mehr. Dabei ergab sich die Schwierigkeit, dass man dienst- und lebensältere, sehr erfahrene und meist auch tüchtige Unteroffiziere und Wachtmeister im Dienstgrad einholte und schon bald überholte. Dies erforderte viel Takt und eine je nach gegebener Situation abzustimmende Mischung von Kameraderie und höflicher Distanz. Wer den anderen respektierte und durch persönliche Leistung gleichzog, hatte jedoch keine Schwierigkeiten.

**Die Tschechenkrise**

Schon bald schien aus dem Üben kriegsmäßiger Ernst zu werden. Dazu die Vorgeschichte, wie sie heute offenbar ist: Die Tschechoslowakei war ein auf den Trümmern der österreichisch-ungarischen Doppelmonarchie durch die Pariser Vorortverträge von 1918 gebildeter Nationalitätenstaat. Etwa vier Millionen = 23,6 % seiner Bewohner, meist lebend im Sudetengebiet, waren Deutsche, die man unter Verletzung des vom amerikanischen Präsidenten Wilson verkündeten Prinzips der Selbstbestimmung zwangsweise in den künstlich zusammengefügten neuen Staat eingegliedert hatte. Dies führte zu Spannungen und der Forderung des Anschlusses des Sudetenlandes an das Deutsche Reich. Unter dem Druck eines drohenden europäischen Krieges kam es zum Münchener Abkommen vom 29. September 1938 zwischen Deutschland, Italien, England und Frankreich, in dem die Abtretung des Sudetenlandes an Deutschland vereinbart wurde. Begleitet von dem Jubel der sudetendeutschen Bevölkerung hatten die deutschen Truppen das Sudetenland in Besitz genommen. Auch in England und Frankreich wurde mit Erleichterung und sogar mit Begeisterung begrüßt, dass es gelungen sei, den Frieden zu erhalten. Bei seiner Rückkehr nach London verkündete der englische Premierminister Chamberlain: "Peace in our time".

Mit der Eingliederung des Sudetenlandes war in diesem Gebiet nachträglich das Prinzip des Selbstbestimmungsrechts der Völker verwirklicht worden. Hitler, der wieder einmal seine angebliche Friedensliebe verkündete, wollte aber mehr. Er wollte die völlige Zerschlagung der Rest-Tschechoslowakei, um ein Aufmarschgebiet gegen Polen zu gewinnen. Im März 1939 entstanden (von Hitler mitinszenierte) Streitigkeiten zwischen den Tschechen und den nach Unabhängigkeit von Prag strebenden Slowaken. Das gab Hitler den Vorwand, Ordnung schaffen zu müssen. Bekanntlich bestand schon beim Imperialismus der alten Römer der Eroberungstrick darin, in einem Grenzland Unruhen anzustacheln und es dann unter dem Vorwand der pax romana zu erorbern. Deutsche Truppen marschierten in die Rest-Tschechoslowakei ein. Da Frankreich und England im Münchener Abkommen von 1938 die Unverletzlichkeit des Landes garantiert hatten, war plötzlich die Gefahr eines europäischen Krieges riesengroß.

Unsere Abteilung Flakregiment I/22 hatte man im Rahmen von tarnenden Übungen an die deutsch-tschechische Grenze herangeführt. In der Nacht vom 14. zum 15. März 1939 erfolgte der Überfall auf die Tschechoslowakei. Unsere Aufgabe beim Einmarsch bestand darin, mit höchster Dringlichkeit unser schweres Gerät ziehend und schiebend über die vereisten Straßen und Pässe des Riesengebirges zu bringen. Alles musste in höchster Eile geschehen, um möglichst schnell vollendete Tatsachen zu schaffen. Würde sich die gut ausgerüstete tschechische Armee verteidigen? Und würden die Garantiemächte England und Frankreich Deutschland den Krieg erklären? Es gab jedoch keinen Widerstand, als wir nach fast übermenschlichen Anstrengungen am Morgen des 15. März in die böhmische Ebene hinabrollten. Was war geschehen? Der tschechische Staatspräsident Ha´cha war nach Berlin befohlen worden und hatte unter dem Druck der Drohung Hitlers, Prag zu bombardieren, kapituliert. Das "Protektorat Böhmen-Mähren" wurde proklamiert. Ha´cha hatte "das Schicksal des tschechischen Volkes und Landes vertrauensvoll in die Hände des Führers des Deutschen Reichs" gelegt. Von diesen politischen Vorgängen wussten wir nichts, bzw. nur das, was die nationalsozialistische Propaganda in Rundfunk und Zeitungen verkündete. Wir hofften, dass es keinen Krieg geben würde, und wir hatten einen Befehl auszuführen. Das geschah unter äußerstem körperlichen Einsatz mit der Perfektion einer gut ausgebildeten disziplinierten Truppe.

## Unrealistische Übungen

Beim Einmarsch in die Tschechoslowakei war kein Schuss gefallen. Aber die Luftabwehr musste geübt werden. Dazu gab es anschließend Schießübungen in Brüsterort an der samländischen Küste in Ostpreußen. Zur Zieldarstellung diente eine alte Junkers W 34, die als Schleppflugzeug in 500 m Abstand einen farbigen Sandsack hinter sich herzog. Die W 34 war ein Nachfolgemodell der F 13, mit der Köhl, v. Hünefeld und Fitzmaurice im Jahre 1928 die erste Non-Stop-Nordatlantik-Überquerung in Ost-West-Richtung geschafft hatten. Sie war 1939 ein schon längst von der Entwicklung überholtes langsames Flugzeug. Zur Zieldarstellung flog sie in genau eingehaltener Höhe von 4000 Metern. Um die Messdaten nicht durcheinander zu bringen, durften Flughöhe, Flugrichtung und Geschwindigkeit nicht geändert werden. So wurde auf den Sandsack geschossen und dann auf dem Dienstwege stolz berichtet, wieviel Treffer er erhalten habe. Das war natürlich, wie ich schon damals empfand, weit entfernt von denkbaren Einsatzbedingungen. Aber offenbar sind diktatorische Systeme, wie man auch aus anderen Beispielen weiß, besonders dafür anfällig, dass geschönte Ergebnisse produziert und geglaubt werden. Nur so kann ich mir das großmäulige und später so schrecklich widerlegte Wort von Göring erklären: "Ich will Maier heißen, wenn ein feindliches Flugzeug Berlin erreicht."

## Der Beginn des Zweiten Weltkriegs

Ziel Hitlers war die schon in seinem Buch "Mein Kampf" geforderte Erweiterung des deutschen Lebensraumes nach Osten. Im Mai 1939 erklärte er vor seinen wichtigsten Generälen, es sei sein "Entschluss, bei erster passender Gelegenheit Polen anzugreifen". Tatsächlich war die Abnormität der durch den Versailler Vertrag geschaffenen Grenzverhältnisse zwischen Deutschland und Polen auf die Dauer untragbar. Das deutsche Ostpreußen war durch den 30 - 90 km breiten polnischen Korridor vom Reichsgebiet getrennt und die deutsche Stadt Danzig unter der Kontrolle des Völkerbundes als Hafen Polens in das polnische Wirtschaftsgebiet eingegliedert. Hinzu kamen zum Teil blutige Unterdrückungsmaßnahmen der Polen gegen die im westlichen Teil des Landes lebende volksdeutsche Minderheit.

Diesmal aber war die außenpolitische Lage Deutschlands noch weit gefährlicher als im März 1939. Als Reaktion auf den Ausgang der Tschechenkrise hatte England den Polen ein Beistandsversprechen gegeben. Die Grenze dessen, was man bereit war hinzunehmen, war überschritten. Gleichzeitig lebte auch die alte polnisch-französische Allianz wieder auf. Verhandlungen zwischen London und Moskau gingen hin und her. Da platzte in der Nacht vom 23. zum 24. August die diplomatische Bombe: Hitler und Stalin schlossen einen Nichtangriffspakt, bei dessen Unterzeichnung Stalin einen Toast auf die Gesundheit Hitlers ausbrachte. Und das, obwohl Hitler seit 20 Jahren den Bolschewismus als seinen größten Feind bezeichnet und bekämpft hatte! Dennoch wurde der Pakt in Deutschland als politisches Meisterstück Hitlers zur Verhinderung des gefürchteten Zweifrontenkrieges empfunden. Mit dem Pakt war eine geheime Absprache über die Aufteilung Polens zwischen Deutschland und Russland verbunden. Damit hatte Hitler auch das Baltikum mit den Ländern Estland, Lettland und Litauen sowie Finnland dem Machtbereich der Sowjetunion überlassen. In den dadurch schutzlos gewordenen drei baltischen Staaten hat die Sowjetunion bereits im Jahre 1939 die Errichtung von Militärstützpunkten und 1949 die völlige Annexion erzwungen. Finnland wurde im November 1939 angegriffen, verteidigte sich aber im sog. "Winterkrieg" heldenhaft gegen die sowjetische Übermacht.

Den ganzen Sommer 1939 herrschte in Deutschland eine aufgeheizte Atmosphäre. Lebensmittel waren bereits rationiert. In Kreuznach gab es im August noch einmal wegen des "Internationalen Weinbaukongresses" Butter frei zu kaufen. Unsere Flakabteilung befand sich die wenigste Zeit an ihrem Standort Döberitz, meist auf manöverähnlichen Übungen unterwegs und war Ende August im Rahmen eines großen Manövers in Schlesien eingetroffen. In der Nacht vom 25. zum 26. August wurde in ganz Deutschland die allgemeine Mobilmachung angeordnet. Die zentralgesteuerte deutsche Propaganda berichtete laufend über (tatsächliche und angebliche) Greueltaten von Polen an im polnischen Staat ansässigen Volksdeutschen sowie über polnische Grenzverletzungen, insbesondere auch den angeblichen, tatsächlich jedoch von der SS inszenierten Überfall auf den deutschen Sender Gleiwitz, andererseits von deutschen Friedensangeboten, was alles weitgehend geglaubt wurde. Die Wahrheit ist bekanntlich das erste Opfer eines Krieges. Auch Polen hatte am 30. August die allgemeine Mobilmachung angeordnet. Jedem Volkskrieg geht das Trommeln voraus. Bevor die Armeen marschieren, wird die ideologische

Aufrüstung betrieben. Über die tatsächlichen Vorgänge hatten jedoch weder das deutsche Volk und noch weniger der einzelne Soldat ein hinreichendes Wissen.

## Anders als 1914

Wir sind nicht unter dem Jubel der Bevölkerung in die Schlacht gefahren. In der Nacht vom 31. August zum 1. September rückte unsere Abteilung, völlig abgedunkelt, unter größtmöglicher Tarnung und Geräuschlosigkeit in ein Waldstück östlich von Oppeln unmittelbar an der polnischen Grenze ein und erhielt den Befehl, am Morgen des 1. September um 4.45 Uhr die Grenze zu Polen im schnellen Vorrücken zu überschreiten. In dieser Nacht herrschte bei uns eine merkwürdige Stille. Es gab kaum Gespräche. Man hoffte, dass es wieder nur einen begrenzten Konflikt geben würde. Sollte es nur eine Aktion zur Befreiung der im polnischen Korridor drangsalierten Deutschen sein oder würde es einen großen Krieg geben?

Wie befohlen, pünktlich 4.45 Uhr, begann der Krieg mit einem gewaltigen Artillerieschlag auf breiter Front. Wir fuhren über die Grenze und erlebten das, was man in der romantisierenden Sprache des Militärs die "Feuertaufe" nennt. Am Abend des ersten Kriegstages schrieb ich unter dem Titel "Erste Gräber" ein Gedicht, in dem es heißt:

*"Nur im verlassenen Wald*
*liegen Beete*
*dunkler, frischer Erde*
*und Stahlhelme hängen*
*auf dürrem*
*schmucklosen Holz.*
**Tränenlos trauert**
**dein Herz**
**an den Kreuzen**
**hoffender Jugend.**
**Es überdeckt**
**die Erde**
**lautlos und immer**
**verblühtes Glück.**
**Und daheim**
**sitzt eine Mutter**
**und wartet**
*auf ersten Gruß."*

Das deutsche Volk wollte keinen Krieg. Es gab 1939 nicht die patriotische Aufwallung wie beim Kriegsausbruch von 1914, als die Truppen von der begeisterten Bevölkerung mit Blumen, Girlanden und siegesgewissen Sprüchen emphatisch getragen, mit Blumensträußen an den Gewehrläufen und dem

Lied "Siegreich woll'n wir Frankreich schlagen, sterben als ein Held" in die Schlacht zogen und spätestens in den Schützengräben von 1916 in tiefe Depression verfielen. In unserer Truppe gab es keine Siegeseuphorie, nur - bei aller Entschlossenheit zum befohlenen Kampf - die dumpfe Ahnung, dass etwas Ungeheuerliches, in den Folgen nicht Absehbares in Gang kommen würde. Auch wenn das deutsche Volk und auch die Wehrmacht keinen Krieg wollte, die Entscheidung war bereits in den Jahren 1933-1936 gefallen. Seitdem war das deutsche Volk eine diktatorisch formierte Gesellschaft ohne eigenen Willen. Es gab keinen erkennbaren Widerstand. Am 1. September sandten die katholischen deutschen Bischöfe Hitler ein Ergebenheitstelegramm. Und als der Feldzug zu Ende war, wurden in allen evangelischen Kirchen Deutschlands Gott in einem hymnischen Gebet für den Sieg der deutschen Waffen und die Rückgewinnung "uralten" deutschen Landes gedankt und eine Woche lang täglich von 12.00 bis 13.00 Uhr die Glocken geläutet.

In einer Rede vor dem zu einem braunen Gesangverein verkommenen Reichstag stellte Hitler den Überfall als eine Verteidigungshandlung dar: "Ab 5.45 Uhr wird zurückgeschossen." Dies war eine doppelte Lüge. Es wurde nicht zurückgeschossen, sondern angegriffen, und der Angriff begann bereits um 4.45 Uhr. Hitlers Hoffnung, die Westmächte würden auch diesmal wieder vor der letzten Konsequenz eines kriegerischen Eingreifens zurückschrecken, bestätigte sich nicht. England und Frankreich erklärten in Erfüllung ihrer eingegangenen Beistandspflicht am 3. September Deutschland den Krieg. England schickte 10 Divisionen nach Frankreich. Dennoch stießen die Westmächte, die auf eine große Auseinandersetzung noch nicht vorbereitet waren, von einigem Grenzgeplänkel der Franzosen abgesehen, nicht in den fast unverteidigten Westen des Reiches hinein. Man hatte keine Lust "für Danzig zu sterben". So entging Hitler zunächst dem gefürchteten Zweifrontenkrieg. Aber die Würfel waren gefallen, alles Weitere ergab sich als Konsequenz. Am Ende sah, wie es bei allen längeren Auseinandersetzungen der Fall ist, alles anders aus, als es sich die handelnden Politiker und Heerführer im September 1939 vorgestellt hatten.

**Der Feldzug in Polen**

Da die deutsche Luftwaffe durch Angriffe auf die polnischen Flugplätze sofort die Luftherrschaft über dem gesamten Luftraum erobert hatte, brauchte die Flak nicht für ihre eigentliche Aufgabe der Luftverteidigung eingesetzt werden. Statt dessen wurde sie, wie vielfach dann auch in den späteren Feldzügen, als Artillerie im Erdkampf eingesetzt, wo sie durch ihre hohe Treffsicherheit und Durchschlagskraft besonders bei der Bekämpfung von Bunkern und in der Panzerabwehr große Erfolge hatte. Dabei waren jedoch die Geschützmannschaften, weil die Flakbatterien weder eine infanteristische Ausrüstung noch Ausbildung besaßen und die auf Direktschuss mit gerader Flugbahn eingestellten Geschütze ohne Deckung standen, besonders gefährdet und bedurften taktisch eines vorgelagerten Infanterieschleiers. Dennoch kam es am 8. und in der Nacht zum 9. September bei Ilza, südlich vom Radom, durch einen unmittelbar auf die I./Flakregiment 22 treffenden polnischen Gegenangriff zu einem schweren Abwehrkampf. In mehreren Nachtangriffen versuchten Teile der eingeschlossenen 16. polnischen Division einen Durchbruch zur Weichsel zu erzwingen. In beiderseits verlustreichen Kämpfen, einschließlich Nahkampf mit aufgepflanztem Bajonett, wurde die Front gehalten. Dabei sind der Kommandeur unserer Abteilung, Major Weisser, der Chef der 3. Batterie sowie zahlreiche weitere Offiziere und Männer der Abteilung gefallen.

Dieser Abwehrkampf ("die Nacht von Ilza") hat den später geradezu legendären Ruf der deutschen Flak im Erdkampf begründet. Er wurde am 23. September in einem sog. Tagesbefehl des Oberbefehlshabers der Luftwaffe Hermann Göring - dies ist m.W. ein einmaliger Vorgang in der ganzen Zeit des Krieges - als Beispiel hervorragender Tapferkeit gerühmt. Darin heißt es: "Das I. Flakregiment 22 hat in einem Gefecht bei Ilza am 8. und 9. September mit hervorragender Tapferkeit an der Abwehr stärkster, an Zahl um das Vielfache überlegener feindlicher Kräfte teilgenommen. Zahlreiche Offiziere, Unteroffiziere und Mannschaften, an der Spitze der Kommandeur, starben dabei den Heldentod ... Ich spreche hiermit der Abteilung für ihren mannhaften Einsatz Dank und höchste Anerkennung aus. Mit Stolz aber gedenkt die ganze Luftwaffe jener tapferen Männer, die in heldenhaftem Kampfe geblieben sind..."

Es war ein Blitzkrieg, der die Welt überraschte. Der Erfolg beruhte auf einer neuen Art der Kriegführung, die im Zusammenwirken von Panzern, Infanterie und Fliegertruppe auf Beweglichkeit und Schnelligkeit setzte. Trotz zum Teil heroischen Widerstandes war die polnische Armee den aus Ostpreußen, Schlesien und der Slowakei einrückenden deutschen Panzerarmeen und slowakischen Truppen nicht gewachsen. Nachdem ein Versuch der Polen, in der Mitte der Front auf Berlin vorzustoßen, gescheitert war, wurde eine große polnische Armee im großen Weichselbogen in einem riesigen Kessel eingeschlossen. Nach 18 Tagen war der Kampf im Wesentlichen entschieden. Die polnische Hauptstadt Warschau hielt sich jedoch bis zum 29. September. Mit ihrer Kapitulation hatte der polnische Staat aufgehört zu bestehen. Das starke Nationalgefühl der Polen hat jedoch auch diese vierte Teilung überstanden. Ihr altes Marschlied "Noch ist Polen nicht verloren", das später zur trotzigen Nationalhymne wurde, hat bis heute seine Bedeutung bewahrt.

## Am Ufer des Bug

In dem Geheimabkommen zwischen Hitler und Stalin, das den Nichtangriffspakt vom 23. August 1939 ergänzte, war eine im Wesentlichen entlang des Bug verlaufende Abgrenzung der beiden Herrschaftsgebiete vereinbart worden. Deshalb mussten unsere bereits darüber hinaus vorgedrungenen Truppen hinter diese Linie zurückgenommen werden. In den weitläufigen und verzweigten Kasematten der alten Festungsstadt Brest-Litowsk (heute weißrussisch: Brest) am Ostufer des Bug befanden sich riesige Mengen von großen Kupferplatten. Dabei handelte es sich wahrscheinlich um eine strategische Reserve der Polen. Dieses kriegswichtige Material sollte den Sowjets nicht in die Hände fallen. Unsere Abteilung wurde dazu eingesetzt, in höchster Eile vor dem Eintreffen der russischen Truppen die schweren Platten herauszuholen und auf das Westufer des Bug zu schaffen. Am 17. September drang die Sowjetarmee gegen polnischen Widerstand in Ostpolen ein und erreichte am 18. September Brest-Litowsk. Stadt und Festung wurden ihr übergeben. Deutsche und russische Offiziere tauschten eine kameradeske militärische Begrüßung als Symbol einer freundschaftlichen Begegnung aus.

Wie man heute weiß, begannen im rückwärtigen Operationsgebiet sofort nach der Besetzung deutsche Partei-,SS- und Einsatzgruppen der "Sicherheitspolizei" sowie auch die von Osten eingerückten Sowjets mit der Ausrottung der politischen und militärischen Eliten Polens, der Geistlichkeit, des Adels und des in Polen stark verbreiteten Judentums. Als Angehöriger einer operativen Truppe habe ich persönlich davon nichts bemerkt oder gehört, vielleicht wegen der nachstehend dargestellten frühzeitigen Abkommandierung aus Polen. Zwar haben wir eroberte Dörfer Haus für Haus durchkämmt, um zu verhindern, dass sich Widerstandsnester und Heckenschützen in unserem Rücken festsetzen. Dabei handelte es sich aber um eine rein militärische Maßnahme. Dass sich auch Soldaten der Wehrmacht an Misshandlungen und Greueltaten beteiligt haben, muss ich aber heute annehmen, nachdem ich die sehr genauen und glaubwürdigen Berichte von Marcel Reich-Ranicki in seiner Autobiografie "Mein Leben" gelesen habe. Menschen sind zu vielen schrecklichen Dingen fähig, wenn ihnen unbegrenzte Macht über andere eingeräumt wird. Wenn und wo sie begangen wurden, muss man der Führung vorwerfen, dies nicht energisch unterbunden zu haben. Mit gemischten Gefühlen erinnere ich mich nur eines persönlichen Erlebnisses nach der Einnahme der Stadt Radom: Bei einem jüdischen Schuhmacher bestellte ich die Maßanfertigung eines Paars Juchtenlederstiefel. Der Schuhmacher arbeitete daran kunstfertig und, vielleicht um seinen guten Willen zu zeigen, mit einer Besessenheit, dass ihm der Schweiß über die Backen herunterlief und er war sehr erstaunt, als die fertigen Stiefel ordnungsgemäß und mit Dank bezahlt wurden. Der bereits verängstigte Mann hatte vielleicht befürchtet, dass der deutsche Soldat statt zu bezahlen die Pistole auf den Tisch legen würde.

Auch soweit die deutsche Wehrmacht an den Untaten nicht unmittelbar beteiligt war, hat sie dennoch dabei keine rühmliche Rolle gespielt. Bezeichnend dafür scheint mir ein Vorgang zu sein, den mir fast vier Jahrzehnte später der Bundeswehrgeneral und Wehrbereichsbefehlshaber Ottomar Hansen erzählt hat: "Ich war nach der Besetzung Polens als junger Hauptmann Adjutant von Keitel, dem Chef des Oberkommandos der Wehrmacht (OKW). Eines Tages ging im OKW eine Denkschrift des Militärgouverneurs Generaloberst Blaskowitz über von deutschen Partei- und Sicherungsorganen in Polen begangene Greueltaten ein. Ich legte das Schriftstück Keitel vor, mit der Bitte, es dem Führer vorzulegen. Keitel lehnte dies jedoch ab. Auch meine am nächsten Tage wiederholte Bitte lehnte er wiederum ab. Darauf bat ich ihn um meine Versetzung zur Truppe."

## Der Traum vom Fliegen

Das Ende des Krieges in Polen habe ich nicht miterlebt. Unmittelbar nach der "Kupferaktion" in Brest-Litowsk war ich zur weiteren Offizieranwärter-Ausbildung an die Flak-Artillerieschule in Rerik an der Mecklenburger Bucht versetzt worden. Dort kam es völlig überraschend zu einem folgenschweren Laufbahnwechsel. Die Luftwaffe brauchte Nachwuchs an Flugzeugführern. Deshalb wurde schon vor dem Beginn des Ausbildungsbetriebes gefragt, wer bereit sei, zur Fliegertruppe zu wechseln. Ich habe mich sofort gemeldet und wurde als Fähnrich zum Flieger-Ausbildungsregiment 11 in Berlin-Schönwalde versetzt.

Es fällt mir heute schwer, die Motivationsstränge dieses binnen Sekunden gefassten Entschlusses zu analysieren. Zwar war ich kein Segelflieger bei der Flieger-HJ gewesen. Aber die ursprüngliche Entscheidung für die Flak war mitbestimmt durch die irrige Vorstellung, dass dies auch etwas mit dem Fliegen zu tun habe. Schon immer hatte ich von der Fähigkeit des Menschen zu fliegen geträumt, ein Traum, der mich auch heute noch gelegentlich in Nächten heimsucht. Verführerisch schienen mir auch die unter Fliegern deutlich weniger kommissgeprägten Umgangsformen einer aus der Masse herausgehobenen, auf persönliche Einzelleistungen begründeten Elite. Hinzu kam wohl der Wunsch nach höherer patriotischer Pflichterfüllung, vielleicht auch ein bisschen vitalistischer Erlebnishunger. Sicherlich war ich mir des weit höheren Risikos der Fliegertruppe gegenüber der Flak bewusst, ohne allerdings die vollen Konsequenzen zu erkennen, die sich im Laufe des Krieges daraus ergeben haben.

## Die Ausbildungsstufen A1 - B2

Fliegen bedeutet nicht nur die Erfüllung eines Traums. Zunächst kommt das gründliche Erlernen des dazu erforderlichen Handwerks. Dieses Können ist unabhängig vom Dienstgrad. Der zum Fliegerhorst Schönwalde bei Berlin versetzte Oberfähnrich und danach Leutnant Weirich erhielt dazu, beginnend am 5. Dezember 1939, als Lehrmeister den Uffz. Noske, einen ruhigen, erfahrenen Fluglehrer. Nach allgemeiner flugtechnischer Einweisung begannen die kurzzeitigen Platzflüge mit dem offenen Doppeldecker Focke-Wulf Stieglitz FW 44. Der Flugschüler saß bis in Brusthöhe im vorderen, der Fluglehrer im hinteren Sitz mit gleichgeschaltetem Steuerknüppel und gleicher Instrumentierung. So konnte der Lehrer jeden Bedienungsfehler des Schülers korrigieren oder verhindern. Der Anfänger gewöhnt sich zunächst einmal an die Beschleunigung beim Start, das sanfte Abheben mit schnellem Übergang zum Steigflug und das mulmige Gefühl, aus dem offenen Sitz auf beiden Seiten in die Tiefe zu schauen.

Nach zweimaliger Gefahreneinweisung war am 17. Januar der erste Alleinflug fällig. An diesem Tag herrschte eine Temperatur von minus 20 °C, aber darauf wurde keine Rücksicht genommen. Zum Schutz gegen Erfrierungen wurde auf mein Gesicht eine Frostschutzsalbe aufgetragen. Doch das half nichts gegen den scharfen, eisigen Fahrtwind. Nach der Landung bemerkte der Fluglehrer die Verfärbung meines Gesichts, ließ mich sofort aussteigen und schickte mich zur Behandlung ins Krankenrevier. Trotz der Frostschutzsalbe hatte es Erfrierungen im Gesicht gegeben.

Planmäßig wurden die Schwierigkeiten und Variationen vermehrt. Auf die Erweiterung der Platzrunden folgten eine Slip-Einweisung (der fliegerische "Slip" ist kein erotisierendes Wäschestück, sondern eine kurz vor der Landung für Sekunden eingelegte Seitenbewegung mit dem Flugzeug, um die Landegeschwindigkeit zu verringern und damit die Landestrecke zu verkürzen), unterschiedliche Ziellandungs- und Notlandeübungen sowie die Umschulung auf andere Typen, wie z.B. die Heinkel 46 und 72, Klemm 35, Bücker 131, Arado 96, Focke-Wulf 56 usw. Das erforderte zwar immer wieder eine Umstellung, hatte aber den Zweck und den Vorteil, vielseitig ausgebildete Flugschüler heranzuziehen. Wir sollten in der Lage sein, möglichst alle damals verfügbaren Flugzeugmuster zu fliegen. Ab April begannen die ersten Überlandflüge, z.B. nach Stendal, Stettin, Guben, Brandenburg, Stolp usw. Dazu bedurfte es jeweils einer sorgfältigen Vorbereitung mit Streckenplanung und Einholen der Wetterberatung. Nach landläufiger Meinung gibt es in der Fliegerei drei Probleme: Wie komme ich hinauf, wie bleibe ich eine Weile oben und wie komme ich wieder runter? Aber da war auch das weitere Problem der Orientierung, des "Franzens", wie die Flieger sagen: Geflogen wurde mit Sichtnavigation, das heißt, während des Fluges war laufend die auf den Knien liegende Karte mit der unter der Maschine schnell wegfließenden Landschaft zu vergleichen. Ein "Verfranzen", wie die Flieger das Verlieren der Orientierung nennen, wäre ruinös gewesen. So vermittelte die glückliche Landung nicht nur jeweils das schöne Gefühl des Gelingens, sondern auch der Erleichterung.

Höhepunkt der Ausbildung in Schönwalde und Friedersdorf war ab Mai das Kunstflugtraining mit der Bücker 131. Oberhalb einer Sicherheitshöhe von 1.000 m wurden alle denkbaren Flugfiguren geübt. Sie sollten dem Schüler das Gefühl der Beherrschung des Flugzeugs vermitteln. Grundtypen des Kunstflugs sind: Looping, Rolle, Rückenflug, Messerflug, Schraube und Turn mit anschließendem Trudeln. Dabei habe ich auch das Kürprogramm des langjährigen Kunstflugwelt-meisters Falderbaum geübt. Die geflogenen Figuren wurden vom Boden aus beobachtet und die Sauberkeit ihrer Aus-führung in Form einer Prüfung bewertet.

## "Ein Fähnrich steht, bis er umfällt"

Trotz der fast sportlichen Umgangsformen bei der Flugaus-bildung galt im Fliegerhorst Schönwalde im Übrigen eine strenge Disziplin, wie folgende Episode zeigt: Bei der nächt-lichen Rückfahrt von einem (immer auch anstrengenden!) Wochenendurlaub in Berlin bin ich in einer Ecke der völlig verdunkelten und zunächst leeren S-Bahn eingeschlafen. Im Laufe der Fahrt muss sich der Zug gefüllt haben. Als ich an der Endstation Spandau ausstieg, verlangte ein Leutnant meinen Dienstausweis. Einige Tage darauf wurde ich zum Rapport im großen Dienstanzug zum Fliegerhorstkommandanten Oberst Graf Luckner befohlen. Er fragte mich, warum ich im Zug ge-sessen habe, während ältere Leute gestanden hätten. Auf mei-ne Antwort, ich sei völlig übermüdet in dem dunklen Zug eingeschlafen und habe deshalb nicht bemerkt, dass ältere Leute keinen Sitzplatz gefunden hätten, erklärte er nur: "Ein Fähnrich steht, bis er umfällt" und verpasste mir einen Ver-weis. Er blieb der einzige meiner Dienstzeit.

## Vorstellung beim "Führer"

Der Beförderung zum Leutnant hatte ein besonderes Votum vorauszugehen. Am 13. März 1940 erklärten alle Offiziere des Regiments schriftlich, der Oberfähnrich Weirich werde "für würdig erachtet, dem Offizierkorps der Luftwaffe anzugehören". Die Ernennung erfolgte zum 1. April 1940. Damals war es üblich, dass die zur Beförderung anstehenden Oberfähnriche dem "Führer" vorgestellt wurden. Bei der inzwischen kriegsbedingt stark gewachsenen Zahl der Anwärter war dies jedoch inzwischen zu einer Massenveranstaltung im Berliner Sportpalast geworden. Dort wurden wir von einem General auf das große Ereignis eingestimmt und aufgefordert, den "Führer" mit kräftigen "Heil-Rufen" zu empfangen. Dies erschien mir stilwidrig. Wie kann man seinen Obersten Befehlshaber mit "Heil" begrüßen? Viele andere mögen das ebenso empfunden haben. Jedenfalls, als Hitler mit Göring und großem Gefolge erschien, klang das befohlene "Heil" ziemlich verkrampft, stoßweise aus den Kehlen herausgepresst. Nach der militärischen Meldung sprach Hitler. Der Inhalt seiner Rede ist mir heute nicht mehr gegenwärtig. Ich hatte, damals noch im Banne des Führerkults stehend, dem Erlebnis mit großen Erwartungen entgegengesehen. Es war das erste Mal (und es blieb auch das einzige Mal), dass ich Hitler unmittelbar erlebte und das aus großer Nähe (zu seinem Auf-

tritt im Jahr 1932 in Kreuznach in einem eigens dafür aufge-
stellten großen Zelt auf der Pfingstwiese war ich bewusst nicht
hingegangen). Doch merkwürdigerweise haben mich seine
Erscheinung und seine Rede nicht wie erwartet beeindruckt.
Wie konnte das geschehen? Lag es etwa an mir, an fehlender
Begeisterungsfähigkeit? Waren nicht die ganze Nation und
sogar die halbe Welt von ihm fasziniert? Und waren nicht
selbst die Frauen bei seinem Erscheinen immer wieder in Ver-
zückung gefallen und haben ihm ihre Kinder entgegenge-
streckt? Eine Erklärung für meine ungezündete Emotionalität
fand ich nicht. Vielleicht lag es an der situationsbedingten Wi-
dersprüchlichkeit des soldatischen und des politischen Stils,
vielleicht auch an dem Eindruck eines künstlich kultivierten
stählernen Blicks und eingeübt wirkender Posen. Tiefere
Nachwirkungen hatte dies jedoch zunächst nicht.

## Flugzeugabsturz

Der 18. April 1940 wäre fast mein Schicksalstag geworden.
Mit einer einsitzigen einmotorigen Bücker 131 war ich zu einem Überlandflug gestartet. Noch im Steigflug in etwa 80 m
Höhe riss plötzlich der Benzinfaden ab und der Motor setzte
aus. Dadurch entstand eine äußerst gefährliche Fluglage.
Wenn beim Start die Zugkraft des Motors wegfällt, ist die Maschine infolge ihrer noch zu geringen Geschwindigkeit nicht

mehr flugfähig. Für diese immer befürchtete und theoretisch oft behandelte Notsituation wurde gelehrt, geradeaus zu steuern und unter starkem Andrücken der Maschine eine Notlandung zu versuchen. Keinesfalls sollte versucht werden, durch eine Kurve zum Rollfeld zurückzukommen, da dies in der Regel zu einer "Todeskurve" mit einem Absturz über die Tragfläche führe. Dies war mir auch blitzschnell bewusst. Aber vor mir sah ich mehrere Häuser, in die ich bei einem Geradeausflug hineingeflogen wäre. Deshalb versuchte ich dennoch eine Linkskurve, in der das Flugzeug jedoch, völlig steuerungslos geworden, über dem Platzrand abstürzte. Wie durch ein Wunder erlitt ich lediglich eine Kopfverletzung durch den Aufschlag auf das Instrumentenbrett. Erklären konnte und kann ich mir dieses Wunder des Überlebens nur mit der Annahme, dass das Flugzeug mit der linken Tragfläche aufgeschlagen ist und die dabei entstehende kinetische Energie mit einer am Führersitz vorbeilaufenden Stoßlinie durch die Stauchung aufgezehrt worden ist.

Flugangst durfte sich nicht festsetzen. Schon wenige Tage danach wurde der Flugschüler, noch mit einem Kopfverband, wieder zu weiteren Übungsflügen in die Maschine gesetzt. Da mir kein Bedienungsfehler nachgewiesen werden konnte, blieb der Unfall ohne disziplinare Folgen.

## Auf größeren "Kisten" (C1-C2)

Mit der B2-Prüfung waren die ersehnte, über der linken Brusttasche zu tragende "Pilotenschwinge" und das Abzeichen für Flugzeugführer erreicht. Darauf folgte die C-Schule in Neuruppin zur Ausbildung auf großen zweimotorigen Flugzeugen, z. B. auf der Ju 86, der Do 17 und 23, auf dem Kampfflugzeug He 111 und vor allem auf der legendären dreimotorigen Ju 52, die noch heute weltweit Gegenstand der Fama ist.Die Flugziele wurden nun weiter gesetzt, so z.B. auch Dresden, Kopenhagen und Prag angeflogen (s. Bild).

*Ju52 beim Vorwärmen*

Besonders in Erinnerung ist mir ein Nachtflugtraining. Dabei waren gleichzeitig fünf von Flugschülern geflogene Ju 52 in der Luft, als urplötzlich der Neuruppiner See und die gesamte Umgebung einschließlich des Flugplatzes von einer dichten, alles verschluckenden Nebelschicht zugedeckt wurde. Als der Sprit zu Ende ging und keine andere Ausweichmöglichkeit bestand, musste unter höchster Nervenanspannung versucht werden, auf Verdacht in den Nebel hineinzulanden, ohne genau zu wissen, wo die Platzgrenzen waren und die Flughafengebäude standen. Dabei sind drei Maschinen zu Bruch gegangen. Die glatte Landung war einer der Glücksmomente meines Lebens.

Ein anderer Vorfall hätte disziplinarische Folgen für mich haben können. Bei einem Höhenflug mit einer Heinkel He 111 hatte ich aus bloßem Übermut die Maschine hochgezogen und dann wieder scharf angedrückt. Dabei war aus der auf der Oberseite des Hecks befindlichen, versehentlich offen gebliebenen Luke das Heft mit den geheimen Kennungen und Frequenzen hinausgeflogen. Es hätte befestigt sein müssen. Da ich jedoch dafür nicht verantwortlich war, blieb die Untersuchung für mich ohne Folgen.

*Leutnant der Fliegertruppe im kleinen und großen Dienstanzug*

## Geräte sind zuverlässiger als Gefühle

An die C-Fliegerschule schloß sich vom 15. Februar bis 15. März 1941 eine Blindflugausbildung in Neuburg a. d. Donau an. Blindflug bedeutet, Fliegen ohne Erdsicht, nur nach der Anzeige der Instrumente. Dazu wurde das Cockpit verhängt. Für den Flugschüler besteht anfänglich die große Schwierigkeit darin, sich bei der Steuerung des Flugzeugs nicht auf sein Gefühl, sondern nur auf die Anzeigen der Instrumente zu verlassen. Die Gefühle täuschen, weil sie nicht die tatsächliche Fluglage und Veränderungen wiedergeben, sondern nur auf

Beschleunigungen reagieren. Für diese Ausbildung war die brave "Tante Ju" besonders geeignet. Ihr Instrumentenbrett mit rund 100 Instrumentenanzeigen, Bedienungsknöpfen und Hebeln war übersichtlich angeordnet, die Wellblechhaut der Flugzeugzelle verlieh der Maschine eine gute Flugstabilität.

Im Rahmen der fast täglichen Blindflugübungen gab es auch einen dienstauflockernden Ausflug zum Flughafen Le Bourget und damit nach Paris, das ja aus Rücksicht auf die Franzosen für deutsche Soldaten grundsätzlich gesperrt war. Mein schönstes Flugerlebnis in dieser Zeit war jedoch ein Flug am 7. März mit der Ju 52 nach Catania auf Sizilien, beladen mit dringend benötigtem Nachschub für Rommels Afrikakorps. Da die Maschine infolge ihrer Beladung sehr schwer war, mussten wir bereits im Voralpengebiet auf Höhe klettern, um über die Alpen zu kommen. Herrlich dann der Blick auf die schnee- und eisbedeckten Tiroler Berge! Nach einer Zwischenlandung in Forli in der Romagna am nördlichen Rand des Apennin, folgte ein überwältigend schöner Flug entlang der Westküste Italiens, vorbei an Rom, Neapel, über die Straße von Messina, und schon am Abend des Tages wandelten wir wie im Traum unter den Palmen von Sizilien und trafen uns mit Fliegerkameraden, die von Catania aus Einsätze gegen die Insel Malta flogen. Glücklicherweise wurde meine Maschine in Catania ausgeladen, weil sie keine Seenotausrüstung besaß. Der Flug über das Mittelmeer wäre wegen der feindlichen Jäger ein großes Risiko gewesen.

## Letzte Ausbildungsstufen

Am Ende der C-Fliegerschule stellte sich die Frage, in welche Waffengattung der weitere Ausbildungsweg führen sollte. In meinem Fall fiel die Entscheidung für die Zerstörerwaffe. Wie und warum dies geschehen ist, weiß ich heute nicht mehr. Wahrscheinlich hat der große Ersatzbedarf der Zerstörerverbände den Ausschlag gegeben. Für eine Verwendung als Nachtjäger, vor deren fliegerischem Können und Einsatz als Einzelkämpfer am nächtlichen Himmel ich übrigens größte Hochachtung habe, waren meine Augen (sollte ich heute sagen "glücklicherweise"?) bei Nachtsicht nicht gut genug.

So wurde ich im Anschluss an die C-Schule zur Jagdfliegervorschule im sächsischen Kamenz versetzt. Waren wir bisher Einzelflieger, lernten wir jetzt auf der Arado 96 das Fliegen im Verband. Hinzu kam das Training im Luftkampf. Im Fliegerjargon hieß dies "Zirkus" und bestand in einem wilden Gekurve, das zur Vermeidung von Zusammenstößen höchste Konzentration erforderte.

Ab 1. Mai 1941 folgte die spezielle Schulung für den Einsatz in Zerstörerverbänden auf der Zerstörerschule in Neubiberg bei München. Neben wiederum intensivem Kunstflugtraining auf der Bücker 131 wurden auf der Heinkel He 51, einem ehemaligen Doppeldecker-Jagdflugzeug, und der Messerschmitt BF 110 (BF = Bayerische Flugzeugwerke), genannt Me 110, insbesondere Anflüge auf Schießscheiben, Höhenflüge, Navigationsflüge, Verbandsflug und der Einmotorenflug für den Fall eines Motorausfalls geübt. Dazu wurden jetzt Besatzungen gebildet und mir für die Me 110 ein Unteroffizier als ständiger Bordfunker zugeteilt.

## Die Zerstörerwaffe

Die Me 110 war Anfang 1939 in die Luftwaffe eingeführt und erstmals im Polenfeldzug zur Unterstützung der Bodentruppen eingesetzt worden. Sie war ein zweimotoriges Flugzeug mit Doppelleitwerk, normalerweise besetzt mit dem Flugzeugführer sowie einem hinten sitzenden und nach hinten sehenden Bordfunker, bewaffnet mit vier starren 30 mm- und 20 mm-Kanonen und zwei MG nach vorne sowie einem (völlig unzureichenden) beweglichen Heck-MG für den Bordfunker. Die Leistungsdaten waren für damalige Verhältnisse beachtlich. Die Höchstgeschwindkeit betrug 546 km/h in 7000 Meter Höhe, die Reichweite 2085 Kilometer. In der Formgestaltung, das heißt rein technisch-ästhetisch betrachtet, war sie wohl das schönste deutsche Flugzeug, eine Verbindung von Kraft und Eleganz (s. Bild).

Trotz guter Flugeigenschaften hatte die Me 110 jedoch auch
einige Mängel. Besonders beim Start gab es schon in der Ausbildung wiederholt Unfälle mit tödlichem Ausgang, so auch
bei einem Start meines erfahrenen Neubiberger Fluglehrers.
Im Laufe des Krieges blieb die Me 110, trotz wiederholter
kleinerer Verbesserungen, im Grundmodell gleich. Sie hat
mich seit Neubiberg bis zum bitteren Ende des Krieges begleitet.

Ursprünglich waren die Zerstörer als Langstreckenjäger zum
Begleitschutz für Kampffliegerverbände vorgesehen. Dies ist
wahrscheinlich der Grund für die Bezeichnung "Zerstörer".

Diese Zweckbestimmung erwies sich jedoch bereits im Sommer 1940 als erfolglos. Nach dem Sieg über die Westmächte im Frankreichfeldzug im Sommers 1940 und der Gewinnung der Kanal- und Atlantikküste als Basis für die weitere Kriegführung, hatte Hitler sich als nächstes Ziel gesetzt, England anzugreifen. Zur Vorbereitung der Invasion (Operation "Seelöwe") sollte zunächst die Luftherrschaft über England errungen werden ("Insel-Blitz"). Die dazu als Begleitschutz der deutschen Kampfverbände eingesetzten Me 110-Verbände waren jedoch in den Luftkämpfen den schnelleren und wendigeren englischen Nahbereichsjägern "Spitfire" und "Hurricane" deutlich unterlegen, sodass der Versuch wegen zu hoher Verluste schon Ende August 1940 aufgegeben werden musste. Damit hatte sich der Traum Görings von der Schaffung eines deutschen Fernjägers als Illusion erwiesen. Dagegen ist es den Amerikanern später gelungen, mit der "Lightning" einen Doppelrumpf-Fernjäger zu entwickeln, der die amerikanischen Bomberverbände bis tief nach Deutschland hinein begleitet hat.

Wegen ihrer vielseitigen Verwendbarkeit erhielten die Me 110-Verbände jedoch ständig neue Aufgaben. Sie reichten über die Aufklärung, den Begleitschutz für Schiffsverbände, Angriffe auf Schiffsziele, Einsätze zur Unterstützung der Heeresverbände bis zur "Reichsverteidigung", den verlustreichen Tages- und Nachteinsätzen zum Schutz des Heimat-gebiets gegen die amerikanischen und englischen Bomberverbände, die massenhaft, oft mit mehreren tausend stark bewaffneten "Flying Fortress" ("Fliegenden Festun-gen") einflogen. Auch in der Nachtjagd war die Me 110 das meist verwendete Flugzeug.

Die extrem hohen Verluste der Zerstörerverbände führten da-zu, dass in der Führung ein häufiger Wechsel stattfand. Nur wenige Staffelkapitäne, Gruppenkommandeure und Ge-schwaderkommodore haben den Krieg überlebt. Hinzu kommt, dass die einsatzfähigen Gruppen wiederholt umbe-nannt, umorganisiert und zu neuen Gefechtsverbänden zu-sammengefasst wurden. Die Geschichte der deutschen Zerstörer im Zweiten Weltkrieg zu schreiben ist daher fast un-möglich und bisher nicht geschrieben worden. Ich beschränke mich deshalb auf die selbst erlebten Teile des Geschehens. Hier sei nur daran erinnert, dass die Zerstörerverbände zu den Waffengattungen mit den höchsten Opfern gehörten. Sie ha-ben in besonderer Weise alle Höhen und Tiefen des wahn-sinnigen Kriegsgeschehens mit großen Erfolgen, aber auch schweren Verlusten, bis zum Untergang erlebt.

## Der Weg in die Katastrophe

Fernziel Hitlers war, wie er bereits Mitte der 20er Jahre in seinem Buch "Mein Kampf" zum Ausdruck gebracht hatte, die
Gewinnung von Lebensraum im Osten unter gleichzeitiger
Ausrottung des Bolschewismus. Er gab deshalb schon 1940
nach dem Frankreichfeldzug Anweisungen zur Vorbereitung
eines Angriffs auf Russland. Wann er konkret den Entschluss
zum Angriff gefasst hat, lässt sich wahrscheinlich nicht mehr
genau klären. Am 22. Juni 1941 morgens um 3.15 Uhr überschritten die deutschen Truppen im Rahmen der Operation
"Barbarossa", wiederum ohne Kriegserklärung, die russischen Grenzen. Zu Beginn der Offensive standen auf deutscher Seite 153 Divisionen mit über 3 Millionen Soldaten
sowie 2740 Flugzeugen und 3580 Panzern einer russischen
Übermacht von schätzungsweise 4,7 Millionen Soldaten sowie der vierfachen Zahl an (z.T. veralteten) Panzern und der
dreifachen Zahl an ebenfalls teilweise veralteten Flugzeugen
gegenüber. Im Gegensatz zur französischen Maginot-Linie
wurde die "Stalin-Linie", ein Bollwerk aus Beton und Stahl, in
wenigen Tagen durchbrochen.

Nachdem die taktische Überraschung gelungen war, ging der
Vormarsch der deutschen Truppen zunächst schnell voran.
Die russischen Truppen standen tief gestaffelt, aber offen-
sichtlich nicht in einer Bereitstellung für einen unmittelbar be-

vorstehenden Angriff auf Deutschland. Ob Sowjetrussland zu einem späteren Zeitpunkt Deutschland angegriffen hätte, ist zwar wahrscheinlich, aber nach dem bisherigen Stand der Quellenforschung nicht eindeutig beantwortet.

## Der gescheiterte Blitzkrieg

Hitler hatte geglaubt, den Feldzug in zwei Wochen entscheiden zu können, ehe sich England von dem 1940 empfangenen Schlage erholte. Bereits im August 1941 wurde jedoch erkennbar, dass dieser Feldzug nicht so schnell verlaufen würde wie die bisherigen "Blitzfeldzüge". Die Sowjets kämpften, unter Ausnutzung der Tiefe ihres Raums, auch in aussichtslosen Situationen weiter und gewannen dadurch Zeit, aus dem Landesinneren neue Kräfte und frisches Material heranzuführen. Hitler und die deutsche Wehrmachtführung hatten sich verrechnet. Man hatte weder die Probleme der Tiefe des Operationsraums noch die patriotische Widerstandskraft der Russen richtig eingeschätzt.

## Im Schnellkampfgeschwader 210

Bereits in den Anfangswochen hatte die ständig im Einsatz befindliche Luftwaffe hohe Verluste und brauchte frische Kräfte. Auf der Zerstörerschule Neubiberg wurden deshalb bereits zwei Monate vor dem Ende der regulären Ausbildungszeit zwei Besatzungen - darunter mein Bordfunker und ich - ausgewählt und dem Schnellkampfgeschwader 210 zugewiesen. Diese Einheit lag damals bei Nowgorod am Ilmensee im Norden von Rußland. Sie war mit Me 110-Maschinen ausgerüstet, hatte aber ihre Bezeichnung "210" daher, weil sie auf das Nachfolgemodell Me 210 umgerüstet werden sollte. Dieser Typ erwies sich aber bei der Erprobung als so instabil, besonders durch Ausbrechen beim Start und durch die Gefahr des Flachtrudelns, dass sie schon fast als unsteuerbar galt. Außerdem war die Maschine zu schwer und hatte deshalb eine zu hohe Landegeschwindigkeit. Später versuchte man, die Stabilität durch eine Verlängerung des Rumpfs zu verbessern und dann zu einem Modell Me 410 weiter zu entwickeln. Auch dies ist nicht gelungen. Diese Fehlkonstruktion hat die Luftwaffe in der Substanz rund tausend Maschinen gekostet. Den Namen "Schnellkampf"-Geschwader hatte man dem Verband gegeben, weil die Me 110 wesentlich schneller war als die damals eingesetzten Kampfflugzeuge, insbesondere die He 111 und die Ju 87, und deshalb zum Einsatz auf stark geschützte Ziele wie Flugplätze, Industrie- und Bahnanlagen eingesetzt werden sollte.

Ende Juli 1941 meldete ich mich am Ilmensee beim Geschwaderkommodore Major Krüger. Er schickte mich zum Gruppenkommandeur Hauptmann Kaldrak und dieser zum Staffelkapitän der 4. Staffel. Es war Oberleutnant Poka von Pokavalva, ein Sproß aus altem österreichisch-ungarischem Adelsgeschlecht, ein hochgebildeter Mann mit strenger Dienstauffassung für sich und andere. Er fragte mich, was ich für eine Ausbildung habe. Nachdem ich ihm dies berichtet hatte, erklärte er: "Da kann ich Sie hier noch nicht einsetzen. Da muss ich Sie erst von einem fronterfahrenen Offizier einfliegen lassen." Ein wunderbares Beispiel für einen verantwortungsbewussten Offizier! Es war mein Glück. Die andere Besatzung, die mit mir zur Front versetzt und zu einer anderen Staffel gekommen war, ist bereits bei ihrem ersten Einsatz geblieben.

*Bildmitte:*
*Hauptmann Kaldrak*
*rechts:*
*Oberleutnant*
*Poka von Pokavala*

*Poka von Pokavala (rechts) mit einem Staffeloffizier*

Zu unserer Gruppe am Ilmensee gehörte damals als PK-Be-
richter der heute im zehnten Lebensjahrzehnt stehende hoch
angesehene Philosophieprofessor, Gründer und langjährige
Intendant des Zweiten Deutschen Fernsehens Prof. Dr. Karl
Holzamer, dem ich seit Jahren in verehrender Freundschaft
verbunden bin. Da er natürlich nicht mit einem kleinen Leutnant, sondern mit dem Kommandeur flog (was natürlich viel
gefährlicher war), haben wir uns damals allerdings noch nicht
persönlich kennengelernt.

Immer wieder mussten die stark strapazierten Maschinen zur
Grundüberholung nach dem Königsberger Flugplatz Powun-

den geflogen werden. Es war ein Glücksfall, wenn man dazu eingeteilt wurde, denn das alte, vom Deutschen Orden gegründete Königsberg war nicht nur eine besonders traditionsreiche und schöne Stadt, es hatte auch so stolze und schöne Mädchen.

## Wechselnde Einsatzräume

Hitler suchte die Entscheidung zunächst auf den Nord- und Südflügeln der Front. Im Norden sollte Leningrad eingenommen werden, um die Sowjets von der Ostsee abzuschneiden und die Verbindung zu den mit Deutschland verbündeten Finnen herzustellen. Im Süden sollte das ukrainische Getreidegebiet, die Halbinsel Krim, das Kohle- und Industrierevier im Donez-Becken erobert und die russische Ölzufuhr aus dem Kaukasus abgeschnitten werden.

Vom Ilmensee aus hat unser Verband verlustreiche Einsätze in den Großraum Leningrad und gegen Schiffsziele in Schlüsselburg am Ausfluss der Newa aus dem Ladogasee geflogen. Als die Nordoffensive jedoch zum Stehen kam, wurde der Schwerpunkt der deutschen Angriffsoperationen und damit auch unser Verband weiter südlich verlegt. Die häufigen, meist kurzfristig angeordneten und kurzzeitigen Verlegungen in neue Einsatzräume stellten höchste Anforderungen an die Leistungsfähigkeit des Verbandes. Aber so blieb es während des gesamten Russlandfeldzuges: Die Zerstörerstaffeln wurden als hochbewegliche Verfügungsmasse immer wieder an den Brennpunkten des Geschehens in der Offensive und in der Abwehr eingesetzt. Entsprechend hoch waren die Verluste. Als ich zur Staffel kam, war ich der siebte Offizier. Nach einiger Zeit war ich vorübergehend als Einziger neben dem Staffelkapitän übriggeblieben.

## Der verlorene Mythos

Russland war in meiner jugendlichen Phantasie immer ein besonderes Mystikum gewesen, eine rätselhafte, sowohl anziehende als auch zutiefst erschreckende Mischung aus einer das Menschenmaß überschreitenden Weite und von dörflich-gütiger Babuschka, von kraftvoll-melodischen Gesängen der Kosakenchöre mit den höchsten und tiefsten menschlichen Stimmen und den grausamen Verhältnissen sibirischer Gefangenenlager, von der tiefen religiösen Spiritualität eines Tolstoi wie von der Dämonie eines Rasputins, von menschlicher Leidensfähigkeit und der menschenverachtenden Brutalität des leninistisch-stalinistischen Herrschaftssystems. Jetzt erlebte ich die ernüchternde Banalität armseliger Dörfer, aber auch die Melancholie der unendlich scheinenden Ebene mit ihren glutvollen Sonnenaufgängen und -untergängen an einem in der Ferne verschwimmenden Horizont.

Da sich unser tägliches Leben auf den Feldflugplätzen abspielte, hatten wir wenig Kontakt mit der Bevölkerung der eroberten Gebiete. Ich hatte aber den Eindruck, dass uns die russischen Menschen zunächst mit Sympathie und Hoffnung auf bessere Zeiten betrachteten. Auch beobachtete ich auf den Dörfern den Versuch einer Wiederbelebung der Russisch-Orthodoxen Kirche. Tief beeindruckend war dabei die mystische, die Sinne berauschende Pracht des orthodoxen Gottesdienstes mit dem betörenden Weihrauchduft, dem samtenen, unirdischen Chorgesang der stehenden Gemeinde und die melodische Rezitation der liturgischen Texte in der archaischen altkirchenslawischen Sprache. Von einer Partisanentätigkeit, die der Wehrmacht später infolge einer falschen deutschen Besatzungspolitik so viel zu schaffen gemacht hat, war noch nichts zu spüren. Über den berüchtigten völkerrechtswidrigen "Kommissarbefehl" des "Führers", alle gefangenen Politkommissare sofort zu erschießen, der von einem Teil der Armeekommandeure bewusst nicht weitergegeben wurde, kann ich nur soviel sagen, dass mein Jugendfreund, der später in einem tragischen Zusammenhang noch einmal auftauchende Siegfried Staadt, Kommandeur einer Panzeraufklärungsabteilung, mir dazu erklärt hat: "Das werden wir noch bitter bereuen." Der Krieg wurde nicht nur militärisch, sondern auch politisch verloren. Man hätte erkennen müssen, wie der Russlandkenner Edwin Erich Dwinger vergeblich argumentierte, dass Sowjetrussland nur durch Russen zu besiegen sei.

## Verlegung in den Mittelabschnitt

Die Offensive im mittleren Frontabschnitt gegen Moskau (Operation "Taifun") wurde im Oktober 1941 mit zwei neuen erfolgreichen Kesselschlachten bei Brjansk und Wjasma eingeleitet. Bereits am 7. Oktober setzte jedoch mit Regen und Schnee die herbstliche Schlammperiode ein und lähmte in zunehmendem Maße die Bewegungen der motorisierten Verbände. Die von Süden angesetzte Panzerarmee Guderian kam nur bis Tula, 100 km südlich von Moskau , heran. Wir flogen in dieser Zeit Einsätze im Raum Orel-Tula. Dabei verschlechterte sich das Wetter zusehends. Manchmal konnte man wegen schlechter Sichtverhältnisse schon kurz nach dem Start den Flugplatz nicht mehr sehen. Wenn die Landschaft unter einer verschluckenden Schnee- und Eisdecke lag, waren orientierungshelfende Straßen und Bahnlinien kaum mehr zu erkennen, die weit auseinander liegenden Dörfer in ihrer verschneiten Gleichartigkeit kaum zu unterscheiden. So war das Wetter oft gefährlicher als der Gegner. Nach einem Sturzangriff auf den wichtigen Verschiebebahnhof von Tula gelang es mir, da es keine Funkhilfe von der Bodenorganisation gab, auf dem Rückflug nur mit großer Mühe, meinen Einsatzflugplatz wiederzufinden und mit dem Verband sicher zu landen.

## In der Eishölle von Moskau

Die beiden von Norden angreifenden Panzerarmeen kamen bis 30 km, die von Westen angreifende 4. Armee bis 50 km an die russische Hauptstadt heran. Schwere Regenfälle verwandelten die Straßen in Morast, so dass die Fahrzeuge bis zu den Radnaben im Schlamm versanken. Bereits am 6. Oktober begann es zu schneien. Dann brach plötzlich und jahreszeitlich verfrüht ein extrem harter russischer Winter herein. Er soll der kälteste Winter seit 100 Jahren gewesen sein. Die Bodentemperaturen betrugen wochenlang um minus 30 °C. Am 27. November sanken die Temperaturen auf 40 °C unter Null. Es war der Tag, an dem sich im Jahre 1812 an der Beresina-Brücke die Tragödie der "Grand Armée" von Napoleon ereignet hatte.

Bei den für einen Winterkrieg nicht ausgerüsteten deutschen Truppen übertrafen die Ausfälle durch Erfrierungen bei weitem die Verluste durch Gefechte. Das den Überlebenden später als Trost für die erlittenen Leiden verliehene Winterkampfabzeichen erhielt im bitteren Soldatenjargon den Namen "Gefrierfleischorden". Auch wir Flieger hatten keine Winterausrüstung und flogen, in den zugigen Maschinen hilflos der in der Höhe noch brutaleren Kälte ausgesetzt, in dünnen Sommerkombinationen. Auch unsere Techniker haben in dem die Kälte noch verstärkenden eisigen Ostwind Unglaubliches geleistet, um die durch starke Schneeverwehungen an Tragflächen und Leitwerken vereisten Flugzeuge startklar zu machen. Doch an manchen Tagen war so dichtes Wetter, dass nicht geflogen werden konnte (sog. "Krähe"). So nennen das die Flieger, wenn das Wetter so schlecht ist, dass selbst Krähen zu Fuß gehen müssen. Zum Schlafen legten wir uns in selbstgeschaufelte und mit etwas Stroh ausgelegte Erdlöcher. Dennoch war an Schlaf kaum zu denken, denn nachts kamen die wegen ihres surrendes Geräuschs von uns "Nähmaschinen" genannten Störflugzeuge der Russen, um den Flugplatz mit Splitterbomben zu belegen.

Unsere Aufträge führten bis an den Stadtrand von Moskau. Bei einem dieser Einsätze wurden wir durch einen an Zahl weit überlegenen russischen Jagdverband in einen schweren Luftkampf verwickelt. Die russischen Rata-Maschinen mit ihren dicken Sternmotoren waren zwar langsamer als unsere Me 110, aber sehr viel wendiger. Wegen ihrer Überlegenheit mussten wir einen Abwehrkreis fliegen, das ist ein Fliegen im Kreis, bei dem jeder seinen Vordermann deckt. Dabei habe ich eine Rata abgeschossen, die sich hinter meinen Vordermann geschwungen hatte und ihn wahrscheinlich abgeschossen hätte. Das ist das grausame Gesetz des Krieges: das Gesetz des Du oder Ich, des Ihr oder Wir! Ach, könnte man doch heute den einstigen Gegner umarmen!

Das Fliegen in einem Abwehrkreis war mehrfach die letzte Rettung vor einer Übermacht des Gegners. Der kritische Moment war jedoch, wenn das Gefecht abgebrochen und der Kreis aufgelöst wurde, weil dann der Schutz durch den jeweiligen Hintermann wegfiel. Für den taktischen Verbandsführer kam es deshalb darauf an, dafür einen möglichst günstigen Zeitpunkt zu finden.

## Die Niederlage vor Moskau

Die Winterschlacht vor Moskau war die erste große und wahrscheinlich bereits für den späteren Ausgang des Krieges entscheidende Niederlage des bisher sieggewohnten Hitler. Unsere Truppen waren durch die schweren Kämpfe der letzten Monate und den mit unglaublichen Marschleistungen bewältigten kräftezehrenden Vormarsch über mehr als tausend Kilometer erschöpft, das Material ermüdet und verbraucht. Für einen Angriff standen nur noch 800 meist überholungsbedürftige Panzer zur Verfügung. Dennoch sollte Moskau noch vor Einbruch des Winters eingenommen werden. Dabei hatte die deutsche Führung nicht bedacht, dass es östlich des Urals noch riesige Produktionsstätten und militärische

Ressourcen gab. Hinzu kamen ein gnadenloser Winter und die Härte des Widerstandes der Russen, die ihre Hauptstadt mit allen Mitteln verteidigten. Schon Napoleon hatte den Widerstand der Russen unterschätzt und vor Moskau 300.000 Mann geopfert, meist Deutsche und Polen, nur 30.000 davon Franzosen, und er hatte dazu später gegenüber Metternich gesagt: "Ein Mann wie ich kümmert sich nicht um das Leben von einer Million Menschen."

Der in Tokio als Korrespondent der Frankfurter Zeitung tätige russische Meisterspion Richard Sorge hatte ausgekundschaftet, dass Japan, trotz des mit Deutschland und Italien bestehenden Dreimächtepakts, nicht bereit war, zur Entlastung Deutschlands die Russen im Osten anzugreifen. So konnte Stalin von den in Sibirien an der Grenze zur Mandschurei stehenden Truppen 65 Divisionen nach Westen verlegen und mit diesen frischen, für den Winterkampf geschulten und ausgerüsteten Truppen am 5. Dezember vor Kalinin und Moskau zum Gegenangriff übergehen. Die deutsche Luftwaffe war zu schwach, diese Heranführungen zu stören.

Obwohl auf deutscher Seite nichts für einen etwaigen Winterkrieg vorbereitet und ein Halten strategisch sinnlos war, verlangte Hitler von der Truppe den "fanatischen Widerstand in ihren Stellungen". Taktisches Zurückweichen war "Feigheit vor dem Feind". Dringende Gegenvorstellungen des

Oberbefehlshabers der Heeresgruppe "Mitte", des Generalfeldmarschalls v. Bock, wurden von der obersten Wehrmachtführung nicht ernst genommen. Die strategische Erkenntnis
von Clausewitz, dass die "verteidigende Form der Kriegführung an sich stärker ist als die angreifende" und die Kunst des
kräfteschonenden Rückzugs waren nicht gefragt. Generaloberst Erich Hoepner, Oberbefehlshaber der 4. Panzerarmee
und einer der erfolgreichsten Panzerführer der Wehrmacht,
wurde wegen einer Zurücknahme seiner Panzergruppe von
Hitler degradiert und aus der Wehrmacht ausgestoßen. Im Ersten Weltkrieg war er ein Kriegskamerad meines späteren
Schwiegervaters Carl Weichel gewesen. Nach seiner Entlassung hat Hoepner Verbindung zum Widerstandskreis der Offiziere aufgenommen und sollte nach erfolgreichem Putsch
Oberbefehlshaber des Ersatzheeres werden. Nach dem Scheitern des Aufstands wurde er verhaftet und am 8. August 1944
im Gefängnis Berlin-Plötzensee erhängt.

Jede Armee ist auf den Prinzipien von Befehl und Gehorsam
aufgebaut. Aber welches Maß an Leiden und Heldentum sind
die Inhaber einer militärischen Befehlsgewalt berechtigt, im
Namen der Nation oder einer Ideologie von den Befehlsun-
terworfenen zu verlangen? Wie konnte eine wegen ihrer
Fähigkeiten bewunderte Generalität des Oberkommandos
der Wehrmacht es zulassen, dass Millionen deutscher Solda-

ten ohne Winterbekleidung in den russischen Winter gejagt wurden? Und wie steht es mit der Opferbereitschaft derer, die die Opfer fordern? Als der Oberst Henning v. Tresckow versuchte, seinen Oberbefehlshaber Mitte, den Generalfeldmarschall v. Bock, für die Teilname an der Offizierverschwörung gegen Hitler zu gewinnen, antwortete dieser: " Der Feldmarschall Bock ist kein Held."

Vor Moskau zeigte sich zum ersten Mal die verhängnisvolle Mischung von Strategie mit ideologischen Obsessionen, wie sie dann 1942/43 auch zu der Tragödie von Stalingrad geführt hat. Im Winter 1941/42 wäre für eine verantwortungsbewusste Führung der Zeitpunkt gewesen zu erkennen, dass der Krieg nicht zu gewinnen war, und Friedensverhandlungen einzuleiten. Zwar steht derjenige, wie sich bereits 1918 gezeigt hatte, der den Waffenstillstand anbietet, taktisch in der schlechteren Position, aber die deutsche Führung hatte zu diesem Zeitpunkt noch große Teile von Europa besetzt und hätte deshalb gewichtige Faustpfänder in die Verhandlungen einbringen können.

## Kurze Heimatluft

Ich persönlich habe nicht die ganze Tragödie vor Moskau erlebt. Die großen Belastungen hatten bei mir zu einem psychophysischen Erschöpfungszustand geführt ("abgeflogen" nennt man das in der Fliegersprache) und mein fürsorglicher Staffelkapitän Poka von Pokavalva hatte mich zu einem Erholungsurlaub nach Hause geschickt. Dort traf ich, inzwischen mit dem Eisernen Kreuz I. und II. Klasse sowie der Frontflugspange für Kampfflieger ausgezeichnet, im Kreishaus, wo ich die Jungvolkdienststelle besuchte, zufällig auf den NSDAP-Kreisleiter Schmitt, den mächtigsten Mann unserer Region. Als er mich fragte, wie es an der Front aussähe, gab ich ihm einen ungeschönten Bericht, den er überraschenderweise in Ruhe anhörte, ohne mir Defätismus vorzuwerfen. Dazu muss man wissen, dass damals bereits die Äußerung eines Zweifels am "Endsieg" ein todeswürdiges Verbrechen war.

Als ich kurz darauf wieder zur Einheit zurückkam, war auch Poka von Pokavalva gefallen. Bei einem Tiefangriff auf einen Flugplatz war seine Maschine in Brand geschossen worden. Mein Versprechen, ihm eine Armbanduhr aus der Heimat mitzubringen, konnte ich nun nicht mehr einlösen. Ich habe ihn sehr bewundert, sein fliegerisches Können, zum Beispiel die Führung bei schlechtem Wetter, seine Tapferkeit und seine menschliche Vornehmheit. Bemerkenswert auch seine Gabe, durch Beobachtung des Abendhimmels das Wetter des nächsten Tages vorauszusagen. In der Luftwaffenillustrierten "Der Adler" war sein Portrait, zusammen mit einem anderen

Offizier seiner Staffel, als "das heldische Gesicht des deutschen Fliegers" abgebildet gewesen.

## Staffelführer und Wiederaufstellung des Geschwaders

Als auch unser Gruppenkommandeur Hauptmann Kaldrak gefallen war, wurde Hauptmann Günter Tonne, der bisherige Führer der 6. Staffel, die sich stolz "die Königliche" nannte, Ritterkreuzträger und späterer Träger des Eichenlaubs zum Ritterkreuz, zum Gruppenkommandeur ernannt und ich mit der Führung dieser Staffel beauftragt. Auch der hervorragende Flieger Tonne ist später im Rahmen der Reichsverteidigung gefallen. Mein Stellvertreter war der ruhignachdenkliche Otto Christians, ein liebenswürdiger Hamburger, den ich viele Jahre nach dem Kriege als Lufthansa-Kapitän zufällig in New York wiedergetroffen habe. Als Bordfunker suchte ich mir jetzt den intelligenten und gewandten Unteroffizier Heinz Effenberger aus, der mir dann während der ganzen weiteren Zeit des Krieges ein treuer Begleiter und nach dem Kriege bis zu seinem Tod freundschaftlich verbunden gewesen ist.

Infolge der großen Verluste an fliegendem Personal und Material wurde eine Neuaufstellung der Gruppe erforderlich. Dazu wurde unser Verband aus der Front herausgezogen und nach Lechfeld im Allgäu verlegt. Dort gab es neue Besatzungen, die eingeflogen werden mussten, sowie neue Maschinen und Ausrüstungen. Für kurze Zeit erlebten wir fast friedensmäßige Verhältnisse. Da die Staffelführer die Hauptarbeit leisteten, konnte unser Kommandeur Tonne zeitweise sogar Tennis spielen. Meine Mutter hatte sich, um mir in dieser Zeit nahe zu sein, in der Nachbarschaft einquartiert, so dass wir uns einige Male sehen konnten. Als ich nach dem Abschluss der Wiederaufstellung mit den 12 Maschinen meiner Staffel zum Rückflug an die Ostfront startete, stand sie am Rand des Flugplatzes und winkte uns nach.

## Die Sommeroffensive 1942

Im Sommer 1942 versuchte die deutsche Führung, noch einmal durch eine Großoffensive im Süden Russlands die Initiative zurückzugewinnen. Hitler glaubte, dass der Gegner vom Winterkrieg erschöpft sei und wollte durch große Raumgewinne die Zentren der russischen Industrie und der Rohstoff-Förderung erobern. Dazu wurde der Angriff in zwei Stoßrichtungen vorgetragen: Die Heeresgruppe A sollte über den Don hinausdringen, das Kohle- und Erzrevier im Don-Becken und die Ölfelder von Maikop am nördlichen Rand des Kaukasus´ einnehmen, mit dem Fernziel, die Ostküste des Schwarzen Meeres zu erreichen. Die Heeresgruppe B sollte zur Wolga vordringen und Stalingrad (heute Wolgograd) besetzen, mit dem Fernziel eines Vorstoßes bis zum Kaspischen Meer. Diese gleichzeitig erfolgenden, jedoch exzentrisch auseinanderlaufenden Offensiven bedeuteten eine strategisch unverantwortliche Überdehnung der Nachschubwege mit langen, nur schwach geschützten Flanken.

Unser neu aufgestelltes Geschwader, das nunmehr den Namen Zerstörergeschwader ZG 1 trug, wurde im Rahmen der Südoffensive der Heeresgruppe A zugeteilt. Der Einsatzweg führte über Bjelgorod, Taganrog, Rostow, Armavir nach Krasnodar am Nordrand des Kaukasus´. Im August 1942 wurde die dritte Gruppe des Geschwaders in den Mittelmeerraum verlegt, die in Russland verbliebenen beiden Gruppen griffen im September in die Kämpfe um Stalingrad ein und wurden dort nahezu aufgerieben.

Im Sommer 1942 herrschte in Südrussland zeitweise eine kaum erträgliche Hitze bis zu 50°C, gegen die wir auf den baumlosen Feldflugplätzen nur einen dürftigen Schutz durch Zelte hatten. Die Aufgabe war, wie bereits vorher im Nord- und im Mittelabschnitt, die vorstoßenden Heeresverbände durch Angriffe auf taktische Ziele wie Flugplätze, Artilleriestellungen, Panzeransammlungen, Verkehrswege und Brükken, Industrieanlagen usw. zu unterstützen, dabei auch eigene und gegnerische Positionen aufzuklären. Dies geschah teils in sog. "freier Jagd", bei der sich der Verband selbst seine Ziele suchte, wie dies später die amerikanischen Lightnings in Deutschland gemacht haben, teils durch die Bekämpfung vorgegebener Ziele durch Sturzangriffe mit schweren Bomben sowie Tieffliegerangriffe mit leichten Bomben und Bordwaffen. Zur Bekämpfung von Panzern wurden unsere Me 110 zeitweise mit einer unter dem Rumpf montierten (und dadurch natürlich die Fluggeschwindigkeit vermindernden) 3,7 cm Spezialkanone ausgerüstet. Diese Art der Bekämpfung von Panzern war teilweise erfolgreich, weil sie oben weniger geschützt waren als an den Vorder- und Seitenfronten. Dabei drohte den Angreifern die meiste Gefahr von der leichten Flak und den Infanteriewaffen der Russen. Inzwischen hatte die Sowjetunion jedoch auch wesentlich verbesserte Jagdflugzeuge im Einsatz, wie die J 16, J 18, JAK 1 und das gepanzerte Schlachtflugzeug Iljuschin II-2.

Für Sturzangriffe war eigentlich die Ju 87 gebaut worden. Aber sie war infolge ihres feststehenden Fahrwerks und ihrer Sturzflugbremsen zu langsam und ihr Einsatz gegen stark geschützte Ziele deshalb zu riskant. Außerdem hatte sie nur eine kurze Reichweite. Deshalb wurde stattdessen die Me 110 eingesetzt, obwohl sie für den Sturzflug nicht gebaut war. Meist wurde das Ziel in einer Höhe von etwa 4000 m angeflogen und der Angriff durch starkes Andrücken eingeleitet. Um die Abwehr zu erschweren, wurde aus verschiedenen Richtungen und nach Möglichkeit auch aus der Sonne kommend , angegriffen. Beim Sturz erreichten die Maschinen eine, wahrscheinlich an die Grenze ihrer statischen Belastbarkeit gehende, Geschwindigkeit von ca. 750 km/h. Einer dieser Angriffe, der mir besonders in Erinnerung geblieben ist, galt der strategisch wichtigen Brücke in Rostow über den Don, über die ständig russische Truppenbewegungen liefen. Dabei erhielt mein Verband starkes Abwehrfeuer durch die russische Flak.

Bei den Sturzangriffen sollte zwecks Zielgenauigkeit der Bombenabwurf erst möglich spät ausgelöst werden. Danach musste die Maschine rechtzeitig über dem Boden abgefangen werden, wobei so starke Fliehkräfte auftraten, dass die Besatzung durch die im Gehirn entstehende Blutleere einige Sekunden das Bewusstsein verlor. Man hatte aber durch Übung das Gefühl, wie weit man beim Anziehen des Steuerknüppels gehen konnte. Je nach gegebener Situation schlossen sich dann Tiefangriffe mit leichten Bomben und Bordwaffen und der Abflug in möglichster Bodennähe an. Diese Einsatzformen wurden durch die Truppe selbst entwickelt. Eine taktische und technische Beratung durch die höhere Führung habe ich nicht erlebt. Sie war dazu wahrscheinlich zu truppenfremd. Die Oberen haben von den Erfahrungen der Unteren gelernt, nicht umgekehrt.

Zu meiner Staffel gehörte auch der Oberfeldwebel Johannes Lutter, Träger des Ritterkreuzes zum Eisernen Kreuz, im Fliegerjargon "Dödel" genannt).

*Oberfeldwebel Lutter, Z. b. V. - Offizier der Staffel, Staffelführer (v. l. n. r.)*

Mein treuer Bordfunker Heinz Effenberger erhielt den "Ehrenpokal für besondere Leistungen im Luftkrieg". Er hat auch in kritischen Situationen die Nerven und eine Portion sächsischen Humors bewahrt. Solche Situationen waren z. B. die Einmotorenflüge, wenn einer der beiden Motore durch Treffer ausgefallen war. Dies ist mir insgesamt siebenmal passiert. In diesen Fällen kam es darauf an, die stark verlangsamte und durch die einseitige Zugkraft höchst labile Maschine in Fluglage zu halten, ohne den noch laufenden Motor zu überlasten. Dabei lernt man, mit höchster Sensibilität auf den Klang des

Motors - heute würde man es den "Sound" nennen - zu hören, von dem soviel abhängt. Praktisch manövrierunfähig, war man auch eine leichte Beute für feindliche Jäger. Der gefährlichste Moment aber ergab sich bei der Landung, weil das Kurven zum Einschweben nur durch behutsam schiebendes Drehen über den laufenden Motor möglich war. Ein Kurven über den stehenden Motor hätte mit Sicherheit den Absturz bedeutet. Bei einem solchen Heimflug über Feindgebiet rief Effenberger mir, hinter der Panzerscheibe sitzend und ohne Einflussmöglichkeit auf das Geschehen, über das Kehlkopfmikrofon aufmunternd zu : "Schauen's, Herr Oberleutnant, wie sie unten schon die Messer wetzen."

**Frühe Verantwortung**

Die Funktion als Führer der Staffel bedeutete, nicht nur (als "Rottenhund", "Kettenhund" usw.) im geführten Verband mitzufliegen, sondern den jeweiligen Verband der Staffel (Rotte, Schwarm, Kette oder Mehrfachkette), manchmal auch im sog. Großeinsatz alle drei Staffeln der Gruppe, verantwortlich zu führen. Dabei ergab sich einerseits die Pflicht zu möglichst optimaler Ausführung des jeweiligen Einsatzbefehls und andererseits die von mir sehr persönlich als besondere Verantwortung empfundene Aufgabe, die meiner Führung anvertrauten Besatzungen keinen unsinnigen

Risiken auszusetzen und sie möglichst heil wieder zurückzu-
bringen. Nach meiner Auffassung bemisst sich die Qualität eines Führenden im Kriege, gleich in welcher Funktion, auch
danach, ob er seine Verantwortung erkennt und die Geführten
die Überzeugung haben dürfen, dass er sie - im Landserjargon
gesprochen - nicht "in die Sch... führen" werde.

Vor jedem Feindflug gab es für den Einsatzführer eine Reihe
von Vorbereitungen. Er musste den Auftrag entgegenneh-
men, feststellen, welche Maschinen einsatzbereit waren, die
Besatzungen benennen und - wenn genügend Zeit war - den
Einsatz mit Kartenstudium und Einholung der Wetterberatung planen. Dem Wetterdienst stand damals jedoch - anders
als heute weltweit - nur eine sehr begrenzte Datenmenge zur
Verfügung. Die Voraussagen waren deshalb vielfach sehr unsicher. Da ich nicht, wie manche andere Verbandsführer, über
einen guten Orientierungssinn verfügte, war für mich ein besonders intensives Studium der Lagekarten erforderlich.
Dann folgte die Einsatzbesprechung mit den beteiligten Besatzungen mit den Informationen über den Auftrag und seine
vorgesehene Durchführung sowie das Verhalten bei unerwar-
teten Situationen. Dabei galt das Prinzip der Auftragstaktik:
Jeder Flugzeugführer hatte im Rahmen des Auftrags eine Mit-
verantwortung und weitgehende Entscheidungsfreiheit.

Während des Fluges waren dann vom Einsatzführer mehrere

Funktionen gleichzeitig wahrzunehmen. Man musste die Anzeigen der zahlreichen Bordinstrumente im Auge behalten, das laufende Wettergeschehen beurteilen, den gesamten Luftraum wegen drohender Gegner beobachten, mit der auf den Knien liegenden (oft sehr schlechten) russischen Karte "franzen", d. h. die Orientierung nach Bodensicht oder durch Koppelnavigation sichern, die Flugbewegungen der geführten Flugzeuge überwachen und den Verband durch Funkspruch führen. Die in der heutigen Militärfliegerei selbstverständliche Führung durch Funkleitsysteme von einer Bodenleitstelle aus gab es ja für uns noch nicht.

Während sich die Besatzungen zwischen den Einsätzen entspannen konnten, kamen für den Staffelführer die vielfältigen Pflichten hinzu, die sich aus der Verwaltung, Organisation und Personalführung einer Frontstaffel mit 150 - 200 , vielfach lebens- und dienstälteren Männern unterschiedlicher Dienstgrade und Funktionen ergaben. Die schwerste von allen Pflichten war das Schreiben von Briefen an die Eltern und Ehefrauen von Gefallenen mit der Todesnachricht und dem hilflosen Versuch der Tröstung. Alles in allem eine Aufgabe, mit der ein Zweiundzwanzigjähriger eigentlich überfordert ist.

**Im Kriege ist auch das Ungewöhnliche normal**

In Südrussland habe ich 46 Verbandseinsätze geführt und ich

besitze noch alle darüber erstatteten Gefechtsberichte. Die Lakonie der Militärsprache lässt die Dramatik des Geschehens nur ahnen. Über einige aus dem Rahmen des Üblichen fallende Einsätze will ich berichten:

*Am 27. Juni 1942 wurden wir nach einem Angriff auf den Bahnhof Bibikowo überraschend von Jagdflugzeugen angegriffen, deren Flugvermögen alles übertraf, was wir von russischen Flugzeugen bisher gewöhnt waren. Bei diesem Luftkampf ergab sich ein dramatischer Augenblick, den ich nie vergessen werde. Eines der gegnerischen Flugzeuge flog frontal auf mich zu, so dass wir mit hoher Geschwindigkeit aufeinander zurasten. Es war ein Kampf Mann gegen Mann in vollkommener Anonymität. Es kam darauf an, möglichst spät, aber noch vor dem Gegner zu schießen. Keinem gelang es jedoch, den anderen zu treffen. Ein beide Maschinen vernichtender Zusammenstoß wurde nur durch ein gegenläufiges Abdrehen im letzten Bruchteil einer Sekunde vermieden. In meinem Gefechtsbericht gab ich an, dass es sich um Hurricane-Jäger gehandelt habe, was mir zunächst nicht geglaubt wurde, weil bis dahin noch keine anglo-amerikanischen Typen in Russland gesichtet worden waren. Wahrscheinlich war es die erste Begegnung mit Flugzeugen, die der Westen im Rahmen des "Pacht- und Leihabkommens" über die Eismeerroute an Russland geliefert hat.

*Einige Tage darauf glaubte die deutsche Führung, das mobile Hauptquartier des russischen Oberbefehlshabers Marschall Timoschenko ausgemacht zu haben. Ich erhielt den Befehl, dieses Ziel umgehend mit fünf Maschinen anzugreifen, suchte und fand in dem angegebenen Raum auch eine Ansammlung, die wie ein höheres Stabsquartier aussah. Ob es tatsächlich das Hauptquartier von Timoschenko gewesen ist, wurde nie geklärt.

*Am 2. Juli wurde von der Luftaufklärung ein starker russischer Panzerverband gesichtet. Da anzunehmen war, dass er in der Nacht seine Stellung wechseln würde, sollte ich in der Frühe des nächsten Tages durch einen Aufklärungsflug feststellen, wo er über Nacht verblieben ist. Wir überflogen zunächst in der Höhe den in Frage kommende Raum, aber die Panzer schienen wie vom Erdboden verschluckt. Als ich daraufhin in Tiefflug überging und durch ein ausgetrocknetes Wadi flog, sah ich plötzlich die hervorragend getarnte Panzergruppe und erhielt im nächsten Moment mehrere Treffer in die Maschine und einen Schuss in den rechten Oberschenkel. Trotz des Blutverlusts gelang es in einem halbstündigen Rückflug, den eigenen Flugplatz wieder zu erreichen, wo ich aus der Maschine gezogen wurde. Das Geschoß hatte sich, wie die spätere Röntgenaufnahme ergab, im Oberschenkel in mehrere Teile zerlegt, die sich noch heute dort befinden.

*Unangenehme Erinnerungen habe ich an einen von mir ge-
führten Großeinsatz aller drei Staffeln der Gruppe auf einen
Flugplatz in Verbindung mit eigenen Jägern. Wegen zu er-
wartender starker Jagdabwehr sollten wir durch einen Verband des Jagdgeschwaders 77 geschützt werden und dazu die
begleitenden Kameraden abholen. Als wir den Flugplatz der
Jäger anflogen, musste ich jedoch zu meiner Überraschung
feststellen, dass sich unten überhaupt nichts bewegte. Die
Koordination zwischen den Verbänden hatte wieder einmal
nicht funktioniert. Erst nach längerem Kreisen in Warte-
schleife gelang es mir, durch Anruf unserer Geschwaderleit-
stelle, mit entsprechendem Zeitverlust, den Jägerverband
zum Aufsteigen zu bringen. Im Zielraum ergab sich tatsächlich die erwartete starke Jagdabwehr. Statt nun uns, wie vorgesehen, zu decken, begannen unsere Jäger wilde
Luftkämpfe mit den Russen, so dass unser Verband gesprengt
wurde. Den Kameraden vom Jagdgeschwader war es wohl
wichtiger, Abschüsse zu machen, als uns zu schützen. Als ich
nach der Landung auf Weisung meines Geschwaderkommodore das Jagdgeschwader anrief, um mich zu beschweren, ergab sich, dass der dortige Kommodore selbst geführt hatte.
Es war der in Österreich geborene Major Gordon Gollob, damals mit bereits über 100 Abschüssen der erfolgreichste
deutsche Jagdflieger, Träger des Ritterkreuzes mit Eichen-

laub und Schwertern. Meine Kritik an seiner Einsatzführung wollte er nicht gelten lassen. Da hatte die Beschwerde eines unbekannten Oberleutnants natürlich keine Chance. Im Januar 1945 wurde Gollob als Generalmajor Nachfolger des bei Göring in Ungnade gefallenen Galland "General der Jagdflieger"(s. Bild).

*Gordon M. Gollob wurde am 26. Oktober 1941 für seinen 85. Luftsieg mit dem Eichenlaub zum Ritterkreuz ausgezeichnet. Er war der erste deutsche Jagdflieger, der 150 Abschüsse errang. Gollob ersetzte am 15. Januar 1945, dann im Rang eines Generalmajors, den legendären Adolf Galland, der wegen seiner Kritik an der Luftwaffenführung bei Göring in Ungnade gefallen war, als Generalinspekteur der Jagdflieger.*

*Unser Geschwader war beauftragt worden, einen geplanten Übergang der deutschen Truppen über den Don mit anschließendem Vorstoß auf das Erdölgebiet von Maikop im Kubangebiet zu unterstützen. Es gab jedoch mangels Koordination keine Informationen über das Wann, Wo und Wie und über die dabei beteiligten Heeresformationen. Ich erhielt deshalb den Auftrag zu versuchen, etwas darüber in Erfahrung zu bringen. In dem angenommenen Operationsabschnitt entdeckte ich aus der Luft eine Vielzahl von deutschen Soldaten, Fahrzeugen und Zelten, was einen höheren Gefechtsstand vermuten ließ. Kurz entschlossen schickte ich meinen Schwarm nach Hause und landete auf einem benachbarten, vorher mit den Augen sorgfältig abgesuchten freien Feld. Die sofort herbeieilenden Soldaten fuhren mich zu einem geräumigen Zelt. Dort empfing mich der überraschte Kommandeur der 13. Panzerdivision, General Herr, hörte sich meinen Auftrag höflich an und erklärte, bei ihm sei ich an der richtigen Stelle, da er mit der Führung der Operation in diesem Frontabschnitt beauftragt sei. General Herr war später als "General der Panzertruppen" Oberbefehlshaber einer Armee in Italien. Zu den weiteren Angriffsverbänden gehörte auch die als besonders zuverlässig geltende SS-Panzerdivision "Wiking". Einer plötzlichen Eingebung folgend, fragte ich den General: "Wollen Sie sich das zukünftige Operationsgebiet ansehen?" Seine Antwort: "Ja, wie wäre dies denn möglich?" Darauf ich: "Wenn Sie in mein Flugzeug einsteigen, zeige ich Ihnen den ganzen Raum." Der General war sofort bereit. So bin ich mit ihm und Effenberger gestartet und wir haben den Raum zwischen Rostow am Don und dem Kuban im Hoch- und Tiefflug abgeflogen. Dabei hat er sich, wie ich mit anerkennendem Staunen bemerkte, viele genaue Einzeichnungen in seine Karte gemacht. Auch die zweite Landung und der erneute Start auf dem Feld gelangen. Als ich mein Abenteuer im Geschwader berichtete, waren Lob und Tadel gemischt.

*Staffelführer bei der Arbeit*

*Zwangspause nach der Verwundung*

*In der Führerkanzel einer Me 110*

*Auf Urlaub in Kreuznach*

## Wieder in Neubiberg

Die Maikop-Offensive war zunächst erfolgreich. Am 27. Juli 1942 wurde Rostow an der Mündung des Don in das Asowsche Meer erobert, am 4. August Maikop, am 10. September das Schwarze Meer erreicht. Dann kam der kaukasische Feldzug wegen des schwierigen Geländes, des russischen Widerstandes, der länger gewordenen Verbindungslinien und der Knappheit an Betriebsstoffen praktisch zu einem Ende und Hitler setzte ab 15. September auf die Eroberung von Stalingrad. Dadurch sollte den Russen der wichtige Verkehrsweg über die Wolga abgeschnitten werden. Der wieder einmal großmäulige Göring hatte Hitler versichert, dass "seine" Luftwaffe in der Lage sei, den dafür erforderlichen Nachschub sicherzustellen. Mit dieser unbegreiflichen strategischen Torheit begann die Tragödie des Untergangs der mit einer Viertelmillion Soldaten eingeschlossenen 6. Armee an der fernen Wolga.

Diese Ereignisse habe ich jedoch nicht mehr an der Front erlebt, weil ich mit meinem bewährten Bordfunker Heinz Effenberger zur Zerstörerschule in Neubiberg versetzt und mit der Führung einer Ausbildungsstaffel beauftragt wurde. Befreit von der täglichen unmittelbaren Lebensgefahr, nahm mich nun die Organisation des Schulungsbetriebes mit Fliegen, Unterricht und technischem Dienst voll in Anspruch. Für die Flugausbildung hatten wir hervorragende, fronterfahrene Fluglehrer und einen Kommandeur, dem es darauf ankam, überlegende und risikoabwägende Flugzeugführer auszubilden. Die sog. "Nassforschen", wie er die Übereifrigen nannte, waren ihm ein Gräuel. Um in Übung zu bleiben, beteiligte ich mich als Fluglehrer und erlebte von oben die Schönheiten des bayerischen Landes. Auch flogen wir als Zieldarstellung für die um München aufgestellte Flak Scheinangriffe auf das Stadtgebiet. Besonders erinnere ich mich an eine herrliche "Zirkus-Übung" mit meinem Ausbildungsschwarm über dem Kessel des Kochelsees, wo meine Mutter zur Erholung weilte. Anlässlich einer von der Reichsleitung der NSDAP in Verbindung mit der süddeutschen Generalität veranstalteten Tagung in München sollten wir die Teilnehmer mit einer Flugvorführung beeindrucken. Mit meinen besten Fluglehrern zeigten wir über unserem Flugplatz Demonstrationen im Verband und zum Abschluss einen donnernden Tiefstflug in Höchstgeschwindigkeit unmittelbar vor den Augen der begeisterten Zuschauer, wozu mir der Reichsleiter der NSDAP Fiehler besonders gratulierte.

In der knappen Freizeit war natürlich München mit seinen wunderbaren Theatern und Museen sowie seinem urbanen Flair ein beliebtes Ziel und bot mit seiner Großstadtluft auch manches, was geeignet ist, das Leben eines den Schrecken des

Krieges vorübergehend entronnenen jungen Mannes zu wür-
zen.

Als "Fähnrichsvater" des Fliegerhorstes hatte ich auch die gesellschaftliche Erziehung der Fähnriche und Oberfähnriche
zu betreuen. Die zukünftigen Offiziere sollten auch die kon-
ventionellen Formen des Umgangs beherrschen. Mit ihnen
besuchte ich auf Einladung einen festlichen Ball in München.
Auf solchen Veranstaltungen waren junge Männer damals ja
Mangelware, die sportlichen Flieger in der jungen Damen-
welt besonders willkommen. Da die hübscheste der jungen
Damen bereits liiert schien, bemühte ich mich um die nächst-
hübscheste, zunächst noch ohne etwas von ihr zu wissen.
Dann stellte sich heraus, dass sie eine Prinzessin aus dem Hause Bayern war. Daraus ergab sich während meiner
Neubiberger Zeit eine kultiviert-dezente Freundschaft. Fa-
milienbedingt hatte die Dame natürlich mit dem NS-Regime
nicht viel im Sinn. Wenn wir beim Bummel durch die Stadt zur
Feldherrenhalle am Odeonsplatz kamen, legte sie Wert darauf, dass wir nicht an der zur Residenz gelegenen Seite vor-
beigingen, weil dort die SS-bewachte Ehrentafel mit den
Namen der sechzehn Toten des Hitlerputsches vom 9. November 1923 (der "Blutzeugen der Bewegung") angebracht
war, die man mit erhobenem Arm zu grüßen hatte.

## Zwischenstation Kopenhagen

Sogenannte "Sonderaufträge" konnten im Kriege entweder
ein Himmelfahrtskommando oder eine zugluftfreie Nische
bedeuten. Grund und Anlass waren meist unerforschlich, aber
sie konnten schicksalhaft sein. Anfang 1943 erhielt ich einen
Versetzungsbefehl an die Schießschule der Luftwaffe in Kopenhagen auf dem Fliegerhorst Vaerloese, mit dem Auftrag,
mich als Lehrgangsleiter für starre Bordwaffen einzuarbeiten.
Die Tätigkeit sollte darin bestehen, in Zusammenarbeit mit einem Doktor der Mathematik ballistische Studien zu betreiben
und Flugzeugführer in Fragen der Ballistik zu schulen. Zwar
brachte ich dafür keinerlei besondere Voraussetzungen mit,
aber man glaubte wohl, dass sich das Erforderliche alsbald lernen ließe.

Im Jahre 1943 war in Dänemark politisch und militärisch eine
Übergangssituation gegeben: Im Frühjahr 1940 hatte die deut-
sche Führung die Überzeugung gewonnen, dass eine Beset-
zung Norwegens und der verbindenden Landbrücke
Dänemark erforderlich sei, um eine Besetzung norwegischer
Stützpunkte durch die Engländer zu verhindern. In einer küh-
nen kombinierten See-, Land- und Luftunternehmung war es
Anfang April gelungen, die wichtigsten Küstenplätze Nor-
wegens zu besetzen und der bereits angelaufenen englischen
Operation zuvorzukommen. Die Besetzung Dänemarks be-

gann am 9. April in der Frühe um 5.15 Uhr und war bereits um 7.20 Uhr mit dem Kopenhagener Befehl zur Einstellung aller militärischer Gegenwehr beendet. Im Unterschied zu Norwegen arbeitete die dänische Regierung zunächst mit der deutschen Besatzung zusammen. Ein Freikorps "Danmark" mit dänischen Freiwilligen der Waffen-SS wurde aufgestellt. Dennoch verhielt sich die Mehrheit der Bevölkerung reserviert, die "Dänische NSAP" (eine dänische NSDAP) blieb eine unbedeutende Minderheit. Erst als sich im Herbst 1942 die Kriegslage für Deutschland dramatisch verschlechtert hatte, war die bis dahin eher passive Stimmung zunehmend in aktiven Widerstand umgeschlagen, was umgekehrt zu entsprechenden Unterdrückungsmaßnahmen führte.

## Allein am dänischen Himmel

Neben der für mich vorgesehenen Lehr- und Forschungstätigkeit fiel mir ein Auftrag zu, dessen Kuriosität nur mit den besonderen Verhältnissen des Krieges zu erklären ist: Die Luftwaffenschule besaß neben verschiedenen Flugzeugen, die der Schulung dienten, eine Me 109 G 6, das damals schnellste und modernste Jagdflugzeug der Luftwaffe, ein Nachfolgemodell der Me 109, die vor dem Kriege mit 755 km/h den Geschwindigkeitsweltrekord aufgestellt hatte. Ausgestattet mit einer stärkeren Motorisierung (1475 PS) und Bewaffnung sollte die G 6 als Höhenjäger gegen die amerikanischen Bomberverbände eingesetzt werden. Da ich Me-110-Flieger war, wurde vorausgesetzt, dass ich auch das viel schnellere einsitzige Jagdflugzeug fliegen könne. Es war in der Tat eine große Umstellung. Beim Start, an die langsamere Geschwindigkeit der zweimotorigen Maschine gewöhnt, hatte man als Umsteiger das Gefühl, auf einer Rakete zu sitzen. Dabei musste man höllisch aufpassen, dass die hochsensible Maschine nicht ausbrach. Da ich der Einzige an der Schule war, der diesen Typ fliegen konnte, sollte ich damit die immer wieder über die Deutsche Bucht einfliegenden englischen Moskito-Verbände bekämpfen. Bei gemeldeten Einflügen wurde ich im Hörsaal alarmiert und in rasender Fahrt zum Liegeplatz gefahren. Dort sprang ich in die bereits angelassene Maschine, um im Alarmstart quer über den Platz zu starten und auf Feindsuche zu gehen. Die schnellen Moskitos flogen jedoch sehr hoch an und erreichten über Jütland und Seeland durch angedrückten Flug eine hohe Geschwindigkeit, so dass ihr Einflug nicht zu verhindern war. Jedenfalls war ich damals über Dänemark, eine der zahllosen kleinen Absurditäten der Kriegsgeschichte, wohl der einzige deutsche Jagdflieger auf dem einzigen dort vorhandenen modernen Jagdflugzeug (Bild: Die Me 110 G 6).

## "Idyll Dänemark"?

Neben dem Ernst des Krieges gibt es auch Angenehmes zu erinnern. Zwar haben wir von einem "Idyll Dänemark" (im Soldatenjargon "Schlagsahnefront" genannt) nicht allzuviel
gemerkt, aber die äußerlich friedensmäßig gebliebene Stadt
Kopenhagen mit ihren wunderbaren Schlössern, Kirchen und
Bürgerbauten in holländischem Renaissance- und klassizisti-
schem Stil bot erlebnisreiche Stadtwanderungen. Besonders
das Thorwaldsen-Museum mit seinen klassizistischen Bild-
werken hatte es mir angetan.

Der junge Offizier wurde auch wiederholt privat in die Familie eines hohen Diplomaten der deutschen Gesandtschaft
eingeladen. Die Gastgeber erwiesen sich als eine freundliche,
sehr kultivierte Familie mit einer hübschen Tochter. Gelegentlich erzählte mir der Hausherr, wie peinlich es für ihn sei,
wenn er dem dänischen Königshaus die Forderungen der deut-

schen Besatzungsmacht zu überbringen habe. In besonders angenehmer Erinnerung ist mir ein Familienausflug nach Helsingör an der Nordspitze Jütlands mit dem weiten Blick über den Sund bis zu den fernen Umrissen der schwedischen Küste. Auch diese schöne menschliche Verbindung ist, wie so viele, in den Kriegswirren verlorengegangen. Nach dem Kriege hat der freundliche Gastgeber, dessen Name mir leider entfallen ist, Völkerrecht an der Universität Hamburg gelehrt, was dafür spricht, dass er weder von den Dänen verfolgt noch politisch belastet war.

## Ein faszinierender Auftrag

Mit einer Einarbeitung in die Probleme der Ballistik war ich noch nicht weit gekommen, da gab es schon wieder eine Veränderung. Ende April 1943 fand auf dem Fliegerhorst Kopenhagen-Vaerloese unter der Leitung des Kommandeurs der Jagd- und Zerstörerschulen, General v. Massow, eine Tagung der Kommandeure aller Jagd- und Zerstörerschulen statt. Dabei hatte ich einen Vortrag zu halten. Anschließend fragte mich v. Massow, ob ich bereit sei, ein geheimes Sonderkommando in einem befreundeten Land zu übernehmen. Genaueres über Zweck und Umfang des Auftrages konnte oder wollte er mir nicht sagen. Meine postive Antwort meldete er telefonisch dem Reichsluftfahrtministerium in Berlin. Ich wurde unverzüglich dorthin beordert und im Ministerium von einem freundlichen General Werner Kreipe empfangen. Kreipe war damals Chef des Stabes des Ausbildungswesens (Chef AW) der Luftwaffe, später in der Krise im Herbst 1944 vorübergehend Chef des Generalstabes der Luftwaffe. Nach dem Kriege hat er im Bundesverkehrsministerium einen wesentlichen Beitrag zum Wiederaufbau der deutschen Zivilluftfahrt geleistet.

Kreipe eröffnete mir, streng vertraulich, einiges über Hintergrund und Art des Auftrages, was ich hier, ergänzt durch heutiges Wissen, wie folgt wiedergebe: Im Januar 1943 hatte die russische Großoffensive südwestlich unserer in Stalingrad eingekesselten 6. Armee zu einer schweren Niederlage der zur Flankensicherung eingesetzten rumänischen und ungarischen Truppen und zur Auflösung der 2. Ungarischen Armee geführt. Daraufhin hatte Hitler nacheinander die Staatschefs von Italien (Mussolini), von Rumänien (Marschall Antonescu) und von Ungarn (Reichsverweser Admiral v. Horthy) zu Besprechungen in sein Gästehaus Schloß Kleßheim bei Salzburg bestellt. Am 16. und 17. April kam es zur Begegnung zwischen Hitler und Horthy. Dabei erhob Hitler schwere Vorwürfe wegen des "Versagens" der ungarischen Truppen und ungenügender Unterstützung der deutschen Kriegsanstrengungen durch Ungarn. Horthy, bis 1918 in der österreichisch-ungarischen Doppelmonarchie Oberbefehlshaber der Flotte, galt zwar seit seinem erfolgreichen Kampf gegen die ungarische Räteregierung Béla Kun im Jahre 1919 als ein entschiedener Gegner des Bolschewismus, war aber davon überzeugt, dass Deutschland den Krieg verlieren werde. Tatsächlich hat er auch nie seine Truppen in Russland besucht. Mit dieser Meinung hat er zwar Recht behalten, mit seiner weiteren Meinung, Ungarn werde nie bolschewistisch, weil dies die Westmächte nicht zulassen würden, hat er sich allerdings geirrt. Um weiteren Truppenverpflichtungen auszuweichen, verwies Horthy darauf, dass Ungarn über keine leistungsfähige Luftwaffe verfüge. Dazu soll der "Reichsmarschall" Göring mit großsprecherischer Geste gesagt haben: "Das machen wir."

Dies war die Geburtsstunde des Zerstörer-Ausbildungskommandos (ABK-Z) in Ungarn. Die Aufgabe war, fliegendes und technisches Personal der ungarischen Luftwaffe auf Me 110 einzuweisen und bis zur Frontreife auszubilden. Später sollte auf die Nachfolgemodelle Me 210 und Me 410 umgerüstet werden. Davon sollten jährlich 350 Stück in der als "Donau Flugzeugbau" firmierenden großen Flugzeugfabrik Czepel bei Budapest gebaut werden. Der Ausbildung von Jagdfliegern auf der Me 109 diente ein gleichartiges Lehrkommando "J" unter Führung eines Majors in Szolnok. Später kam noch ein Lehrkommando "In" dazu, das unter Führung eines Hauptmanns Struckmeyer anfangs in Szolnok und später in Szeged auf Junkers W 34 Instrumentenflug (Blindflug und Schlechtwetterlandeverfahren) lehrte und als Vorstufe für die Ausbildung von Zerstörer- und Nachtflugbesatzungen dienen sollte; es wurde jedoch bereits zum 31.12.1944 wieder aufgelöst.

Der Auftrag erforderte Lehrkräfte für jede Funktion einer fliegenden Einheit, sowohl des fliegenden als auch des technischen Personals. Für die Zusammenstellung der Mannschaft erhielt ich eine weitgehende Vollmacht. Die damit von mir angesprochenen Verbände, insbesondere die Zerstörerschulen Neubiberg und Memmingen sowie das Luftgaukommando München, reagierten erfreulich kooperativ. Es fällt ja nicht leicht, gute Leute herzugeben. So gelang es in kürzester Zeit, eine vorzügliche Einheit zusammenzustellen. Stellv. Kdo.-Führer wurde Oblt. Gerrit Lersch, ein Sohn des in den 20er und 30er Jahren sehr populären "Arbeiterdichters" Heinrich Lersch, dessen Werk - welcher Zufall - mein Abiturthema gewesen war. Weitere Fluglehrer waren front- und ausbildungserfahrene Flugzeugführer, alle Träger des EK I. Wegen der geforderten Geheimhaltung der Aktion erhielt die Einheit eine Deckadresse in Wien, Schwarzenbergplatz, über die alle Korrespondenz zu laufen hatte.

## Feryhegy

Zur Vorbereitung des Lehrkommandos flog ich nach Budapest und meldete mich bei Generalleutnant Heribert Fütterer, dem Luftwaffen-Attachée bei der deutschen Gesandtschaft in Ungarn. Fütterer war ein ehemaliger Flieger aus dem Ersten Weltkrieg, inzwischen mehr Diplomat als Fliegergeneral, ein Mann mit freundlichem Wesen und angenehmen Umgangsformen. Er war nun der unmittelbare Vorgesetzte des Kommandoführers, hat mich aber, da er keine Verbindungen mehr zur modernen Fliegertruppe besaß, völlig selbständig arbeiten lassen, die Einheit in Feryhegy auch nie besucht. Es dürfte deshalb in der deutschen Wehrmacht nur wenige kleine Einheiten mit einer vergleichbaren Selbständigkeit gegeben haben. Meine Stellung, obwohl ich nur Oberleutnant war, entsprach daher formal der eines Bataillonskommandeurs. Fütterer gab mir nur den Rat mit auf den Weg, die Kunst des Führens am langen Zügel zu lernen, was er wohl als Diplomat in einem befreundeten Land gelernt hatte, einen Rat, den ich lebenslang zu befolgen versucht habe. Zweimal jedoch hat er mir später eine Rüge verpasst, einmal, weil ich - wie oft und gerne - den Wagen in der Stadt Budapest selbst gefahren hatte, und ein andermal, weil ich mit Gerrit Lersch einer Einladung des Honved-Ministeriums zu einer Rundfahrt um den Plattensee gefolgt war, ohne vorher die diplomatische Genehmigung eingeholt zu haben. Nach dem Krieg hat Fütterer, sicher ohne individuelle Schuld an den verhängnisvollen Vorgängen der Jahre 1944 und 1945, viele bittere Jahre in ungarischen Gefängnissen verbringen müssen.

Fütterer stellte mich im Honved-Ministerium dem Chef des Generalstabs der königl.-ungarischen Luftwaffe vor. Auf die Frage, welchen Flugplatz ich als Standort wünsche, erklärte ich kühn: "Ich bitte um den Flughafen Budapest-Feryhegy". Der Wunsch wurde sofort gewährt. Auch die weiteren Wünsche wegen Stellung von ungarischem Hilfspersonal, Fahrzeugen und anderen Sachleistungen wurden großzügig erfüllt. Als Fahrer für den Ford V 8 erhielt ich den ungarischen Gefreiten Fischbach, einen gewitzten Budapester Taxifahrer, der mir in der ganzen Zeit ein zuverlässiger und freundlicher Gehilfe war.

Der internationale Flughafen Feryhegy schien für unsere Zwecke ideal. Er war der größte in Südosteuropa, mit einem für schnelle und große Maschinen geeigneten Rollfeld von 2200 m Länge und 1700 m Breite, zwei großen Hallen und verschiedenen Nebengebäuden sowie einem Sportflugplatz mit einem Rollfeld von 700 x 700 m und vier kleineren Hallen. Wegen fehlender Nachtbefeuerung mussten wir allerdings unsere Nachtübungsflüge auf dem Flugplatz Budäors durchführen. Der Platz war mit verschiedenen Einheiten der ungarischen Luftwaffe belegt, u.a. mit einer Jagdfliegereinheit unter Führung des Hauptmanns Henye, ausgerüstet mit der veralteten italienischen Macchi C 200, und einer Luftwaffenversuchanstalt unter Oberstleutnant Dotzi, den man den "ungarischen Udet" nannte (der legendäre Udet war bis zu seinem Freitod im November 1941 als Generalluftzeugmeister für die Flugzeugentwicklung und -produktion der deutschen Luftwaffe zuständig gewesen. Sein tragisches Ende hat Carl Zuckmayer in "Des Teufels General" literarisch verarbeitet). Unsere Einheit erhielt eine große Baracke für die Mannschaft und eine geräumige Flugzeughalle mit Werkstätten. Die zunächst vier Me-110 Flugzeuge wurden von den neuen Besatzungen auf dem Luftwege überführt, das übrige Personal und umfangreiches Material kamen alsbald mit der Bahn über Wiener-Neustadt nach. Im Laufe der Zeit wurde die Einheit personell erweitert und der Maschinenbestand bis auf 8 Me 110, 5 Me 210, 5 FW 58 und eine He 111 der Flugbereitschaft des Generals Fütterer erhöht. Verpflegungsmäßig wurden wir an die ungarische Truppenküche angeschlossen, was unseren Soldaten anfangs einige Schwierigkeiten bereitete, bald aber durch mancherlei "Zukost" unproblematisch wurde. Ich wohnte zunächst in Buda an der Vermezö (Blutwiese) unterhalb der Burg bei einer kultivierten und überaus deutschfreundlichen Oberstenwitwe, später mit Gerrit Lersch in einem Häuschen mit kleinem Garten in Pestszentlörinc in der Nähe des Flugplatzes.

## Der Ausbildungsbetrieb

Jedem unserer Fluglehrer und Bordfunker wurden einige ungarische Besatzungen zur Ausbildung zugeteilt. Die ungarischen Flugzeugführer waren meist Offiziere oder Oberfähnriche ohne Fronterfahrung, die Bordfunker als Heckschützen ausgebildet, aber mit geringen Navigationskenntnissen. Ebenso wurden unseren Technikern jeweils mehrere ungarische Schüler zugeteilt, die in der Wartung der Flugzeuge und Handhabung der Geräte geschult wurden.

Die Ausbildung der Flugzeugführer begann mit einer Überprüfung ihres fliegerischen Leistungsstandes auf der zweimotorigen und mit Doppelsteuer für den Fluglehrer ausgestatteten Focke-Wulf FW 58 "Weihe". Der darauf folgende Übergang vom Doppelsteuerflug auf der langsamen und braven "Weihe" auf die relativ schnelle Me 110 war ein großer Sprung. Deshalb erfolgte zunächst eine gründliche Einweisung am Boden, wobei der Schüler mit den zahlreichen Instrumenten und erforderlichen Bedienungsgriffen sowie dem Verhalten in besonderen Fällen vertraut gemacht wurde. Danach folgte ein Einweisungsflug, wobei der Fluglehrer vorne im schmalen Führersitz saß und der Flugschüler hinter der trennenden Panzerwand, aber daran vorbeisehend, das Geschehen verfolgen konnte und laufend über Funksprechverkehr mit den in den Fliegerhauben eingebauten Kehlkopfmikrophonen instruiert wurde. Erst nach diesen Präliminarien konnte man es verantworten, den Flugschüler zu einem ersten Alleinflug auf der Me 110 starten zu lassen. Die weitere Ausbildung umfasste das Fliegen im Verband, das gefechtsmäßige Fliegen sowie Tiefflug- und Luftkampfübungen. Dazu kam der Unterricht in Lufttaktik durch den Kommandoführer.

*Ausbildung im*
*Verbandsflug*

*Im Gespräch mit
ungarischen
Offizieren*

Trotz hoher Qualität unserer Fluglehrer, der sorgfältigen fliegerischen Vorbereitung und unserer vorzüglichen technischen Wartung der Maschinen ließen sich Unfälle nicht ganz
vermeiden. So ist ein als Sonderschüler aus dem Honved-
Ministerium zugewiesener Hauptmann bei einem Landeanflug aus ungeklärten Gründen, wahrscheinlich wegen eines
Bedienungsfehlers, abgestürzt.

Nach Beendigung des mehrmonatigen Lehrgangs wurden die
ungarischen Soldaten zu ungarischen Fliegereinheiten versetzt. Einige blieben als Stammpersonal bei unserer Einheit.

Zu den an der Ostfront eingesetzten ungarischen Fliegerverbänden hatten wir jedoch so gut wie keine Verbindung.

Das Verhältnis zwischen den deutschen und ungarischen Soldaten war jederzeit durch eine starke kameradschaftliche Verbundenheit bestimmt. Viele sind ja auch bis zu dem für sie so bitteren Ende am 8. Mai 1945 mit uns zusammengeblieben. Das Sprachproblem machte, trotz der für Mitteleuropäer besonders schwer zu erlernenden magyarischen Sprache, keine allzu großen Schwierigkeiten. Einige der ungarischen Offiziere sprachen gut Deutsch, die meisten Soldaten verstanden immerhin so viel, dass eine Verständigung möglich war. Außerdem lernten unsere Leute sehr bald, sich auch mit Vokabeln der Landessprache verständlich zu machen. Sie entwickelten vielfach freundschaftliche Verhältnisse zu Familien in der Umgebung. Dabei gab es jede Menge der beliebten "Bratkartoffelverhältnisse", insbesondere in dem 5 km von Feryhegy entfernten Dorf Veces. Nur einmal erlebten wir bei einem unserer ungarischen Offiziere den Bruch der Loyalität, als der ungarische Oblt. Fürst Odeskalki, ein Verwandter des italienischen Königshauses, mit einer ungarischen Maschine in das nach dem Sturz Mussolinis im September 1943 zur anderen Kriegsseite übergewechselte Italien flog.

Natürlich gab es auch Mentalitätsunterschiede. Insbesondere

der freiere Umgang zwischen Offizieren, Unteroffizieren und Mannschaften, wie er bei unseren Fliegereinheiten gepflegt wurde, war für die Ungarn ungewohnt, färbte aber auch etwas auf sie ab. Pünktlichkeit und Genauigkeit waren ihnen etwas weniger selbstverständlich, und nicht selten erhielt man auf die Frage nach dem Stand der Erledigung einer Sache die tröstliche Antwort: "egyenes", was so viel heißen sollte wie "es ist auf dem Wege". Es ist sicher kein Zufall, dass mir gerade dieses Wort über mehr als fünfeinhalb Jahrzehnte hinweg in Erinnerung geblieben ist.

Unsere Techniker unter Leitung unseres vorzüglichen Oberwerkmeisters Josef Wirth haben hervorragende Arbeit geleistet. Sie waren ungemein geschickte Handwerker, die selbst schwierigste Reparaturen an den Flugzeugen ausführten, die eigentlich nur in der Flugzeugfabrik gemacht werden durften. Keine Arbeit bei Tag und bei Nacht war ihnen zu viel, um die ständig stark beanspruchten Flugzeuge einsatzfähig zu halten. Motorenwechsel wurden vielfach bei Nacht gemacht, um die Maschine am nächsten Morgen wieder startklar melden zu können. Unsere Prüfmeister Ing. Gustav Gramlich und Bruno Marach prüften jede ausgeführte Arbeit mit penibler Gründlichkeit, so dass wir Flugzeugführer vertrauensvoll zum Werkstattflug starten konnten.

Trotz der in den Jahren 1943-1944 bereits außerordentlich angespannten und sich ständig verschlechternden Materiallage gelang es uns immer wieder, den technischen Nachschub an Maschinen und Ersatzteilen (Zellteile, Motoren, Reifen usw.) aus dem Reich sicherzustellen, gelegentlich auch unter leichter Nachhilfe mit ungarischem Speck und "geistigen" Getränken. Im Luftzeugamt Wiener Neustadt und anderen Orts waren wir nicht ungern gesehene Bittsteller.

Neben dem harten Dienst gab es auch heitere Episoden, z.B. mit dem schon damals sehr populären Schauspieler Heinz Rühmann, einem liebenswerten Komiker mit der Umschattung des Tragischen ("Keine Angst vor großen Tieren", "Die Feuerzangenbowle" usw.). Im Herbst 1943 wurde sein ungemein erfolgreicher Film "Quax, der Bruchpilot" im größten Budapester Kino für Ungarn erstaufgeführt. Bei der Begegnung erzählte ich ihm, dass sich draußen auf dem Flugplatz Feryhegy eine deutsche Einheit befinde und lud ihn zu einem Besuch ein. Rühmann war sofort bereit. Als wir eintrafen, hatten sich alle Soldaten des Kommandos erwartungsvoll versammelt. Die zunächst etwas steife Begegnung lockerte sich sehr schnell dadurch, dass Rühmann das Gesicht zu einer seiner Faxen verzog, wie man sie aus seinen Filmen kannte. Da er selbst leidenschaftlicher Sportflieger war, bot ich ihm - leichtsinnigerweise - an, auf dem benachbarten Sportflugplatz eine uns zur Verfügung stehende Sportmaschine zu fliegen, was er gerne annahm und einige Runden flog. Mir war aber erst wohl, als er wieder gut gelandet war, denn damit hatte ich natürlich meine Kompetenzen weit überschritten.

## Das Unternehmen "Margarethe"

Die nachstehend geschilderten Vorgänge waren Teil eines dramatischen Geschehens, bei dem wir zwar Mitakteure, aber ohne Kenntnis der Hintergründe und Zusammenhänge waren. Meine Darstellung stützt sich u.a. auch auf das von Prof. Dr. Percy Ernst Schramm herausgegebene ausführliche Kriegstagebuch des Oberkommandos der Wehrmacht.

Schon bei der Begegnung des ungarischen Reichsverwesers v. Horthy mit Hitler am 16.4. 1943 auf Schloss Kleßheim bei Salzburg waren die Nachrichten zur Sprache gekommen, die auf deutscher Seite Zweifel an der Haltung der ungarischen Regierung, insbesondere der seit März 1942 amtierenden Regierung v. Kallay, erweckt hatten. Dieses Misstrauen verstärkte sich, nachdem der Bundesgenosse Italien am 8. September 1943 kapituliert hatte und zur Feindseite übergegangen war. Die deutsche Führung befürchtete, dass auch Rumänien und Ungarn diesem Beispiel folgen könnten. Deshalb legte der Wehrmachtführungsstab bereits am 30. September 1943 unter dem - wohl in Anspielung auf die Budapester "Margaretheninsel" gewählten - Decknamen "Margarethe" mit höchster Geheimhaltungsstufe einen Aktionsplan vor, der die militärische Besetzung Ungarns vorsah. Dabei sollten der Einmarsch durch vier konzentrisch auf die Hauptstadt angesetzte Angriffsgruppen durchgeführt, die "feindlichen" Flugplätze aus der Luft besetzt und alle ungarischen Streitkräfte entwaffnet werden. Für die Besetzung des strategisch besonders wichtigen Flugplatzes Budapest-Feryhegy wurde die Sondereinheit SS-Fallschirmjägerbataillon 500 vorgesehen. Jeder Widerstand sollte rücksichtslos gebrochen werden. Nach Möglichkeit sollte aber die Bereitschaft der "guten Teile" der ungarischen Truppen zur Fortsetzung des gemeinsamen Kampfes durch Besetzung der wichtigsten politischen und militärischen Führungsstellen mit deutschfreundlichen Politikern und Offizieren erhalten werden. Die verbündeten Mächte durften vor Beginn der Operation nicht informiert werden. Zur Durchführung wurde in Wien ein besonderer Führungsstab unter General Foertsch eingerichtet.

Als Termin wurde der 19. März 1944 gewählt, ein Sonntag, um die mit den Wochenendverhältnissen zusätzlich gegebenen Erfolgschancen zu nutzen. Der ungarische Reichsverweser v. Horthy wurde wiederum mit Nachdruck zu Hitler bestellt und traf am 18. März mit einem Sonderzug in Begleitung des ungarischen Kriegsministers und des Chefs des ungarischen Generalstabes, v. Szombathely, sowie meines

Chefs General Fütterer auf Schloß Kleßheim ein. An den Besprechungen nahmen auf deutscher Seite u.a. der Chef des Oberkommandos der Wehrmacht Generalfeldmarschall Keitel, der Chef des Generalstabes des Heeres, der Reichsaußenminister v. Ribbentrop, der Reichsführer-SS Heinrich Himmler und der Reichsleiter der NSDAP Martin Bormann teil. Hitler verlangte von Horthy die Zustimmung zur Besetzung Ungarns. Nach mehreren wechselvollen Gesprächen erkannte Horthy die Aussichtslosigkeit eines Widerstandes und stimmte den Forderungen Hitlers zur Besetzung Ungarns und einer Umbildung der Regierung widerwillig zu. Am Abend desselben Tages befahl Hitler den Einmarsch nach Ungarn und am 19. März um 4.00 Uhr überschritten die deutschen Truppen unter dem Oberbefehl des Generalfeldmarschalls Frhr. von Weichs konzentrisch aus den Räumen Belgrad, Agram, Wien und Krakau die ungarischen Grenzen. Horthy traf erst im Laufe des 19. März wieder in Budapest ein, als die Aktion bereits in vollem Gange war.

**"Vom Himmel hoch, da komm ich her"**

Der Plan "Margarethe" hatte höchste Geheimhaltungsstufe. Uns war daher nichts über die Vorbereitungen bekannt. Es ist anzunehmen, dass auch General Fütterer bis zum 18. März nicht darüber informiert war. Im Kriege entwickelt man für

Risiken ein ganz besonders feines Gespür. Am Abend des 18. März hatte ich unbestimmte Ahnungen, dass etwas Besonderes in der Luft liege, und verließ deshalb vorzeitig eine private Einladung in der Stadt. In der Nacht klingelte mein Telefon und am anderen Ende der Leitung meldete sich ein General aus dem Reich, dessen Name mir bekannt war, aber nicht mehr in Erinnerung ist, mit den Worten: "Vom Himmel hoch, da komm ich her. Haben Sie mich verstanden?" Ich glaubte, die verschlüsselte Botschaft verstanden zu haben (Fallschirmjäger!), eilte zum Flugplatz, weckte meine Mannschaft und versetzte sie in Alarmbereitschaft. Es war merkwürdig: Obwohl Sonntag war, herrschte schon in aller Frühe bei den auf dem Flugplatz liegenden ungarischen Verbänden eine ungewöhnliche Betriebsamkeit. Auf meine Frage nach dem Grund wurde erklärt, es sei der Anflug eines feindlichen Bomberverbandes aus der Adria gemeldet worden. Ich suchte sofort die mir bekannten und mit uns kameradschaftlich verbundenen Chefs der verschiedenen ungarischen Einheiten auf, wies darauf hin, dass ungewöhnliche Dinge geschehen könnten, und wir versprachen uns gegenseitig, dass wir, gleich was kommen sollte, nicht aufeinander schießen würden.

Kurz nach Sonnenaufgang hörten wir näherkommend starkes Motorengebrumm. Zahlreiche Wellen von JU 52-Transport-

Flugzeugen flogen unseren Platz an und setzten die Trupps des SS-Fallschirmjägerbataillons 500 ab. Die Soldaten hatten den Kampfauftrag, den "Platz einzunehmen" und dabei jeden Widerstand sofort zu brechen, wussten aber natürlich nicht, dass es zwischen mir und den Ungarn bereits Absprachen gab. So kam es leider zu Schießereien, bis es mir auf dem weit auseinandergezogenen Gelände gelang, die SS-Soldaten zu überzeugen, dass kein Widerstand geleistet werde, und wieder Ruhe herzustellen.

Durch die Besetzung des Platzes war ich als Chef des darauf liegenden deutschen fliegenden Verbandes automatisch zum Kommandanten des außer uns mit noch etwa 4000 ungarischen Soldaten belegten Flughafens geworden. Nach einigen Wochen wurde jedoch eine normale Flughafen-Kommandatur unter Führung eines älteren reaktivierten Oberstleutnants eingerichtet.

Zunächst waren wir jedoch mit der Anwesenheit des SS-Bataillons "beglückt". Dabei handelte es sich um die sicherlich ungewöhnlichste deutsche Truppe. Das Bataillon, bestehend aus drei Kompanien und einer Feldausb.-Kp.- war eine unmittelbar dem Reichsführer-SS unterstellte Einheit. Es war - in der Landsersprache gesprochen - ein "verlorener Haufen", die Strafeinheit der Waffen-SS, bestehend aus ehemaligen Offizieren und Unteroffizieren, die wegen disziplinarischer

Vergehen degradiert worden waren und durch besondere "Frontbewährung" ihre ehemaligen Dienstgrade und Tapferkeitsauszeichnungen wiederzuerlangen hofften. Selbst die Kompanieführer waren zum Schützen degradierte Offiziere. Nur der Kommandeur (ein Ritterkreuzträger), der Bataillonsarzt und der Verwaltungsoffizier trugen (wieder?) ihre Rangabzeichen und Orden. Wer vor seiner Rehabilitierung fiel, und die meisten der Angehörigen dieses immer wieder in schwersten Gefechten eingesetzten Bataillons sind gefallen, erhielt im Tode seinen alten Dienstgrad und seine Orden wieder zugesprochen. Das Bataillon war auch die einzige deutsche Truppe, in der die Soldaten das Recht hatten, in altgermanischer Weise ihre Führer selbst zu wählen. Durch diese Besonderheiten hatte das Bataillon einen außerordentlich hohen Kampfgeist und wurde stets an Brennpunkten des Kriegsgeschehens eingesetzt. Es ging von ihm der Spruch um: "B 500 hält oder fällt".

Dieses SS-Bataillon stand unter einer extrem harten militärischen Disziplin - der Kommandeur konnte eigenmächtig Strafen bis zum Erschießen aussprechen. Dennoch führte die rabaukenhafte Natur der Soldaten zu zahlreichen Zwischenfällen mit ungarischen Soldaten und Zivilisten. Da ich Platzkommandant war, und wegen der bestehenden freundschaftlichen Verbindungen, beschwerten sich die Ungarn jeweils bei mir, und es war dann meine undankbare Aufgabe, zu vermitteln und die Beschwerden gegenüber dem SS-Kommandeur zu vertreten. Dabei kam es natürlich auch zu Diskussionen bis zu der in drohendem Unterton gestellten Frage, ob ich zu den Ungarn halten würde.

## Das Unternehmen "Rösselsprung"

Im April 1944, schon wenige Wochen nach der Landung in Feryhegy, startete das SS-Fallschirmjägerbataillon wieder mit einem Ju-52-Transportverband mit streng geheimem Auftrag. Es sollte im Fallschirmjägereinsatz das in den bosnischen Bergen liegende Hauptquartier des jugoslawischen Partisanenführers und späteren Staatspräsidenten von Jugoslawien, Marschall Tito, einnehmen und Tito gefangen nehmen. Dann sollten die eingeschlossenen Fallschirmjäger durch das zu ihnen vordringende "Regiment Brandenburg", einer Spezialeinheit für Kommandounternehmen, entsetzt werden. Der Einsatz wäre zu einem Heldenepos stilisiert worden, vergleichbar der "Duce-Befreiung" Mussolinis am Gran Sasso. Das Unternehmen war jedoch nicht erfolgreich, weil Tito, wahrscheinlich gewarnt, entkommen ist; es ist deshalb nicht in die Kriegsberichte eingegangen.

*Eine Kompanie des SS-Fallschirmjägerbataillons 500
vor dem Unternehmen "Rösselsprung"*

## Die Folgen der Besetzung Ungarns

In Budapest wurde die Dienststelle eines "Kommandierenden Generals der Deutschen Luftwaffe in Ungarn" unter Führung des zum General der Flieger beförderten Heribert Fütterer gebildet und mein bisheriger Stellvertreter und Freund Oblt. Gerrit Lersch der Abteilung Ic des Stabes zugeteilt, wozu er auf Grund seiner besonderen Kenntnisse der ungarischen Verhältnisse und seiner Erfahrungen in der Zusammenarbeit mit den ungarischen Luftwaffensoldaten besonders qualifiziert war. Unmittelbarer Dienstvorgesetzter meiner Einheit war

nun der Oberstleutnant Geimecke beim Stab des General-
kommandos. Der neue Stab erhielt die Aufgabe, die ungarische Luftwaffe nach deutschen Organisationsgrundsätzen
umzugestalten, von 22.000 auf 40.000 Mann zu erweitern, auf
deutsche Maschinen umzustellen und neue Einsatzverbände
mit Me 210 bzw. Me 410 aufzustellen.

Der in Ungarn einmarschierten Wehrmacht folgten zahlreiche deutsche Zivil-, Partei-, SS- und Polizeidienststellen.
Schon am Tag der Besetzung ernannte Hitler den SS-Stan-
dartenführer Dr. Veesenmayer zum "Bevollmächtigten des
Großdeutschen Reiches und Gesandten in Ungarn"; er wurde
nach dem Krieg in Ungarn zum Tode verurteilt und hinge-
richtet. Veesenmayer unterstanden alle zivilen Stellen sowie
der "Höhere SS- und Polizeiführer Ungarn", SS-Obergrup-
penführer Winkelmann, dessen Verbleib unbekannt ist. Zur
Ausführung ihrer Maßnahmen bedienten sich diese Dienst-
stellen in der Regel - wie auch in anderen besetzten Gebieten -
der vorhandenen einheimischen Organe. Oberster Befehlshaber der Wehrmacht in Ungarn war bis auf Weiteres der
Oberbefehlshaber Südost, der hierzu sein Hauptquartier nach
Budapest verlegte.

Die Entwaffnung der ungarischen Truppen unterblieb, um sie
als Bundesgenossen zu gewinnen. Die ungarische Bevölkerung verhielt sich gegenüber den deutschen Soldaten

teils freundlich, teils passiv. Unter starkem politischen Druck wurde eine deutschfreundliche Regierung gebildet. Neue ungarische Truppenverbände wurden aufgestellt und an die Ostfront entsandt, die bereits bedrohlich im Bereich der Karpaten verlief. Aus den zahlreichen Volksdeutschen wurden gemäß einem am 14.4.1944 geschlossenen deutsch-ungarischen Abkommen SS-Verbände rekrutiert und aufgestellt.

Unter dem Druck Veesenmayers änderte sich die Lage dramatisch. Im Rahmen der Gleichschaltung wurden die Linksparteien und ihre Presse verboten, Horthy erhielt eine sog. "Ehrenwache" und wurde praktisch ein Gefangener der SS. Schon im April setzten die anglo-amerikanischen Luftangriffe auf das bisher verschonte Ungarn ein. Für die ungarischen Juden, besonders in Budapest, begann eine Schreckenszeit. Sie wurden aus ihren Häusern geholt und in Arbeitslager verschleppt. Auch auf unserem Flugplatz wurden vorübergehend Arbeitstrupps Budapester Juden zum Bau von Unterständen und Splittergräben sowie zum Planieren der ständig neu aufgerissenen Bombenlöcher eingesetzt. Zur Beaufsichtigung der Arbeiten mussten einzelne Unteroffiziere abgestellt werden, im Übrigen hatten wir aber weder eine Zuständigkeit noch Einfluss auf das Geschehen, noch eine Kenntnis der über unseren Einsatzrahmen hinausgehenden politischen und militärischen Zusammenhänge. Die armen Menschen ahnten dabei noch nichts von dem ihnen bevorstehenden furchtbaren Schicksal, dem, wie wir heute wissen, Abtransport durch das Sonderkommando Eichmann in das Vernichtungslager Auschwitz (Eichmann 1961 im Jerusalemer Prozess: "Ich habe nie einen Menschen getötet und auch niemals eine Tötung befohlen"). Ende Juni befahl Horthy unter dem Druck von Protesten aus dem neutralen Ausland, aber auch der ungarischen Kirchen, weitere Deportationen einzustellen. Erst dann, so beteuerte er später, habe er erfahren, dass die ungarischen Juden nicht, wie behauptet, in deutsche Arbeitslager, sondern in Vernichtungslager transportiert worden seien.

## Die amerikanische Bomberoffensive

Im Frühjahr und Sommer 1944 wurde die Aufrechterhaltung des Flugbetriebes immer schwieriger. Die Angriffe starker amerikanischer Bomberverbände, die von Italien über die Adria einflogen, nahmen an Häufigkeit und Massierung zu. Ein Großangriff erfolgte bereits am 3. April 1944. Zwar hatten wir rund um das Flugfeld leichte Waffen zur Abwehr gegen Tiefflieger aufgestellt und bemannt, aber gegen die hochfliegenden 4-Mot-Bomber war eine Abwehr damit nicht möglich. Auch das um Budapest konzentrierte Flakregiment konnte die Angriffe nicht wesentlich behindern. Zwar gab es angeblich einen sog. Führerbefehl, nach dem auch die Flugplätze bei feindlichen Angriffen besetzt zu halten und zu verteidigen seien. Um nicht von den auf das Rollfeld und seine Umgebung fallenden Bombenteppichen erfasst zu werden, habe ich jedoch angeordnet, bei unmittelbar drohendem Angriff in allen Richtungen auf dem schnellsten und kürzesten Wege den Platz zu verlassen und einen möglichst großen Abstand vom Flugfeld zu gewinnen. War aber das Angriffsziel des Verbandes erst beim Anflug auf den Platz zu erkennen, bedeutete das Absetzen für jeden ein Rennen um sein Leben vor den schon herabrauschenden Bomben. Die Eigenmächtigkeit der Platzräumung hat mir glücklicherweise kein Kriegsgerichtsverfahren eingebracht.

Bei einem dieser Angriffe sind unsere von einem Übungseinsatz (simulierter Tieffliegerangriff auf eine deutsche Panzereinheit) unter Führung von Helmut Zittier zurückkommenden Flugzeuge beim Landeanflug in den Bombenregen hineingeflogen und konnten nur noch durch eine gewagte Steilkurve mit bereits ausgefahrenen Landeklappen abdrehen und nach Szolnok ausweichen. Ein anderer Überraschungsangriff hat vielen Soldaten und Zivilisten das Leben gekostet. Dabei war auch der Verlust des Flugzeugführers der Kuriermaschine He 111 des Generals Fütterer zu beklagen, eines erfahrenen älteren Fliegers und Vaters von vier Kindern.

Nach den Angriffen bot der Platz jeweils ein Bild der Ver-

wüstung. Es gab schwere Schäden an Hallen und an den Flugzeugen, soweit es uns nicht gelungen war, sie rechtzeitig zu
starten. Das Rollfeld war in eine Trümmerlandschaft verwan-
delt und mit Bombensplittern übersät. Schnell wurden danach
die Trichter planiert. Das Rollfeld musste von den Splittern
sorgfältig gesäubert werden, da jeder einzelne einen Reifen-
schaden und damit einen Unfall bei Start oder Landung ver-
ursachen konnte. Da dies ein Problem auch für andere
Flugplätze war, habe ich versucht, mit Ingenieuren ein fahr-
bares Gerät zu entwickeln, das in der Lage wäre, die Splitter
mit Hilfe von Magnetkraft einzusammeln; der Plan ist jedoch
nicht mehr über das Projektstadium hinausgekommen. Die
beschädigten Flugzeuge wurden, soweit dies möglich war, re-
pariert. Dabei haben unsere Techniker Bewundernswertes geleistet. So haben wir unter schwierigen Bedingungen unseren
Auftrag weiter erfüllt. Äußere Anerkennung für den Einsatz
unserer Einheit war die Verleihung eines hohen ungarischen
Ordens an den Kommandoführer mit dem bombastischen Titel "Ritterkreuz des Ordens der Ungarischen Heiligen Krone
mit Kriegsdekoration und Schwertern".

## Die Verlegung auf einen Feldflugplatz

Im August 1944 änderte sich die Situation in Süd-Ost-Europa
in dramatischer Weise. In Rumänien gab es einen Staats-

streich. Der Staatschef Marschall Antonescu wurde verhaftet, der junge König Michael befahl die Einstellung des Kampfes gegen die Rote Armee und Rumänien erklärte am 15. August Deutschland und danach auch seinem alten Gegner Ungarn den Krieg.

Starke russische Verbände der Roten Armee drangen über Siebenbürgen in die ungarische Tiefebene ein. Horthy leitete geheime Waffenstillstandsverhandlungen mit den Alliierten ein und bereitete auch den Seitenwechsel Ungarns vor. Deutsche und ungarische Verbände standen im Osten von Ungarn in schweren Abwehrschlachten. Unser Ausbildungskommando wurde dabei zwar nicht unmittelbar eingesetzt, hat aber einige Aufklärungsflüge im Raum Arad-Temesvar durchgeführt. Glücklicherweise hatten wir dabei - trotz starker Flakabwehr - keine Verluste. Bei einem Einsatz wurde jedoch die Maschine von Helmut Zittier/Heinz Effenberger so getroffen, dass ein Motor ausfiel und ein längerer Rückflug im risikoreichen Einmotorenflug mit Notlandung notwendig wurde.

Die zunehmenden Angriffe amerikanischer Bomberverbände sowie die Knappheit an Treibstoff und Nachschub zwangen zu Einschränkungen des Flugbetriebes. Das veranlasste mich, Ausschau nach einem weiter westlich gelegenen Flugplatz zu halten. Unsere Flugzeugführer entdeckten bei dem

nördlich der Donau liegenden Dorf Imely eine große Schafsweide, die als Feldflugplatz geeignet erschien. Das Kommando wurde daraufhin auf dem Luftwege und im Landmarsch
über Komarom dorthin verlegt und die Schafsweide zu einem
Flugfeld umgewandelt. Viele Bewohner von Veces schlossen
sich uns an und haben für uns gearbeitet. Eine ungarische Ar-
beitskompanie half, die Start- und Landebahn anzulegen und
intakt zu halten. Das Flugfeld war zwar klein, aber bereits
nach kurzer Zeit konnte dort ein begrenzter Flug- und Lehr-
betrieb wieder aufgenommen werden.

## Abschied von Budapester Freunden

Im Laufe der Zeit hatten die meisten unserer Soldaten mit ungarischen Personen und Familien mehr oder weniger enge
Freundschaften geschlossen, die nun durch die Verlegung
nach Imely abgebrochen wurden. Für mich war es der Abschied von einer Stadt, die man das "Paris des Ostens" nennt,
einer der schönsten Metropolen Europas, Abschied von der
breit dahinströmenden, von acht Brücken überspannten Donau mit der eleganten Kettenbrücke, über die ich so oft gefahren bin, den imposanten Bauwerken der neoromanischen
"Fischer-Bastei", der königlichen "Burg" auf dem majestäti-
schen Burgberg, der üppigen "Margarethen-Insel", der ge-
schäftigen "Vaci utca", dem an orientalischen Stilformen

erinnernden Thermalbad des Gellért-Hotels, aber auch von der Folklore in den Lokalen mit Zigeunermusik und delikaten Fischgerichten (Karpfen ohne Gräten!).

Es war auch der Abschied von der Familie Blaschnek, die hoch über der Donau in einer schönen Villa auf dem Rosen-hügel (Rosahegy) in Buda wohnte. Die Verbindung war durch eine Empfehlung meines ehemaligen Lehrers Scheffer zu-stande gekommen, der 1936 von der deutschen Schule in Bu-dapest an unsere Schule versetzt worden war. Blaschneks waren madjarisierte Volksdeutsche, stammend aus den im 17. Jahrhundert eingewanderten "Donauschwaben", mit zwei hübschen und lebenslustigen Töchtern. Die älteste, Babsy ge-nannt, war mir eine kundige und unterhaltsame Führerin in Budapest und Umgebung und musikbegeisterte Begleiterin in die Oper. Puccini war für sie jedoch "Cremetörtchenmusik". Nach dem verlorenen Krieg hat die Familie Blaschnek den Verlust ihres Hauses und schlimme Verfolgungen durch das kommunistische Regime erlitten. Als es ihnen 1956 auf Grund des Volksaufstandes gegen die kommunistische Dik-tatur schließlich gelang, nach Deutschland auszuwandern, war es mir möglich, ihnen zu einer bescheidenen Rente zu ver-helfen.

## Verschüttung

Im Herbst 1944 dehnten die amerikanischen Bomberverbände ihre Massenangriffe auf Westungarn aus, ohne jedoch unseren Feldflugplatz Imely anzugreifen. Am 7. Oktober erfolgte ein schwerer Tagesangriff auf den nahegelegenen Ort Ersheguivar (Neuhäusel). Das Ergebnis war ein völliges Chaos. Viele Häuser wurden zerstört, überall loderten Brände, unter den Trümmern lagen viele Tote und Verletzte. Wir versuchten zu retten und zu helfen. Am schlimmsten sah es im Bahnhofsbereich aus. Ein Güterzug mit eingeschlossenen Pferden stand in Brand. Wir versuchten, die noch nicht brennenden Waggons abzukoppeln. Da ereignete sich eine riesige Explosion. Ich wurde nach hinten geschleudert, fiel auf den Rücken und merkte nur noch, wie ich vom herabfallenden Schutt zugedeckt wurde. Mein Ende schien gekommen.

Als ich jedoch merkte, dass meine Glieder noch gehorchten, wollte ich nicht aufgeben. Mit der glücklicherweise über dem Gesicht liegenden linken Hand gelang es mir nach und nach, das darüberliegende sperrige Material beiseite zu schieben und in Armhöhe Tageslicht zu erreichen. Der Lebenswille war wieder da. Nach einiger Zeit konnte ich mich aus dem Verschüttungsgefängnis befreien und, um vor den ständig noch andauernden Explosionen geschützt zu sein, in das nächste Loch rollen. Ich weiß nicht, wann und von wem ich dort gefunden wurde. Jedenfalls wurde ich unter starken Schmerzen abtransportiert und fand mich schließlich in einem dumpfen Keller unter vielen Verletzten und Sterbenden.

Durch die Explosion hat auch unsere Einheit einige Männer verloren. Mein nur wenige Meter neben mir stehender Freund Leutnant Gerhard Gniss ist trotz intensiven Nachsuchens durch die Kameraden nicht mehr gefunden worden. Viele Tote, das ist Statistik. Aber einer, der nicht mehr wiederkommt, das ist mehr. Ich hatte Brandwunden, schwere Prellungen, Rippenbrüche, einige Fleischwunden und zahlreiche Splitterverletzungen in beiden Beinen erlitten. Von der Kleidung waren nur noch einige Fetzen übrig geblieben. In einer schnell eingerichteten deutschen OP-Station wurde dem Verwundeten erste chirurgische Versorgung geleistet. Wissend, wie schnell man in solchen Situationen den Beinverwundeten das Bein "abgesetzt" hat, nahm ich vor der Einleitung der Narkose dem Chirurgen das Versprechen ab, nicht amputiert zu werden. Etwas unwillig erklärte er dazu: "Auf Ihre Verantwortung." - "Ja, auf meine Verantwortung." So blieb mir das Bein erhalten. Glücklicherweise tauchten bald danach Männer meiner Einheit auf, die alle in Frage kommenden Verbandsplätze der Gegend nach mir abgesucht hatten. Sie haben mich herausgeholt, in eine Focke-Wulf "Weihe" verladen und der vielbewährte Oberfeldwebel Käfer flog mich noch in der

272

Nacht in das westlich von Wien gelegene Lazarett Tulln (s. Bilder).

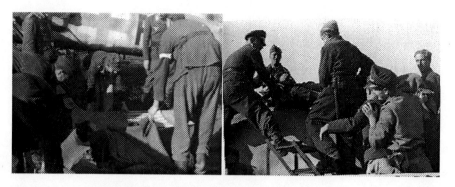

*Abtransport nach der Verschüttung*

Dies bedeutete das Ende meiner Zeit in Ungarn und meines Einsatzes als Flieger. Rückblickend betrachtet, waren für mich die Abkommandierungen nach Neubiberg, Kopenhagen und Budapest sowie meine Verwundung eine glückliche Fügung. Bei einem längeren Einsatz als Staffelkapitän an der Front hätte ich kaum eine Chance des Überlebens gehabt.

**Ein bulgarisches Lazarett**

In Tulln wurde ich sofort aufgenommen, gereinigt und vorläufig versorgt. Ich war, wie sich herausstellte, in ein von Bulgarien als Beitrag zur deutschen Kriegführung gestelltes Lazarett gekommen. Alle Ärzte, Schwestern und sonstiges Personal waren Bulgaren. Nur der Chef war ein deutscher Oberstarzt. Wegen der schmerzhaften Prellungen und Brand-

wunden wurde ich auf ein Wasserbett gelegt, die Wunden
wurden täglich versorgt und immer wieder kleine Splitter aus
den Füßen und Beinen entfernt. Die Ärzte arbeiteten sorgfältig und die Schwestern waren "sehr lieb" zu dem Patienten, besonders eine große dunkelhaarige Vollblutschönheit in ihrer
Freizeit.

Das Lazarett befand sich etwa 150 m neben der großen Donau-
Eisenbahnbrücke, die Wien mit Prag verbindet. Dem Luft-
taktiklehrer war klar, dass es nur eine Frage der Zeit sein konnte, bis sie das Angriffsziel amerikanischer Bomberverbände
sein würde. Als ich dies dem Chefarzt sagte und dringend
empfahl, das Lazarett zu verlegen, war seine resignierte Antwort: "Wo soll ich denn hin?" Darauf meine Erwiderung:
"Egal wohin, Herr Oberstarzt. Auch wenn es eine Baracke ist,
so schnell wie möglich hier weg."

Leider bestätigte sich meine Voraussage nur zu schnell. Als
ich mich wieder einmal zur Entnahme eines Splitters und zur
Wundversorgung im OP befand, setzte ein fürchterlicher Angriff auf die Brücke und ihre Umgebung ein. Um nicht vom
Einsturz der Decke getroffen zu werden, rollte ich mich in eine
Ecke des Raums. Danach war meines Bleibens nicht mehr. Ich
verlangte und bekam einen Entlassungsschein und trampte,
noch an zwei Krücken gehend, in Richtung Heimat. Nach
abenteuerlicher Reise, immer wieder von freundlichen Hel-

fern mitgenommen, erreichte ich Bad Kreuznach am Vorabend von Weihnachten und traf die völlig überraschte
Familie, Mutter, Bruder und Schwägerin Hilde, die ja seit Monaten nichts mehr von mir gehört hatten, gesund an.

## Die Zerstörung von Bad Kreuznach

Meine Heimatstadt Bad Kreuznach war bis dahin von größeren Bombenangriffen verschont geblieben. Ein erster Angriff
erfolgte am 2. Weihnachtsfeiertag 1944. Der 2. Januar 1945,
es war ein strahlend schöner Wintertag, begann, wie fast alle
Tage seit dem Beginn der im Juni 1944 erfolgten Invasion, mit
dem nervenden Warnruf der Sirenen und der hastigen Flucht
in erreichbare Schutzräume, in der Hoffnung, dass die feindlichen Bomberverbände auch diesmal vorbeiziehen würden.
An diesem Tag aber erlebte Kreuznach den dunkelsten Tag
seiner Geschichte.

Wegen einer instinktiven Witterung für eine bevorstehende
besondere Gefahr war ich jedoch, noch an zwei Stöcken gehend, mit Annelore Weichel, meiner späteren Braut und Frau,
auf die vordere Hardt ausgewichen. Von dort oben erlebten
wir, Schutz in einem Graben suchend, das schaurige Schauspiel. Mittags kurz nach zwölf Uhr kamen 12 Wellen vier-
motoriger Bomber und luden ihre grausige Fracht in Form von
Bombenteppichen mit Spreng- und Brandbomben über

Kreuznach ab. Die Stadt war so von Rauch- und Staubwolken zugedeckt, dass wir nicht sehen konnten, welche Stadtteile getroffen wurden. Glücklicherweise trafen wir danach sowohl meine Familie als auch die Eltern Weichel gesund an. Aber die Bilanz war schrecklich: Die Stadtteile zwischen dem Brückes und der Kreuz- und Ringstraße waren total zerstört, 4.500 Wohnungen ausgebrannt, 75 % der Industrieanlagen zerstört. Unter den Trümmern lagen 264 Tote. In den ersten Tagen nach diesem Angriff konnte man sich durch die zerstörten Straßenzüge nur auf schmalen Trampelpfaden über Schuttberge bewegen. Auch das Haus Hindenburgstraße 3, in dem wir bis zu meinem 11. Lebensjahr gewohnt hatten, wo sich jetzt das Garagenhaus befindet, war total zerstört, das Haus Kaiser-Wilhelm-Str. 11b von Hilde, wo meine Mutter wohnte, beschädigt. Völlig zerstört war auch das Gebäude der Kreisleitung der NSDAP (früheres Parkhaus), wozu der Kreisleiter, der sich nicht an den Rettungsarbeiten beteiligte und in dem Chaos privat untergetaucht war, in meiner Gegenwart bemerkte, er sei froh, seine Zigarren gerettet zu haben.

## Ausweichen nach Kempfeld

Nach diesem furchtbaren Erlebnis wollten wir nicht in Kreuznach bleiben. Auf Einladung von Lies'chen Leyser, der hilfsbereiten Frau des Bruders von Hilde, des Metzermeisters Carl Leyser, zogen meine Mutter, Hilde und ich mit dem nötigsten Gepäck nach Kempfeld, wo wir eine sehr freundliche Aufnahme fanden und dank der Großzügigkeit der Familie Leyser auch keine Ernährungssorgen mehr hatten. Hier waren wir vor großen Bombenangriffen einigermaßen sicher. Der Luftkrieg wurde jedoch immer schlimmer. Kaum ein Tag verging, an dem nicht Bomberverbände über den Hunsrück flogen und tieffliegende Jabos (Jagdbomber) alles angriffen, was sich bewegte. Dann war man froh, wenn ein Baum, Strauch oder ein Stück Wald in der Nähe war, um in Deckung gehen zu können. Im anderen Falle warf man sich flach auf den Boden, um nicht entdeckt zu werden. Da Carl Leyser bereits seit Kriegsbeginn zur Wehrmacht eingezogen war, hat seine Frau Lies'chen, voll unterstützt von Hilde, mit unermüdlichem Fleiß den Betrieb unter den kriegbedingten Erschwernissen mit der schwierigen Materialbeschaffung, der Personalknappheit und der aufwendigen Abrechnung der Essensmarken aufrechterhalten.

### Der Zusammenbruch der Westfront

Während unseres Aufenthaltes in Kempfeld entwickelte sich die Kriegslage in dramatischer Weise. Die Westfront rückte bedrohlich näher. Bereits im November 1944 hatten die Amerikaner die Stadt Aachen eingenommen und eine Großoffensive mit dem Ziel begonnen, das linke Rheinufer von seiner Mündung bis Mainz zu besetzen. Dann versuchte Hitler mit einem abenteuerlichen Plan, noch einmal die Initiative an sich zu reißen. Am 16. Dezember 1944 begann unter Einsatz eines letzten (an der Ostfront fehlenden) Großaufgebots von 25 Divisionen unter Führung des Generalfeldmarschalls v. Rundstedt die Ardennenoffensive. Begünstigt durch die erstaunlicherweise gelungene Überraschung und nebliges Wetter gelang in dem gebirgigen Gelände zunächst ein Einbruch in eine Tiefe von fünfzig Meilen. Am 24. Dezember hellte sich jedoch das Wetter auf und die Alliierten fielen mit der gewaltigen Übermacht von fünftausend Flugzeugen über die deutschen Nachschubkolonnen her. Das war die Wende! Am 1. Januar begann der Rückzug aus der gescheiterten Aktion. Sie hatte wieder einmal gezeigt, wie wichtig das Wetter für das taktische Fliegen ist und welche kriegsentscheidende Bedeutung die Luftüberlegenheit hat. Diese unverantwortliche Operation hat auf deutscher Seite 70.000 Tote, Vermisste und Verwundete gekostet. Wie konnte sich ein erfahrener Stratege wie v. Rundstedt dafür hergeben, die Führung einer so aussichtslosen Offensive zu übernehmen?

## Zurück zur Truppe

Im Februar 1945 war ich soweit wiederhergestellt, dass eine

Rückkehr zur Truppe möglich wurde. Ich musste und wollte zurück zu meiner Einheit. Es bestand jedoch keine Verbindung mehr, so dass ich nicht wusste, wo und in welchem Zustand sie sich befände. Der Abschied von meiner Mutter und der Familie Leyser in Kempfeld, die uns so liebevoll aufgenommen hatte, war beiderseits mit Haltung zu bewältigen. Wie würde es meiner Familie in der abzusehenden Schlussphase des Krieges ergehen? Man wusste ja nicht, ob man sich wiedersehen würde. Tatsächlich hatten die Amerikaner bereits Anfang bis Mitte März die Linie Trier-Remagen-Bad Kreuznach erreicht. Damit war der Krieg im Westen militärisch entschieden und jede Verbindung mit dem übrigen Deutschland abgeschnitten.

So machte ich mich wiederum auf, um per Anhalter mit unterschiedlichen Verkehrsmitteln durch das blutende und weitgehend zerstörte Deutschland trampend meine Einheit irgendwo im Osten zu suchen. Ich fand sie auf dem Fliegerhorst Zeltweg in der Steiermark, noch in alter personeller Besetzung, auch mit allen ungarischen Stamm-Mitgliedern und Flugschülern sowie den noch intakten Maschinen. Das ABK-Z war Anfang Januar wegen des Zusammenbruchs der Front in Ungarn ins Reichsgebiet verlegt worden und hatte in bewährter Disziplin und Kameradschaft alle Probleme des Rückzugs überstanden.

## Bis zur letzten Stunde

Für fliegerische Einsätze stand kein Treibstoff mehr zur Verfügung; ein Flugbetrieb war deshalb nicht mehr möglich. Es gab jedoch bei der Luftwaffenführung die wahnwitzige Idee, freiwillige Flugzeugführer anzuwerben, die bereit waren, als sog. "Sturmjäger" im Rahmen der "Reichsverteidigung" gegen den amerikanischen Bombenterror nach dem Vorbild der japanischen Kamikaze-Flieger die "Fliegenden Festungen" durch Rammen zum Absturz zu bringen. Trotz der schrecklichen Zerstörungen der deutschen Städte habe ich mich nicht zu diesem Selbstaufopferungskommando gemeldet, weil dieser Verzweiflungseinsatz meiner Auffassung von soldatischer Pflichterfüllung widersprach, und habe meinen Flugzeugführern zu verstehen gegeben, dass ich ihnen rate, dies auch nicht zu tun.

Da kein Ausbildungsbetrieb mehr stattfand, wurden die deutschen Angehörigen des ABK-Z kurzfristig durch fronterfahrene Unterführer der Waffen-SS infanteristisch ausgebildet und ab 1. April 1945 im Verband der 9. Gebirgsdivision am Semmering im Kampfgebiet der Bergstellung am Pfaffensattel, Harter Kogel und Köhler Hütte eingesetzt. Diese Stellung wurde bis zur Kapitulation am 8. Mai erfolgreich verteidigt und war damit eine der ganz wenigen, die in der allgemeinen Auflösung der deutschen Fronten bis zuletzt gehalten wurden.

Dies war sicherlich auch dadurch begünstigt, dass die Sowjets den Schwerpunkt ihrer Offensive an der Oder-Front zur Eroberung von Berlin angesetzt hatten. Trotzdem ist der Einsatz der infanterieunerfahrenen Männer des ABK-Z ein Beispiel von großer Tapferkeit und vorbildlicher Pflichterfüllung. Sie haben damit dazu beigetragen, dass die Absetzbewegungen unserer Truppen und die Flucht riesiger Flüchtlingstrecks im Osten Deutschlands möglich waren und damit Millionen Soldaten und Zivilisten vor sowjetischer Gefangenschaft, unmenschlichen Grausamkeiten und Tod bewahrt wurden.

Wegen meiner Behinderung war ich dem Stab des Kampfkommandanten Oberst Wiedorn-Roi zugeteilt worden. Er war ein älterer reaktivierter Offizier des Ersten Weltkrieges, der sich durch eine vornehme Gesinnung und großes Verantwortungsbewußtsein für seine Soldaten auszeichnete. Nach dem Bekanntwerden des als "Heldentod" stilisierten Selbstmords von Hitler hat er das im Kommandogebäude hängende große Hitlerbild vor versammelter Mannschaft zertrümmert, eine Handlung, die wegen der bis in die letzten Kriegstage wütenden "Fliegenden Standgerichte", die in Schnellverfahren sofort zu vollstreckende Todesurteile verhängten, noch äußerst gefährlich war.

## IV. Wege aus der Stunde Null

### Selig sind, die nach Westen Boden gewinnen ...

In der Nacht vom 8. zum 9. Mai trat die allgemeine Kapitulation der Wehrmacht an allen Fronten in Kraft. Das furchtbare vierdreiviertel-jährige Ringen hatte ein Ende. Niemals waren zwei aufeinanderfolgende Tage wie der letzte Kriegstag und der Tag danach so abgrundtief voneinander geschieden. Für viele Deutsche war es der Zusammenbruch ihrer Vorstellungswelt, eine nationale und persönliche Katastrophe, ein Ende der Illusionen, für andere die Befreiung von einer Gewaltherrschaft, für uns Soldaten auf jeden Fall ein Ende der unmittelbaren Lebensgefahr. Man war zunächst einmal froh, dem Moloch des Krieges entronnen zu sein.

Am 8. Mai haben wir in aller Eile unseren Soldaten Entlassungspapiere ausgestellt und alle übrigen Unterlagen vernichtet. Dann galt es, von den ungarischen Kameraden, die uns bis zuletzt die Treue gehalten hatten und für die es keine Rückkehr in die Heimat gab, Abschied zu nehmen. Vielen standen die Tränen in den Augen.

Die Aufgabe war nun, möglichst alle Soldaten vor den Sowjets in Sicherheit zu bringen, denn es bestand die leider nicht unbegründete Befürchtung, dass die von Westen heranrükkenden amerikanischen Truppen die ihnen entgegenflüchtenden deutschen Soldaten den von Osten kommenden sowjetischen Truppen ausliefern würden. Die Weisung lautete deshalb: in kleine Gruppen auflösen, den Amerikanern entgegengehen und versuchen, ihre Spitzen zu umgehen und sich möglichst erst im Hinterland gefangen zu geben. Es galt der Spruch: "Selig sind, die nach Westen Boden gewinnen, denn sie werden die Heimat wiedersehen." Tatsächlich haben von etwa 3 Millionen deutscher Kriegsgefangener in Russland nur etwa 2 Millionen überlebt. Nach meinem Wissensstand ist unsere Absatzbewegung voll gelungen und keiner meiner Soldaten in russische Gefangenschaft geraten.

Meine Flucht in einer Zweiergruppe führte über die Radstätter Tauern. Sie ging wohl durch deutsches Land, aber in einem plötzlich geänderten Klima, in dem man nichts mehr von der überwältigenden Großdeutschland-Begeisterung des März 1938 spürte. Es gelang uns, die Spitzen der Amerikaner zu umgehen und in das Hinterland der Fronttruppen bis nach Bad Aibling zu gelangen. Dann stand an jeder Straßenecke eine Sperre und ein Weiterkommen war nicht mehr möglich. Einem deutschen Fliegergeneral, den ich auf der Flucht traf, der uns in Russland ein hoher ordensüberreichender Chef gewesen war, und der mich fragte: "An was sollen wir jetzt noch glauben?", konnte ich nur antworten: "An das, was in uns ist, Herr General."

## In amerikanischer Gefangenschaft

Im Raum Bad Aibling hatten die Amerikaner ein großes Gebiet als Gefangenenlager mit ca. 80.000 deutschen Soldaten eingerichtet. Die Anfangszeit war besonders hart. Mit vielen anderen lag ich ohne Schutz vor Regen, Nacht, Kälte und Sonne auf dem Rollfeld des Fliegerhorstes Bad Aibling. Auf diesem Flugplatz war ich einmal mit meiner Staffel gestartet. Jetzt wurde ich nachts von der Erinnerung an diesen früheren Massenstart heimgesucht und meinte, das Dröhnen und Zittern der Erde zu spüren. Die Lage besserte sich allmählich dadurch, dass wir uns Unterkünfte in ausrangierten Omnibussen, leeren Scheunen usw. verschafften. Die Verpflegungssituation war jedoch katastrophal, so dass wir versuchten, den Hunger durch wässrige Brennesselsuppen und andere "Zutaten" zu bekämpfen.

Die Amerikaner bekümmerten sich wenig um die innere Organisation des Lagers. So bildeten wir eine eigene Binnenstruktur mit einem Stab, der alle Gefangenen erfasste sowie für Ordnung und die Verteilung der knappen Verpflegung sorgte. Obwohl es dafür keine festen Einheiten und keine deutsche Disziplinargewalt gab, entstanden keine größeren Disziplinprobleme. Mein unmittelbarer Chef war wieder - welch ein Zufall - General Fütterer, oberster Chef der General der Kavallerie Westphal, der meine bereits zum 1. April fällig gewesene und in den Kriegswirren auf dem Wege vom Reichsluftfahrtministerium in Berlin bis zur Truppe stecken-gebliebene Beförderung zum Hauptmann aussprach. Da wir immer wieder von den Amerikanern "gefilzt" wurden, habe ich meine noch vorhandenen Kriegsauszeichnungen einem patriotisch gesinnten bayerischen Mädchen übergeben, das sie treulich aufbewahrt und mir lange danach wiedergegeben hat. Sie hat mir, da ich meine Sprachkenntnisse auffrischen wollte, auch englische und französische Lektüre besorgt.

Nach einigen Wochen begannen die Entlassungen. Zuerst ka-men die Gefangenen an die Reihe, die für die Ernährung und den Wiederaufbau wichtige Berufe glaubhaft machen konnten, insbesondere die Landwirte und Handwerker. Das geschah mit deutscher Perfektion unter amerikanischer Auf-sicht. Als beruflich unnützes Objekt kam ich erst am 16. Juli an die Reihe. Zum Abtransport wurden wir auf offene Lastwagen verladen. Der Weg vom Lager zu den Lastwagen führte im Spießrutenlauf durch eine von amerikanischen Soldaten ge-bildete Gasse, die versuchten, uns mit Stöckchen zum Lauf-schritt zu bringen. Dann ging die Fahrt ab in hohem Tempo, wobei jeder selbst zu sehen hatte, dass er nicht von der Platt-form fiel. Am Rhein, gegenüber von Mainz, an der von den Amerikanern angelegten Pionierbrücke von Mainz-Kastel, wurde ich ausgeladen.Ohne Probleme sodann der Weg über den Rhein. Aber, welche Gefühle? Auf der linken Rheinseite mündete die Brücke in die Kaiserstraße. Die Innenstadt von Mainz war eine Trümmerlandschaft. Vom Bahnhof konnte man bis zum Dom sehen. Aber ich war wieder im Rheinland, meiner Heimat, in die ich zurückwollte. Es war der Beginn der Freiheit.

## V. Ohne die Gnade der späteren Geburt

### Die Pflichterfüllung in der Rückschau

Trotz der immer schlechter werdenden Kriegslage Deutschlands war die Truppe bis zuletzt intakt geblieben. Heute, mehr als 55 Jahre danach, stellt sich, aus einem ganz anderen Kenntnisstand und unter völlig veränderten Zeitverhältnissen, die Frage, wie dies möglich war. Warum haben wir weiterhin einer Führung vertraut und gedient, die dieses Vertrauen nicht verdiente? Spätere Generationen mögen in erster Linie sehen, dass die Opferbereitschaft der Soldaten den bereits verlorenen Krieg verlängert, die Zahl der Opfer erhöht und weitere Verbrechen ermöglicht hat. Warum wurde Verantwortung nicht höhergestellt als Gehorsam?

Für dieses tragische Phänomen gibt es keine einfache Erklärung, sondern nur eine Vielzahl zusammenwirkender Gründe. Aus diesem komplizierten Geflecht will ich, ohne Anspruch auf Vollständigkeit, einige nennen, die mir wesentlich erscheinen. Zunächst: Jede Armee der Welt ist auf Befehl und Gehorsam aufgebaut. Insbesondere standen alle Soldaten der Wehrmacht unter einer eisernen Disziplin. "Fahnenflucht" und "Feigheit vor dem Feind", ja sogar schon bloße Äußerungen des Defätismus ("Zersetzung der Wehrkraft") waren todeswürdige Verbrechen. Manche kämpften auch weiter, so absurd dies klingen mag, um das zu Ende gehende "Dritte Reich" zu überleben. Aktiver Widerstand, wenn gewollt, hätte die Selbstaufgabe bedeutet. Hitler hatte dekretiert: "Soldaten können sterben. Deserteure müssen sterben." Fünzigtausend Todesurteile sollen von den Kriegsgerichten verhängt, (nur) zwanzigtausend davon vollstreckt worden sein, eine schreckliche Bilanz, aber auch ein Zeichen dafür, dass die Kriegsgerichte und ihre soldatischen Beisitzer sowie die Kommandeure als Gerichtsherren im Rahmen ihrer Möglichkeiten manches abgemildert haben.

Aber es war nicht nur die gnadenlose Brutalität einer Diktatur. Wir jungen Soldaten waren durch die Erziehung im Jungvolk und der Hitlerjugend gegangen und von ihr geprägt. Auch war die Führung des Reiches lange Zeit erfolgreich gewesen und von einer breiten Zustimmung des deutschen Volkes getragen. Der gnadenlose Bombenterror gegen die deutschen Städte hatte auch nicht die von den Engländern und Amerikanern erwartete Wirkung, die Bevölkerung gegen ihre Führung aufzubringen. Er bewirkte eine Reaktion der Wut und des Trotzes, die im Ergebnis eher zu einer Solidarisierung beitrug. Eine formierte politische Opposition gab es nicht und die Wehrmacht, die als einziger Machtfaktor in Frage kam, war dem Primat der Politik untergeordnet. Dies war insbesondere auch das Organisationsprinzip der nach 1919 in der Weimarer

Republik entstandenen und von General v. Seeckt geformten Reichswehr, aus deren Kader die Wehrmacht erwachsen ist. Um die politische Neutralität der Reichswehr zu sichern, hatten ihre Soldaten kein Wahlrecht und durften nicht Mitglied einer Partei sein. Dieser durch das Reichswehrgesetz von 1921 bestimmte Grundsatz der politischen Neutralität wurde im Jahre 1935 für die Wehrmacht erneuert. Für viele hohe Offiziere galt als selbstverständlich der Grundsatz: Offiziere meutern nicht. Das hatte es in der bisherigen Militärgeschichte in Deutschland noch nicht gegeben. Darüber hinaus mag bei manchen Angehörigen der Wehrmacht-Generalität die Gefolgschaftstreue zu Hitler auch dadurch mitbestimmt gewesen sein, dass sie durch ihn große Karrieresprünge erfahren und hohe Kriegsauszeichnungen erhalten hatten.

Persönliches kommt hinzu. Wenn es ums Überleben geht, bleibt wenig Zeit zum Nachdenken. Instinktiv scheut sich der im Kampf stehende Soldat, am Sinn seines Auftrages zu zweifeln, alle Mühsale und Opfer sind sonst unerträglich. Er übersieht nur einen ganz kleinen Ausschnitt des Gesamtgeschehens. Schon im Deutsch-Französischen Krieg 1870/71 hatte Fontane geschrieben: "Bekanntlich weiß man auf dem Kriegsschauplatz selbst am wenigsten, was geschieht."

Das galt besonders unter dem in der Wehrmacht gegebenen perfekten System der Geheimhaltung und Abschottung. In jeder Schreibstube der Wehrmacht belehrte ein Aushang mit dem "Führerbefehl" mit dem (hier verkürzten) Inhalt: "Kein Soldat darf von einer geheim zu haltenden Sache mehr und früher erfahren als zur Ausführung seines Auftrages erforderlich ist." So war uns die Kenntnis der Vorgänge außerhalb des engeren Einsatzbereichs und ein zur Beurteilung befähigender Einblick in die größeren Zusammenhänge weitestgehend verwehrt. Von den schrecklichen Untaten des Regimes und seinem Lügensystem, die erst nach dem Kriege aufgedeckt wurden, wussten wir noch nichts.

Der in die militärische Organisation eingebundene Soldat kann auch nicht ermessen, ob und wieweit sein Einsatz als Hilfe für andere, z.B. zur Sicherung geplanter Absetzbewegungen oder zur Führung von diplomatischen Verhandlungen erforderlich ist. Deshalb war auch - selbst in der Rückschau gesehen - das Halten der Front am Semmerring strategisch und menschlich sinnvoll; es hat durch die Bindung russicher Truppen dazu beigetragen, dass im Mittelabschnitt der Ostfront Millionen von deutschen Soldaten und Familien vor der sowjetischen Offensive flüchten konnten. Hinzu kam die verbindende Kameradschaft und die motivierende Kraft des Korpsgeistes in einer sich als Elite fühlenden Gruppe. Viele Einheiten in allen Waffengattungen waren auch von menschlich und fachlich hervorragenden Offizieren geführt. Es gab

diesmal nicht, wie am Ende des Ersten Weltkrieges, meutern-
de Truppenteile, Soldatenräte und das Abreißen der Schul-
terstücke von Offizieren. Selbst in der anschließenden
Gefangenschaft habe ich das nicht erlebt.

## Das Problem der Eidesbindung

Eine wichtige Rolle für die Loyalität zur politischen Führung
des Reiches spielte bis in höchste Führungsstellen die Überzeugung, an den auf Hitler als Staatsoberhaupt und Obersten
Befehlshaber persönlich geleisteten Eid gebunden zu sein.
Deshalb wurde in weiten Teilen der Truppe, besonders unter
den im Nationalsozialismus aufgewachsenen jungen Soldaten, noch der Putsch vom 20. Juli 1944 als Verrat empfunden.
In den höheren Wehrmachtsstäben mit mehr Einsichtsmög-
lichkeiten in die Gesamtlage mag die Beurteilung teilweise
klarsichtiger gewesen sein. Andererseits empfand man allgemein in der Truppe die am 23. Juli befohlene Einführung des
Hitlergrußes mit ausgestrecktem rechtem Arm an Stelle des
traditionellen Soldatengrußes mit Handanlegen an die Mütze
als grobe Stillosigkeit, die nur mit innerem Widerwillen aus-
geführt wurde. Noch aber hatten wir nicht erkannt, dass wir einem verbrecherischen Regime dienten und dass unser "Führer
und Oberster Befehlshaber" längst seinen, den von ihm dem
deutschen Volk geleisteten Eid vielfältig gebrochen hatte. Es

fehlte das Bewußtsein, dass ein Eid eine Angelegenheit auf Gegenseitigkeit ist. Unvorstellbar auch, dass es - wie wir heute wissen - zuletzt der Wille des "Führers" war, mit seinem persönlichen Untergang auch das deutsche Volk in den Abgrund zu reißen. Muss nicht ein Mensch, den alle mit "Mein Führer" anreden, alle Maßstäbe verlieren?

## Die unbegreifliche Verführung

Menschen waren und sind zu allen Zeiten verführbar, wenn in ihrem Umfeld entsprechende Voraussetzungen dafür bestehen. Dennoch wird es späteren Generationen immer unbegreiflich erscheinen, dass fast ein ganzes Volk der Verführungskraft eines Mannes erlag, dessen Bild ihnen als das eines schreienden und wild gestikulierenden Demagogen erscheint, als das Zerrbild eines Staatsmanns und Führers, als eine nicht ernst zu nehmende Witzfigur. Dazu das Urteil eines kompetenten Zeitzeugen: In den 70er Jahren veranstalteten wir in Ingelheim eine Diskussion zwischen Dr. Fabian von Schlabrendorff mit kritischen Jugendlichen. Schlabrendorff war schon früh aktiv im Widerstand gegen den Nationalsozialismus gewesen. Im Jahre 1943 hatte er zusammen mit Oberst Henning von Tresckow, dem Ia der Heeresgruppe Mitte des Generalfeldmarschalls v. Kluge, einen (missglückten) Attentatsversuch gegen Hitler unternommen. Seine Funktion im Widerstand war die Herstellung von Verbindungen zwischen den verschiedenen Widerstandsnestern. Nach dem gescheiterten Attentat des Grafen Stauffenberg am 20. Juli 1944 war er als Mitverschwörer verhaftet und zum Tode verurteilt worden, jedoch durch glückliche Umstände der Vollstreckung des Urteils entgangen. Er ist der Verfasser des Buches "Offiziere gegen Hitler". Von 1967 bis 1975 war Schlabrendorff Richter am Bundesverfassungsgericht. Auf die Frage der Jugendlichen, wieso man einem solchen Teppichbeisser hätte verfallen können, entgegnete Schlabrendorff: "Hitler war ja kein Hanswurst. Das war ein Mann." Auch dies ist ein Teil des Phänomens.

Oft wird heute die Frage gestellt: "Was war mit den Intellektuellen, insbesondere den Schriftstellern und Künstlern?" Auch hier gibt es keine einfache Erklärung. Alle Antworten sind nur Teilwahrheiten und Versuche, der Wirklichkeit nahe zu kommen. Natürlich fühlten sich auch viele Intellektuelle von der Idee des Nationalsozialismus angezogen. Hinzu kommt die Faszination der Macht. Künstler und Schriftsteller hoffen auf Beifall; woher er kommt, scheint manchen zweitrangig. Nur wenige stellten sich die Frage: "Wo führt das alles hin?" Viele waren auch als Person und als Künstler mit dem Überleben beschäftigt. Auf die Frage von Max Frisch: "Wie konntet ihr das zulassen", kommt die Antwort: "Wir hatten zu tun, wir waren in der Kultur." Und auf die sebstgestellte Frage von Heinrich Böll: "Wo warst du, Adam?" lautete seine Antwort: "Ich hatte zu tun, ich war im Krieg."

## Unrealistische Hoffnungen

Erst allmählich verloren wir unter dem Eindruck der immer dramatischer werdenden Niederlagen und der immer offensichtlicher zu erkennenden Fehlentscheidungen das Vertrauen in die politische und militärische Führung, immer aber noch in der Hoffnung, dass schließlich doch noch eine politische Lösung gefunden werde, die dem deutschen Volk eine Zukunft erhält. Dies wurde unterstützt durch von der Propaganda geschickt verstreute Gerüchte über angeblich in Kürze zum Einsatz kommende Wunderwaffen. Würde es nicht bei einem Ausharren, fragte man sich nicht ohne Hoffnung, zum Bruch der widernatürlichen Allianz zwischen den demokratisch-freiheitlichen Westmächten und der bolschewistischen Sowjetunion kommen? Tatsächlich ist dieser Bruch ja schon bald nach dem Kriege eingetreten und hat zu dem langjährigen, immer am Rande eines dritten Weltkrieges sich bewegenden "Kalten Krieg" zwischen den ehemaligen Siegermächten geführt. Würden in einem solchen Fall des Auseinanderbrechens der gegnerischen Koalition nicht neue Lösungen möglich werden? War nicht zum Beispiel im Jahre

1762 der gegen Friedrich d. Gr. gerichtete Dreibund zwischen Österreich, Frankreich und Russland mit dem Tode der russischen Zarin Elisabeth durch den überraschenden Seitenwechsel Russlands auseinandergebrochen? Sollten wir die totale Niederlage unseres Vaterlandes wünschen? Wir wussten, dass der Krieg verloren war. Aber auf jeden Fall wollten wir eine Bolschewisierung Deutschlands verhindern. So haben wir bis zuletzt unsere Pflicht gegenüber unserem deutschen Volk getan oder das, was wir für unsere Pflicht hielten. Aber heute wissen wir: Hätte der Krieg nur einige Monate länger gedauert, wären die amerikanischen Atombomben nicht auf Hiroshima und Nagasaki, sondern auf deutsche Städte gefallen.

## Die gezeichnete Generation

Der von Deutschland begonnene Zweite Weltkrieg hat in der ganzen Welt rund 55 Millionen Menschen das Leben gekostet. Fast 8 Millionen davon waren Deutsche. Sie starben an der Front, in Lazaretten oder in Gefangenenlagern, auf der Flucht, im Bombenhagel, in den Zuchthäusern und Zwangslagern des NS-Regimes. Es waren Soldaten, Gefangene und Flüchtlinge, Greise, Frauen und Kinder, Verschleppte und Verfolgte. Das ist die grauenhafte Bilanz. So schrecklich diese ist, die menschliche Tragik enthüllt sich am erfahrenen Einzelschicksal von Menschen, die einem nahegestanden haben.

Wieviel früh zerstörte Lebenshoffnungen ruhen in fremder Erde! Wieviele Mütter und Väter weinten um ihre Söhne, wieviele Frauen um ihre Männer! Wieviele Kinder lernten ihre Väter nie kennen! Man sollte die Opfer nicht "Frühvollendete" nennen. Sie waren Betrogene, betrogen um ihr Recht auf Jugend und Leben. Wir sind wohl Kinder unseres Vaterlandes, aber wir gehören ihm nicht.

Wer diesen Krieg erlebt und erlitten hat, bleibt ein Gezeichneter. Die mich nicht loslassende Erinnerung an die gefallenen Freunde und Kameraden offenbart mir eindringlich die tiefe menschliche Tragik ihres Opfers, das sie in gutem Glauben an die Notwendigkeit ihres hohen Einsatzes als vaterländische Pflicht gebracht haben, und die schreckliche Sinnlosigkeit des Geschehens.

## *Erinnerung an ....*

*In einem vergessenen Buche fand*
*Ich eine Widmung von Deiner Hand.*

*Du bist so weit, endlos weit gegangen.*
*Die große Stille hat früh Dich umfangen.*

*So viele, die nahe gewesen sind.*
*So viele Namen, verloren im Wind.*

*Verblutet in Flandern, vermißt bei Rschew.*
*Vielleicht noch in Akten ein kurzer Betreff.*

*Dein Bild den Lebenden schon verblich.*
*Und immer tiefer die Stille um Dich.*

## Verlorene Jahre?

Viele Jahre meines jungen Lebens habe ich Uniform getragen, war ich Teil einer uniformierten Gesellschaft. War es auch persönlich eine verlorene Zeit? Man hat gelernt, dass es auch in der Masse stehend möglich ist, das Eigene zu bewahren. Die Überflutung mit Pathos hat eine Resistenz gegen die Verführungsmacht von Ideologien aller Art entwickelt, die erlebte Instrumentalisierung der Menschen ein geschärftes Gefühl für die Würde und Freiheit des Individuums, den Hass auf jede Form von Gewalt und Erniedrigung von Menschen. Geblieben ist auch der Wille zu diziplinierter Lebensführung sowie das Bewusstsein einer über die eigene Person hinausgehenden Verantwortung.

## VI. Zeit zwischenden Zeiten

### Wieder unter französischer Besatzung

Anfang Juli 1945 hatten die Amerikaner in Ausführung der Beschlüsse von Jalta und Teheran das linksrheinische Gebiet von Remagen an rheinaufwärts, das heutige Saarland und die südlichen Teile der Länder Baden und Württemberg den Franzosen als Besatzungszone übergeben. Mit dem Überschreiten der Brücke über den Rhein war ich damit in die französische Zone geraten. Ab Mainz ging bereits wieder eine Zugverbindung nach Kreuznach, die aber, da die Eisenbahnbrücke über die Nahe durch Bomben zerstört war, bereits am Güterbahnhof im Brückes endete. Die Wilhelms-Brücke und die Alte Nahebrücke waren noch von den abziehenden deutschen Truppen gesprengt worden. Als Ersatz hatten die Amerikaner eine Pionierbrücke und einen Fußgängersteg über die Nahe errichtet, über die ich auf die andere Naheseite gelangte. Alle Strapazen und Ängste der Heimkehr waren jedoch vergessen, als ich kurz darauf in der Kaiser-Wilhelm-Straße ankam und die Familie gesund antraf.

Die Übertragung der Besatzungsherrschaft auf Frankreich hatte zu einer wesentlichen Änderung des politischen und wirtschaftlichen Klimas geführt. Zwar standen die Franzosen uns Deutschen mentalitätsmäßig näher als die Amerikaner.

Bei ihnen gab es auch nicht die den amerikanischen Soldaten auferlegte strenge Weisung der "Non-Fraternisation". Aber die Franzosen waren - obwohl im Endstadium des Krieges noch zu den Siegern gestoßen - auch selbst arm, ihre Uniformen aus grobem Stoff, die Lebensmittel knapp, und Geld hatten sie auch nicht. Dadurch wirkte ihre Herrschaft anfangs rigoroser und engstirniger als die der amerikanischen und britischen Militärregierungen.

Hinzu kam eine rigorose Abschottung des französischen Besatzungsgebiets vom übrigen Deutschland . Der Personen- und Warenverkehr über die Grenzen der französischen Zone war bis 1948 von der Erlaubnis der Militärregierung abhängig. Wer es ohne ein "Laissez passer" versuchte und sich dabei erwischen ließ, wurde verhaftet. Wer bei einer der oft überlebenswichtigen Hamsterfahrten aufs Land etwas erbettelt hatte, riskierte, dass es entdeckt und beschlagnahmt wurde. Zum Ausgleich der Kriegsschäden im eigenen Land war die Militärregierung bemüht, möglichst viel in Form von Reparationen, Industriedemontagen und Requisitionen - auch von Lebensmitteln und Wohnraum - aus ihrer Zone herauszuholen.

## Das "Feld des Jammers" in Bretzenheim

Auch das im März 1945 von den Amerikanern in Bretzenheim bei Kreuznach eingerichtete Gefangenenlager war am 10. Juli den Franzosen übergeben worden. Eine 210 Hektar große Fläche hatte man in 24 durch breite Gräben getrennte"cages" eingeteilt, von denen jedes bis zu 10.000 Menschen fassen konnte. Von dort kamen schlimme Nachrichten. Die gefangenen deutschen Soldaten, auch Frauen - es sollen zeitweise bis zu 110.000 gewesen sein - mussten anfangs auf schlammigem Boden ohne sanitäre Einrichtungen campieren. Erst im November 1945 wurde mit der Aufstellung von Baracken begonnen. Bereits von den Amerikanern und Briten aus der Gefangenschaft Entlassene wurden unter Verletzung der Haager Landkriegsordnung zur Zwangsarbeit deportiert. Die Alternative war: Zwangsarbeit in Frankreich oder Eintritt in die französische Fremdenlegion. 46.000 junge Deutsche der Fremdenlegion sollen im Indochina-Krieg gefallen sein. Die letzten deutschen Kriegsgefangenen in Frankreich sind erst im Oktober 1948 heimgekehrt.

Der Hunger im Lager war so groß, dass in der amerikanischen und der französischen Lagerzeit, am schlimmsten in der Anfangszeit der französischen Lagerverwaltung, mehrere Tausend der Gefangenen an Entkräftung und Krankheit starben. Täglich wurden Tote aus dem Lager getragen. Die Zahl der Gefangenen, die bis zum Ende des Lagers am 31.12.1948 dort den Tod gefunden haben, ist bis heute umstritten. Ein Teil von ihnen ist auf dem Ehrenfriedhof im Lohrer Wald bestattet. Ein

Kreuz an der Straße von Bretzenheim nach Kreuznach erinnert an das schlimme Geschehen auf dem "Feld des Jammers". Aus historischer Objektivität sollte man allerdings die entsetzliche Tatsache nicht verschweigen, dass während des Russlandfeldzuges von 5,7 Millionen sowjetischer Gefangener in den Wehrmachtlagern mehr als 3 Millionen durch Hunger und Seuchen umgekommen sind.

In der amerikanischen Lagerzeit war es der deutschen Bevölkerung verboten, mit Lebensmitteln zu helfen. Wer es versuchte, wurde durch Warnschüsse verjagt. In der anschließenden französischen Zeit wurde dies jedoch gelockert. Meine spätere Frau Anne-Lore Weichel, die mit ihren Eltern nach St. Katharinen bei Kreuznach ausquartiert war, hat zweimal im Dorf Brot gesammelt und mit einem von zwei jungen belgischen Kaltblutpferden gezogenen Wagen ins Lager gefahren. Als beim ersten Mal ein französischer Soldat versuchte, ihr mit einem Stöckchen einen Schlag zu versetzen, hat sie ihn in französischer Sprache angefahren und verlangt, den Kommandanten zu sprechen, der dann auch die Höflichkeit gewahrt hat. So hat sie auch in St. Katharinen, wo sie auf dem Hof des so liebenswerten und lebensklugen Bauern Hans Jennemann, einem Philosophen im Bauernrock, die erkrankte Frau vertrat, die requirierenden französischen Soldaten erfolgreich mit der Frage nach dem Requisitionsschein abgewehrt mit den

Worten: "Où est votre fiche?"("Wo ist Ihr Requisitions-schein?")

Durch öffentliche Anschläge der französischen Militärregie-rung wurden alle ehemaligen deutschen Offiziere aufgefor-dert, sich sofort im Lager Bretzenheim zu melden, und für den Fall der Unterlassung mit strengen Strafen bedroht. Dazu war ich jedoch nicht bereit, sondern ließ es darauf ankommen, ob sie mich finden und ergreifen würden. Es ist gut gegangen. So blieben mir das Lager und die eventuelle Deportation nach Frankreich erspart.

## Allmähliche Normalisierung

Nur langsam begann sich das Nachkriegsleben zu normali-sieren. Es gab strenge Ausgangssperren und Bewegungsein-schränkungen, sogar innerhalb der französischen Zone. Nur lebenswichtige Transporte waren erlaubt. Der Transportun-ternehmer Heiner Esch gab mir deshalb eine Anstellung als "Kraftfahrer", um mich vor Dienstverpflichtungen zu schüt-zen und mir eine gewisse Bewegungsfreiheit zu verschaffen. Man lebte vom dem Wenigen, was es offiziell gab und ver-suchte, sich durch Tauschhandel über Wasser zu halten. Dabei galt als Maßstab für die Tauschwerte die "Zigarettenwäh-rung". Auch eine Flasche Wein konnte Wunder bewirken. Wir hatten allerdings das Glück, von der Familie Carl Leyser, dem Bruder meiner Schwägerin Hilde, gelegentlich etwas Nahrhaftes zu bekommen.

Auch die Wohnverhältnisse waren bedrückend. Die Wohnung unserer Mutter in der Kaiser-Wilhelm-Straße 11b war teilweise beschlagnahmt. Mutter, Hilde, Carl-Heinz (der jetzt in der Kreuznacher Diakonie tätig war) und ich, ab 1946 auch die kleine Hannelore, waren auf zwei Zimmer beschränkt. Die Küche ersetzte das Badezimmer, die Toilette befand sich im Treppenhaus. Das von meinen späteren Schwiegereltern Weichel bewohnte Haus in der Bismarkstraße 14 (heute Freiherr-vom-Stein-Straße) wurde ebenfalls teilweise beschlagnahmt, daraus auch Einrichtungsgegenstände requiriert.

Da der Krieg vorbei war, hatte man das Gefühl, den absoluten Tiefpunkt erreicht zu haben, jetzt könne es eigentlich nur noch aufwärts gehen. Tatsächlich aber verschlechterte sich die Ernährungslage noch bis ins Jahr 1947. Alles was man wollte, waren Nahrung und Behausung, Arbeit, Rechtssicherheit und Frieden. Die Frage, was es am nächsten Tag zu essen geben würde, war wichtiger als alle Fragen der Politik. Die geschwächte Lebensenergie der militärisch, politisch und moralisch gebrochenen Nation konzentrierte sich auf das unmittelbar Lebensnotwendige. Dennoch wurde das Leben wieder etwas fröhlicher. Es wurde viel gefeiert, wozu jeder versuchte, etwas Eßbares oder Trinkbares mitzubringen. Das dauerte wegen der nächtlichen Ausgangssperre vielfach bis zum frühen Morgen.

## Die französische Besatzungspolitik

Trotz der geschilderten widrigen Umstände gab es nach dem Zweiten Weltkrieg nicht den beiderseitigen Hass, wie wir ihn bei der französischen Besetzung nach dem Ersten Weltkrieg erlebt hatten. Allmählich änderte sich auch die Einstellung der französischen Militärbehörden in Richtung eines Wiederaufbaus der zerstörten wirtschaftlichen und kulturellen Strukturen. Besonders verdienstvoll war die Wiedereröffnung der seit rund eineinhalb Jahrhunderten ruhenden Universität Mainz am 22. Mai 1946. Mit einiger Verzögerung gegenüber der englischen und der amerikanischen Zone kam auch der Aufbau demokratisch geprägter politischer Institutionen in Gang, was auch dazu führte, dass die zum Teil recht zweifelhaften Gestalten, die sich in dem Nachkriegschaos in den ersten deutschen Behörden eingenistet hatten, allmählich wieder verschwanden.

Der scheinbare Gegensatz zwischen Unterdrückung und kultureller Förderung erklärt sich mindestens teilweise auf dem Hintergrund der traditionellen, seit Kardinal Richelieu (1585-1642) die französische Westpolitik bestimmenden Rheinbund-Idee, die bereits in der Besatzungszeit der 20er

Jahre ihren Ausdruck in der Unterstützung der rheinischen Separatistenbewegung gefunden hatte. Sie verfolgte das Ziel, durch ein von Deutschland abgetrenntes, frankophil geprägtes linksrheinisches Rheinland den als bedrohlich empfundenen östlichen Nachbarn möglichst geteilt und schwach zu halten. So hat auch die zweite französische Besatzungszeit wiederum gezeigt, dass es nahezu unmöglich ist, Besatzungsmacht zu sein ohne moralische Beschädigungen.

**Der Start ins zivile Berufsleben**

In den 20er Jahren hatte der findige Inhaber der Löwen-Apotheke am Kreuznacher Eiermarkt ein Medikament entwickelt und mit großem Erfolg vermarktet, das er "Sepdelen" nannte. Nach seinem Tode in den 30er Jahren war die Fabrik von seinen zwar einfallslosen Erben, aber unter einem agilen Geschäftsführer weitergeführt und als NS-Musterbetrieb ausgezeichnet worden. Wegen dieses Kainsmals hatte man das Unternehmen nach der Kapitulation unter Sequestration gestellt. Treuhänder war der aus Saarbrücken stammende und jetzt in Kreuznach lebende Rechtsanwalt Karl Römer, ein entfernter Bekannter meiner Eltern. Er gehörte über Schwägerschaft zum Dunstkreis des katholischen Adenauer-Clans und hatte dem NS-Regime immer distanziert gegenüber gestanden, war aber ungeschoren durch die Zeit gekommen.

Schon Ende 1944, als noch unklar war, ob und wann ich wieder nach Hause kommen würde, hatte Herr Römer meinem Bruder Carl-Heinz gesagt: "Wenn Ihr Bruder aus dem Kriege zurückkommt, schicken Sie ihn zu mir." Er hatte offenbar, trotz seiner ablehnenden Haltung zum Nationalsozialismus, Sympathie für den ehemaligen Jungvolkführer und Fliegeroffizier. Bald nach meiner Rückkehr tat ich dies dann auch, und er bot mir sofort eine Mitarbeit ab 1. Oktober im Sepdelen-Werk an. Mein Monatsgehalt betrug 100 Reichsmark. Es war der Anfang der von mir später freiwillig weitergeführten Sozialversicherung. Die Aufgabe im Werk war "Mädchen für alles" zu sein, z.B. für die Sammlung und Ordnung der durch den Bombenangriff chaotisch verstreuten Firmenakten, für die Lohnabrechnungen, die kleine kaufmännische Korrespondenz, die Behördengänge zu den Franzosen usw. Das wieder produzierte Sepdelen wurde in neun verschiedenen Zusammensetzungen in flüssiger Form zum Einnehmen angeboten, die für vielerlei Wehwechen - spitz gesagt: vom Haarausfall bis zu Senkfüßen - hilfreich sein sollte. In den wiederherzustellenden Akten befanden sich tatsächlich zahlreiche tief empfundene Dankesbriefe von Patienten, die über wunderbare Erfolge ihrer Sepdelen-Kur berichteten. Lästerliche Zungen meinten dazu, ihre Heilkraft beruhe auf einer leicht laxativen Wirkung.

Herr Römer, der fließend französisch sprach und als Saarlän-
der mit der Mentalität der Franzosen vertraut war, hat auch mit
gutem Erfolg viele Deutsche in Strafverfahren vor den
französischen Militärgerichten und Beschuldigte in Entnazi-
fizierungsverfahren vertreten. Einer seiner Leitsätze für die
Verhandlungen mit Franzosen war: "Vor ein Militärgericht
darf man keinen Bullen stellen". Man konnte viel von ihm lernen, insbesondere klares Denken und die Kunst der knappen,
zugleich aber höflichen Gesprächsführung. Die Eleganz seiner Diktion kontrastierte problemlos zu seiner eher fülligen
Gestalt. Dies waren meine ersten Berührungen mit der Welt
der Juristen. Herr Römer ist später Generalanwalt bei der
Montanunion, dem ersten europäischen Gemeinschaftswerk
nach dem Kriege, geworden. Sein Name wird dem Leser dieser Aufzeichnungen noch zweimal begegnen.

## Zum zweiten Mal: Die Wahl des richtigen Berufes

Man war für den Krieg ausgebildet und hatte gelernt, eine Flie-
gereinheit unter kriegsmäßigen Bedingungen zu führen. Mit
den dabei erworbenen Kenntnissen und Erfahrungen war jedoch kein beruflicher Neuanfang möglich. Auch hatte sich
das persönliche Weltbild dramatisch verändert. Schon in der
Gefangenschaft hatten die ersten Überlegungen persönlich
und in Gesprächen mit Kameraden begonnen. Viele von ihnen

waren durch den Zusammenbruch mutlos. Einer meinte: "Ich werde Pfarrer, das hat wieder Zukunft." Was kam nun in Frage? Eine an "Sepdelen" anknüpfende kaufmännische Laufbahn? Die Gründung einer Speditionsfirma, in der man die Erfahrung in Organisation einbringen könnte? Oder die Politik, die mich ja schon immer sehr interessiert hat, als Beruf? Aber ich bin zum Parteisoldaten nicht geschaffen. Hinzu kam das Gefühl, intellektuelle Redlichkeit erfordere, jetzt nicht so zu tun, als ob man es schon immer besser gewusst und alles vorausgesehen habe. Sollten doch jetzt erst einmal d i e Leute das Sagen haben, die sich durch eine innere oder äußere Emigration dafür legitimiert hatten.

Schon bald aber stand fest: Ich wollte versuchen zu studieren, auch wenn dies bedeutete, noch einmal mit einem langen Vorlauf als Lernender zu beginnen. Wer ein Ziel hat, darf dazu erforderliche Umwege nicht scheuen. Aber welches Studienfach mit welcher Berufsrichtung? Der Arztberuf schien mir eine schöne Lebensaufgabe zu sein. Vielleicht hätte sich - aus heutiger Sicht gesehen - eine Präponderanz für die Orthopädie oder die Physiologie ergeben. Besonders die Letztere scheint mir ein faszinierendes Thema zu sein: Die Erforschung der wohl nie ganz auszulotenden Wechselbeziehungen bei den Lebensvorgängen der Zellen, Gewebe und Organe.

Was mich seit dem Ende des Krieges besonders beschäftigte

war die Frage, ob und wie es zukünftig gelingen könnte, trotz der zu erwartenden dramatischen Rationalisierung der Produktionsvorgänge eine Art Vollbeschäftigung aufrecht zu erhalten. War doch schon die Weimarer Republik auch an dem ungelösten Problem der Arbeitslosigkeit gescheitert. Mit anderen Worten: Wie ist dieses Problem in einer zukünftigen entwickelten Volkswirtschaft zu lösen? Dies schien mir die schwierigste gesellschaftspolitische Aufgabe der Zukunft zu sein. Könnte es nicht eine faszinierende persönliche Lebensaufgabe bedeuten, dazu einen Beitrag zu leisten? Diese und andere Überlegungen führten zu dem Wunsch, Volkswirtschaft zu studieren. Zwar hatten sowohl Herr Karl Römer als auch mein späterer Schwiegervater Carl Weichel, der Justitiar der "Seitz-Werke" war, unabhängig voneinander vorausgesagt: "Herr Weirich, Sie werden Jurist." Aber mit einer so formalistischen und trockenen Materie wie der Jurisprudenz wollte ich nichts zu tun haben.

## VII. Neue Horizonte

### Der Sprung über die Zonengrenze

Ende 1945 hörte man, die Universität Heidelberg werde mit einem Wintersemester 1945/46 wiedereröffnet. Der Gedanke, an dieser hoch angesehenen, traditionsreichen Universität zu studieren, war faszinierend. Aber da stellte sich zunächst das Problem, wie ohne ein "Laissez-aller" aus der französischen in die amerikanische Zone zu kommen? Es gelang, versteckt unter der Plane eines Lastwagens. Dann stand ich - mit einem unbeschreiblichen Glücksgefühl - wie in einer anderen Welt in der schönen unzerstörten Stadt beiderseits des Nekkars am Vorabend eines neuen aufregenden Lebensabschnitts, in der Hoffnung, an der "Heidelbergensis" studieren zu dürfen. Was machte es da, allein in einer fremden Stadt ohne Unterkunft und ohne die zum Überleben notwendigen Lebensmittelmarken zu stehen?

Das Wohnungsproblem löste sich bald in überraschender Weise. In der Hauptstraße kam ich mit einem Mann ins Gespräch, der erzählte, er sei Assistent des bekannten Filmregisseurs Wolfgang Liebeneiner gewesen. Als er erfuhr, dass ich kein Dach über dem Kopf habe, führte er mich zu einer, wie er sagte "guten Bekannten", und stellte mich als seinen "Freund" vor, der ein Zimmer suche. Danach verabschiedete er sich und ich habe ihn nie wieder gesehen. Die Bitte wurde freundlich aufgenommen und ich erhielt für 40 Reichsmark monatlich ein kleines Zimmer von etwa 12 qm, das zur Straße gelegene Eckzimmer des Hauses Neuenheimer Landstraße 6. Das Zimmer hatte allerdings einen gravierenden Nachteil. Es war nicht beheizbar und hatte auch keine Waschgelegenheit, war deshalb wohl nicht benutzt worden. So habe ich während der drei bitterkalten Winter 45/46, 46/47 und 47/48 viel darin gefroren und oft nur ganz in eine Decke eingehüllt arbeiten können. Ich habe dort während des ganzen Studiums gewohnt. Die Hauseigentümerin, Frau Glade, und ihre Familie waren mir sehr angenehme und tolerante Vermieter über die Jahre.

**Die Aufnahme in die Universität**

Auch mit der Aufnahme in die Universität hatte ich Glück. Mein langjähriger Schulfreund Dr. Walter Eckel, im Kriege Medizinstudent in Heidelberg gewesen, hatte mir geraten, seinen ehemaligen Corpsbruder Dr. Hans Reinheimer zu besuchen, vielleicht könne der etwas für mich tun.

Zwei Hindernisse waren zu überwinden. Man hatte mit dem Aufnahmeantrag den in englischer und deutscher Sprache abgefassten vielseitigen Fragebogen ausgefüllt und unterschrieben vorzulegen ("Auslassungen sowie falsche oder

unvollständige Angaben stellen Vergehen gegen die Verord-
nungen der Militärregierung dar und werden entsprechend ge-
ahndet"). Der Eintritt in die Wehrmacht hatte mich zwar vor
der Mitgliedschaft in einer NS-Organisation bewahrt, aber ich
war immerhin Jungvolkführer und Offizier gewesen, beides
Umstände, die bei den Amerikanern in großem Verdacht standen. An der im Mai 1946 unter französischem Patronat wieder
eröffneten Mainzer Universität hatten ehemalige Offiziere
der Wehrmacht anfangs keine Chance. Hinzu kam in Heidelberg das Problem des numerus clausus wegen der begrenzten
Aufnahmekapazität der Universität.

Der glückliche Zufall wollte es, dass Hans Reinheimer Assistent von Professor Waffenschmidt, dem Dekan der Volkswirtschaftlichen Fakultät war. Nach einem Vorgespräch
bestellte er mich zum nächsten Tag ins Dekanat, nahm meinen
Antrag mit dem ausgefüllten Fragebogen entgegen und ver-
schwand damit im Zimmer des Dekans. Es folgte eine Vier-
telstunde banger Erwartung. Würde es Schwierigkeiten
geben wegen meiner jugendlichen Vergangenheit? Würden
vielleicht nur Landeskinder aufgenommen (wie im Mai 1946
an der Universität Frankfurt)? Oder war die begrenzte Auf-
nahmefähigkeit vielleicht schon erschöpft? Dann kam Dr.
Reinheimer wieder heraus und sagte: "Sie sind aufgenommen."Das war in den ersten Tagen des neuen Jahres. Am 6.

Januar 1946 begannen die Vorlesungen mit dem halbierten Wintersemester.

## Liebeserklärung an Heidelberg

Trotz der fehlenden Beheizbarkeit erwies sich das Zimmer in der Neuenheimer Landstraße 6 als ein Glücksfall. Es lag unmittelbar am Neckar, nur durch eine Straße vom Strom getrennt, wo er aus dem Odenwald heraustritt und sich das beiderseits von Bergen beengte Flußbett in die Weite der Rheinebene öffnet. Vom Fenster aus hatte ich den Blick auf eine traumhaft schöne Szenerie, wie sie von vielen Dichtern besungen, von Malern nachgestaltet und in zahllosen Bildern aufgenommen um die Welt geht.

Den Vordergrund des Panoramas bildet die 1786 - 1788 in festem roten Sandstein errichtete "Alte Brücke", auf dem Scheitelpunkt gekrönt durch ein Standbild der Athene mit den vier altgriechischen Figuren der Frömmigkeit, der Gerechtigkeit, des Ackerbaus und des Handels. Im Jahre 1946 war die Brücke noch gesprengt, so dass man bis zu ihrer Wiederherstellung mit einer Fähre übersetzen mußte. Wenn man über die zunächst sanft ansteigende und nach dem Scheitelpunkt wieder ebenso sanft abfallende Brücke geht, kann man den harmonischen Rhythmus spüren, der von den auf steinernen Flusspfeilern mit ihren herauskragenden Balkonen getragenen Bogenschwüngen ausgeht. Gottfried Keller hat dafür in seiner Heidelberger Studentenzeit 1848 - 1850 die einfühlsamen Worte gefunden:

*"Schöne Brücke, hast mich oft getragen,*
*wenn mein Herz erwartungsvoll geschlagen*
*und mit dir den Strom ich überschritt,*
*und mich dünkte, deine stolzen Bogen*
*sind in kühnem Schwunge mitgezogen,*
*und sie fühlten meine Freude mit."*

Über der Neuenheim gegenüberliegenden Altstadt thront mächtig das rötlich-violette Gemäuer der im Jahre 1693 von den Franzosen auf Befehl des "Sonnenkönigs" Ludwig XIV. zerstörten Schlosses mit der vorgebauten breit ausladenden großen "Scheffelterrasse". Neben der Alhambra in Granada, der Akropolis in Athen und dem Schloß von Versailles gehört das Heidelberger Schloß zu den berühmtesten Sehenswürdigkeiten in Europa. Friedrich Hölderlin (1770 - 1843) hat dieses einzigartige Panorama in seiner berühmten Heidelberg-Ode mit den Worten gefeiert:

*"Lange lieb' ich dich schon, möchte dich, mir zur Lust*
*Mutter nennen, und dir schenken ein kunstlos Lied,*
*Du, der Vaterlandsstädte*
*Ländlichschönste, soviel ich sah."*

Wenn man das Brückentor zwischen den beiden mit Turm-
hauben behüteten Rundtürmen durchschreitet, gelangt man
durch die malerische Steingasse in die historische Altstadt, in
der die unzerstörten Zeugnisse der Gotik, der Renaissance,
des Barock und der Romantik zu einem wunderbaren Ge-
samtkunstwerk verschmelzen. Der tägliche Weg zur Universität führte zum Marktplatz, vorbei an der gotischen Heilig-
Geist-Kirche mit den zwischen den Außenpfeilern eingebet-
teten Krämerbuden. In den Buchlädchen gab es manche "trou-
vaille" zu entdecken. Dann war es nur noch ein kurzer Weg bis
zur Alten Universität, einem dreigeschossigen Barockbau mit
dem vorgelagerten Löwenbrunnen.

**In der "Alten Universität"**

Die in den Jahren 1930/31 erbaute Neue Universität war von
den Amerikanern beschlagnahmt. Ursprünglich war sie, nach
einem Vorschlag von Karl Jaspers, "Dem lebendigen Geist"
gewidmet. Diese Giebelinschrift hatte man in der nationalsozialistischen Zeit ersetzt durch die Worte "Dem deutschen
Geist", nun aber die ursprünglichen Worte wieder hergestellt.

Da die Neue Universität nicht zur Verfügung stand, fanden die
meisten Vorlesungen in der Alten Universität statt, die größeren in der Alten Aula, einem barocken, völlig vertäfelten
Festsaal, dessen Gestühl sich an der Stirnseite zu einem har-

monischen Halbrund verbindet. In der Mitte dieser offenen Rundung befindet sich auf einem Podest das Vortragspult, von dem schon so viele berühmte Gelehrte gesprochen haben. Links davon hatte ich mir "gewohnheitsrechtlich" einen Stammplatz geschaffen, von dem aus ich den ganzen Saal überblicken und den Redner aus nächster Nähe beobachten konnte. Eine besondere Weihe gewinnt der Saal auch durch vier kreisrunde Gemälde in der schweren Holzdecke, mit einer Darstellung der vier klassischen Fakultäten: Philosophie, Medizin, Jurisprudenz und Theologie sowie den an der Empore angebrachten Namen von berühmten Gelehrten vergangener Zeiten, die mahnend auf uns hoffnungsvolle Jünger der Wissenschaft herabschauten.

## Die Generation der Kriegsüberlebenden

Die Studenten der ersten Studienjahre nach dem Kriege waren fast durchweg ehemalige Soldaten, darunter viele Verwundete, auch Schwerverwundete, die wir über die Treppen in die Hörsäle getragen haben, und Kriegsblinde, die meist von besonders sympathischen Frauen begleitet und betreut wurden. Auch gab es, insbesondere unter den Juristen, so viele ehemalige Flieger, dass man damit ein ganzes Geschwader hätte aufstellen können.

In der ersten Nachkriegszeit waren nicht nur die Nahrungsmittel und Wohnmöglichkeiten knapp. Es gab auch keine Bücher und Skripten. Aber der Wissenshunger war groß und alle wollten wegen der verlorenen Kriegsjahre möglichst schnell zum Abschluss des Studiums kommen. So wurde trotz der schwierigen Studienbedingungen mit wahrer Besessenheit gearbeitet. Wir haben fleißig die Vorlesungen besucht und eilten täglich, d.h. von Montag bis einschließlich Samstag, in die ungeheizten und meist überfüllten Hörsäle. Die räumlichen Verhältnisse waren so schlecht, dass die Übungsklausuren wegen fehlender Arbeitsplätze nur auf den Knien geschrieben werden konnten. Ältere Professoren erklärten immer wieder, noch nie eine so reife, aufgeschlossene und fleißige Studentenschaft wie die Generation der Kriegsheimkehrer erlebt zu haben. Viele dieser Studenten haben, trotz extrem kurzer Studienzeit, später bemerkenswerte Lebensläufe verwirklicht.

**Die Lebensbedingungen**

Auch die allgemeinen Lebensbedingungen waren schwierig. Die Kleidung bestand meist aus ehemaligen, auf Zivil umgearbeiteten Uniformteilen. Am schlimmsten war der Mangel an Nahrung. Mit den offiziellen Rationen der Lebensmittelkarten hätte man verhungern können. Deshalb versuchte fast jeder, mit mehr oder weniger Erfolg, sich mit Tauschhandel auf dem "Schwarzen Markt" über Wasser zu halten. Handelsgegenstände waren, außer Lebensmitteln aller Art, Alkohol, Uhren, Schmuckstücke und vor allem Zigaretten. Irritierend war für mich zu sehen, wie der Rektor unserer Universität, ein angesehener Romanist, es nicht unter seiner Würde fand, auf belebter Straße die von Amerikanern weggeworfenen Zigarettenkippen aufzulesen. Auf meine knappen Lebensmittelkarten kaufte ich in der Regel Knäckebrot, weil ich glaubte, damit mehr Sättigung zu erreichen als mit normalem Brot. Im Geschäft am unteren Ende der Steingasse war ich deshalb, weil man meinen Namen nicht kannte, der "Knäckebrotmann". Die Scheibe konnte man bequem im "Schiebewurst-Verfahren" essen, d.h., vor jedem Abbeißen eines Bissens das Stückchen Wurst weiter vor sich herschieben. Glücklicherweise erhielt ich gelegentlich eine nahrhafte Zugabe über meine Schwägerin Hilde aus Kempfeld und eine Zeitlang bekam ich einmal in der Woche im Rahmen der Studentenhilfe ein Mittagessen in einer Bäckerei.

Eine Hilfe zum Überleben waren auch kleine Nebenjobs. So habe ich z.B. verschiedentlich als Babysitter bei amerikanischen Familien die Abende mit schlecht erzogenen Kindern verbracht und mich bei der Herstellung des amerikanischen Lustspiel-Films "I was a male war bride" ("Ich war eine männliche Kriegsbraut") als Hilfskraft verdingt und dabei die Erfahrung gemacht, dass die Tätigkeiten bei Dreharbeiten zum größten Teil aus Wartezeiten bestehen, z.B. dem Warten darauf, dass wieder einmal ein Zug mit dampfender Lokomotive über die Eisenbahnbrücke im Hintergrund fährt.

## Einstieg in die Nationalökonomie

Als angehender Volkswirt hörte ich zunächst u.a. die Vorlesungen über "Allgemeine Volkswirtschaftslehre", "Betriebswirtschaftslehre", "Rechnungswesen und Bilanzkunde". Am nachhaltigsten beeindruckt hat mich die Demonstration des mathematischen Kreislaufmodells durch Prof. Waffenschmidt. Man erfuhr dabei, dass jede Änderung einer Komponente des volkswirtschaftlichen Kreislaufs direkt oder indirekt auch alle anderen Komponenten verändert. Alles wirkt dabei auf alles. Man erlebte das Phänomen der Interdependenz aller Wirtschaftsfaktoren und bekam ein Gefühl dafür, dass eine zentral gesteuerte Wirtschaft nicht gelingen kann, weil das Wirtschaftsgeschehen durch eine so große Zahl individueller Entscheidungen und Wechselbeziehungen gebildet wird, dass es unmöglich ist, alle relevanten Daten zu erfassen. Was man nicht wissen kann, das kann man nicht planen. Wirtschaftspolitik muss sich deshalb darauf beschränken, einen vernünftigen und Sicherheit gebenden Rahmen zu schaffen.

## Die Universitas der Universität

In keiner Phase des Lebens hat der Mensch so viele und auf-regende Möglichkeiten zu einem Blick über die Grenzen sei-nes Fachs oder Berufs wie während des Studiums an einer herausragenden Universität. Geistig ausgehungert durch die Jahre des Krieges und die Abschottung von der übrigen Welt war ich bestrebt, dies wahrzunehmen und habe dazu Vorle-sungen der verschiedensten Fachrichtungen besucht. Es war ein tiefer Einschnitt in meine geistige Biografie.

Mit der Wiedereröffnung der Universität war eine ganze Rei-he bedeutender Wissenschaftler, die während des "Dritten Reiches" im Abseits gestanden hatten, wieder an die frühere Stätte ihres Wirkens zurückgekehrt. Zusammen mit den Ver-bliebenen, die politisch nicht belastet waren, knüpften sie an die große humanistische Tradition der Heidelberger Gelehr-tenwelt an. Von einigen, die ich das Glück hatte zu erleben oder persönlich kennenzulernen, will ich versuchen, durch ein Kurzportrait zu berichten.

## Große Lehrerpersönlichkeiten

Star der Universität war damals der von der Psychopathologie zur Philosophie gekommene **Karl Jaspers.** Er war mit einer jüdischen Frau verheiratet, im Jahre 1933 von der Selbstver-waltung der Universität ausgeschlossen und im Jahre 1937 aus dem Amt entlassen worden, hatte sich aber trotz seiner gesellschaftlichen Ausgrenzung und des propagandistischen Trommelfeuers nicht von seiner Frau getrennt. Es wird berichtet, dass sie einer bereits festgelegten Deportation nur durch den Einmarsch der Amerikaner entgangen seien. Nach dem Kriege hat Jaspers zusammen mit Alfred Weber, über den ich nachstehend noch berichte, die Universität Heidelberg wieder zu neuem Leben erweckt.

Philosophiegeschichtlich gilt Jaspers neben Martin Heidegger als Begründer und Hauptvertreter der modernen Existenzphilosophie. Er war ein glänzender Stilist. Seine bis aufs letzte Wort ausgefeilten Vorlesungen wurden vor einem großen Hörerkreis wie ein geistiges Hochamt zelebriert. Die suchende Generation hoffte, bei ihm eine Weltorientierung zu finden. In seiner Diktion hatte er, wie es sich für einen sendungsbewussten Philosophen gehört, eine eigene Kunstsprache entwickelt, in der die Begriffe "Existenzerhellung", "Geworfenheit" und "das Umgreifende" immer wieder vorkamen. Themen waren die Weltbilder der großen Denker der Geistesgeschichte seit den Griechen, aber auch mit vielen Facetten "Die geistige Situation der Zeit". Dabei wandte er sich gegen die von ihm als pseudowissenschaftlich abgelehnten Weltanschauungen des Marxismus und der Psychoanalyse, wie überhaupt gegen den modernen Wissenschaftsglauben.

Durch die Darstellung sich scheinbar widersprechender - jeweils von ihm überzeugend vorgetragener - Positionen wollte er Denkanstöße vermitteln, keine endgültigen Antworten geben - die sollte jeder für sich selbst finden. "Keine Antwort wird die letzte sein; jede führt zu neuen Fragen." Die Philosophie sollte sich nicht Fragen ausdenken, sondern sich mit den Problemen befassen, die sich existentiell stellen. Ausgehend von den Lebenswirklichkeiten (Existentialismus) gelangt man "jeweils an die Grenze, wo die Fragen auftreten, die keine Wissenschaft beantwortet. Dort erfahren wir das Staunen vor dem Sein." Persönlich wirkte der große, würdig- weißhaarige Mann ziemlich unnahbar. Für seine vielen studentischen Verehrer war es eine Enttäuschung, dass er 1948 einem Ruf an die Universität Basel folgte, was von manchen wie eine Flucht aus der Armut Deutschlands und der geistigen Not der Studentenschaft in die wohligeren Gefilde der Schweiz empfunden wurde.

Aus Basel kam der Staatswissenschaftler **Edgar Salin** und brachte in unsere noch enge Nachkriegsatmosphäre die frische Luft der Internationalität. Er war ein liberaler Universalgelehrter, ursprünglich Schüler von Werner Sombart und Alfred Weber sowie Freund des Dichters Stefan George gewesen. In seinen Vorlesungen, die schon morgens um 7 Uhr stattfanden (von den Studenten "Frühmesse" genannt), verband er in meisterlicher Sprache wirtschaftspolitische Themen wie das Problem der Arbeitslosigkeit mit kulturphilosophischen Betrachtungen, besonders mit gelegentlichen Abschweifungen in die von ihm besonders geliebte Kunstgeschichte.

Der Psychologe und Politiker **Willy Hellpach** befasste sich mit den psychischen Wirkungen von Wetter, Klima und Landschaft auf den Menschen. Er war 1924/25 badischer Staatspräsident und 1925 liberaler Gegenkandidat von Hindenburg für das Amt des Reichspräsidenten gewesen.

Der Neurologe **Viktor Frh. von Weizsäcker** gilt als der Begründer einer allgemeinen anthropologischen Medizin, die das Symptom der Krankheit psychosomatisch als Ausdruck des Wesens und der Lebensgeschichte des Menschen sieht. Spannend seine Vorlesung, mit der er versuchte, Wege in die Traumdeutung zu finden.

Ein Sonderfall für mich war **Alfred Weber**, Nationalökonom und Soziologe (1868 - 1958). Im Jahre 1933 hatte er öffentlich gegen den nationalsozialistischen Zugriff auf die Universität protestiert und sich vorzeitig emeritieren lassen. Während des Krieges soll er Kontakte zum Kreisauer Kreis gehabt und sein Haus für konspirative Treffen zur Verfügung gestellt haben. Bereits 1912 hatte sich Weber mit der Begründung einer industriellen Standortlehre einen wissenschaftlichen Namen gemacht. Später wandten sich seine Interessen und Forschungen der Universalgeschichte zu, insbesondere dem Aufstieg und der Krise der abendländischen Freiheit unter den Strukturbedingungen des Kapitalismus, der Bürokratisierung und des wissenschaftlich-technischen Fortschritts. Er befürchtete, die Freiheit könne durch die zunehmende Bürokratisierung erstickt werden. Sein wissenschaftliches Lebenswerk gipfelte in dem ungeheuer materialreichen Werk "Kulturgeschichte als Kultursoziologie".Politisch könnte man ihn als einen nationalen Liberalen bezeichnen.

Der fast achtzigjährige Gelehrte, den man den Nestor der deutschen Soziologie nennt, hatte einen kleinen Kreis von Schülern um sich geschart, mit denen er in seiner Wohnung (!) regelmäßig ein Privatissimum hielt. Wortführer in den lebhaften Diskussionen mit ihm über Demokratie und Sozialismus waren der sehr eloquente, bis heute als kulturpolitisch freier Schriftsteller arbeitende Nikolaus Sombart, ein Paradiesvogel, Sohn des berühmten Nationalökonomen Werner Sombart, und Reinhard Gördeler, der später als juristischer Schriftsteller, Präsident der größten deutschen Wirtschaftsprüfungsgesellschaft und Gründungspräsident des Weltbundes der Accountents (Wirtschaftsprüfer) eine eindrucksvolle Karriere gemacht hat. Er war der Sohn des früheren Leipziger Oberbürgermeisters Karl Gördeler, der einer der führenden Köpfe der Verschwörung gegen Hitler gewesen war, nach einem Erfolg des Putsches Reichskanzler werden sollte und nach dessen Scheitern zum Tode verurteilt und erhängt worden ist.

Die persönliche Tragik von Alfred Weber bestand darin, dass er lebenslänglich im Schatten seines bereits 1920 verstorbenen genialen Bruders Max Weber stand, dessen Hauptwerk "Die protestantische Ethik und der Geist des Kapitalismus" noch heute als das Meisterwerk der Soziologie gilt. Leider habe ich das Privatissimum nicht durchgehalten, weil es oft zu Auseinandersetzungen kam, bei denen der zum Aufbrausen neigende Weber in der Hitze der Diskussion die Vertreter abweichender Meinungen, darunter auch mich, für unbelehrbar erklärte. Theoretische Toleranz schließt erfahrungsgemäß autoritäres Gehabe im persönlichen Umgang nicht immer aus.

Professor **Eduard Wahl** war ein kleiner mit Humor und Witz begabter Lehrer. Wenn er hinter dem Pult stand, lugte sein kluger Kopf gerade darüber hervor. In seiner Vorlesung "Familienrecht" war die große Alte Aula mit Studentinnen des Dolmetscherinstituts gefüllt, die - nicht vergeblich - hofften, Delikates zu hören. Sein Hauptthema war das "Sachenrecht". Daraus ist mir bis heute eine zeitlose Äußerung in Erinnerung geblieben: "Meine Damen und Herren! An einem Mietwohnhaus haben Sie nur zweimal Freude. An dem Tag, an dem Sie es bekommen, und an dem Tag, an dem Sie es wieder loswerden." Ich schulde Prof. Wahl persönlichen Dank für eine besondere Hilfe, auf die ich später noch zurückkommen werde.

Eine markante Lehrerpersönlichkeit war auch der Rechtstheoretiker und Strafrechtler **Karl Engisch**, ein Jurist nüchterner und redlicher Denkweise. Er sprach immer frei und fügte Satz an Satz in einer logischen Stringenz, die von den Hörern volle Aufmerksamkeit erforderte. In seinem Seminar habe ich einen Vortrag über "Die ethischen Grundlagen der sozialen Ordnung" gehalten. Trotz der Strenge seines Denkens war ein freundliches Ohr für die Probleme der Studenten bei ihm selbstverständlich.

## Gustav Radbruch

Die mich am stärksten in dieser Zeit der geistigen Neuorientierung prägende Lehrerpersönlichkeit war der Professor für Rechtsphilosophie und Strafrecht, Kulturphilosoph und Politiker, Gustav Radbruch. Sein Vorbild und sein Denken haben mich seitdem begleitet. Noch im Jahre 1981, 32 Jahre nach seinem Tod, hat Prof. Schippel, der geistvolle Präsident der Bundesnotarkammer, bei meiner Verabschiedung aus dem Präsidium der Kammer gesagt. "Herr Weirich, Sie können den Offizier und den Schüler von Gustav Radbruch nicht verleugnen." Damit hat er wohl treffend die Spannweite meiner geistigen Formation deutlich gemacht.

Obwohl in der volkswirtschaftlichen Fakultät eingeschrieben, belegte ich sofort auch verschiedene juristische Vorlesungen, insbesondere Radbruchs gedankenreiche "Einführung in die Rechtswissenschaft". Darin entwarf er ein Bild der Jurisprudenz als Element der Kultur, insbesondere ihrer Verflochtenheit mit den Problemen benachbarter Wissenschaften. Man erfuhr das Recht nicht als eine Summe abstrakter Regeln, sondern als eine höchst lebendige Kulturwissenschaft, von Radbruch immer frei vorgetragen in einer meisterhaften Sprache. Dies war für mich eine Art Damaskus-Erlebnis. Von diesem Augenblick an wusste ich, dass ich Jurist werden wolle.

Radbruch galt und gilt als einer der bedeutendsten deutschen Juristen des 20. Jahrhunderts und ist einer der wenigen, die weltweit hohes Ansehen genießen. In den Jahren 1921 - 1924 war er zweimal sozialdemokratischer Reichsjustizminister in den Koalitionskabinetten der Reichskanzler Wirth und Stresemann. Dabei konnte er trotz der nur kurzen Zeit seines politischen Wirkens wichtige Reformen auf den Weg bringen. Zu nennen sind insbesondere die Zulassung der Frauen zum Richteramt, ein Jugendgerichtsgesetz, die Ergänzung des Strafensystems durch das Geldstrafengesetz und Maßnahmen der Sicherung und Besserung sowie sein leidenschaftlicher Kampf gegen die Todesstrafe.

Bereits im April 1933 wurde Radbruch als erster deutscher Professor aus politischen Gründen in höchst unwürdiger Weise aus dem Staatsdienst entlassen. Er hatte formuliert: "Hitler berauscht, weil er selbst berauscht ist", die m.E. prägnanteste psychologische Begründung für die rätselhafte Massensuggestion des kommenden Diktators. Die Zeit der auf die Entlassung folgenden inneren Emigration geriet jedoch dem Freund der Kunst und der schöngeistigen Literatur nicht zur Untätigkeit. In dieser pflichtenlosen Phase seines Lebens hat er seine schönsten Bücher geschrieben, z.B. "Gestalten und Gedanken", "Fontane - Skepsis und Glaube" sowie die auch zeitgeschichtlich sehr lesenswerte Autobiographie "Der innere Weg". Berufungen an ausländische Universitäten lehnte er ab, mit Ausnahme eines einjährigen Aufenthaltes in Oxford, dessen literarische Frucht "Der Geist des englischen Rechts" wurde.

Zur beruflichen Ausgrenzung kam auch ein schweres persönliches Schicksal. Radbruchs einzige Tochter Renate war 1939 bei einem Skiunfall ums Leben gekommen und sein einziger Sohn Anselm verlor sein junges Leben in Stalingrad, kurz nachdem Radbruch ihm ein Büchlein "Spruchbuch für Anselm" mit Lesefrüchten aus der dichterischen und philosophischen Literatur, eine eiserne Ration des Dichtens und

Denkens, geschickt hatte. Hinzu kam später eine schwere Schüttellähmung, gegen die er mit großer Tapferkeit ankämpfte.

Mit der Wiedereröffnung der Universität nach dem Kriege wurde Radbruch von den Amerikanern wieder eingesetzt und mit dem Amt des Dekans betraut. In dieser Eigenschaft hat er, trotz seines Alters und seines Leidens, unermüdlich am Wiederaufbau der Alma mater gearbeitet und sich in besonderer Weise für die "enttäuschte, unendlich kritische und deshalb um eigene Überzeugung ringende" Generation der kriegserfahrenen Studenten eingesetzt. Wiederholt hat er sich mit der Kraft seiner Autorität gegenüber der amerikanischen Militärverwaltung schützend vor uns gestellt und zum Beispiel nach einem auch mich betreffenden Ausschluss ehemaliger Offiziere aus der Universität erreicht, dass wir wieder zugelassen wurden. Am 13. Juli 1948 hat er in der überfüllten Alten Aula, wie immer frei sprechend, in gedanklicher Dichte und formvollendeter Sprache seine Abschiedsvorlesung gehalten, die keiner, der dabei war, je vergessen wird. Das traditionelle studentische Getrampel als Zeichen der Dankbarkeit und Verehrung wollte kein Ende nehmen.

Radbruchs Hauptwerk ist seine 1914 zum ersten Mal veröffentlichte "Rechtsphilosophie". Sie gilt als ein Höhepunkt rechtsphilosophischen Denkens. Ausgehend von Kants

Methodendualismus, d. h. der Erkenntnis, dass aus dem Sein kein Sollen entwickelt werden kann, untersucht Radbruch weiterentwickelnd die Rechtswissenschaft als eine "wertbeziehende" Wissenschaft. Wert und Unwert sind keine Eigenschaft der Dinge, sondern werden ihnen von den Menschen beigelegt. Das führt zu der Frage nach den Rechtswerten. Ihre Leitgedanken sind die "Gerechtigkeit" (mit ihrem Kern "Gleichheit"), die "Rechtssicherheit", das ist die Sicherheit, (d. h. die Verlässlichkeit des positiven Rechts im Sinne einer Voraussehbarkeit) und die "Zweckmäßigkeit". In welchem Rangverhältnis diese drei sich ergänzenden und oft widersprechenden Werte stehen, ist eine in jedem einzelnen Fall konkret zu beantwortende Maßfrage, d. h. eine Wertentscheidung. Die grundsätzliche Unterscheidung zwischen dem positiven, d.h. dem vom Staat gesetzten und dem richtigen Recht führte nach dem Kriege zu der berühmten "Radbruch'schen Formel" vom "gesetzlichen Unrecht und übergesetzlichen Recht", die in der Diskussion über Unrechtstaten in diktatorischen Systemen eine zentrale Rolle spielt. Danach gilt grundsätzlich, aus Gründen der Rechtssicherheit, das geschriebene Recht. Es kann jedoch in Extremfällen einen solchen Grad von Ungerechtigkeit erreichen, insbesondere wenn Gerechtigkeit nicht einmal erstrebt wird, wie bei den Nürnberger Rassegesetzen, dass es, gemessen am übergesetzlichen Naturrecht, keine Geltung beanspruchen kann.

Alle größeren Schriften Radbruchs sind auch Kunstwerke der Sprache. Sie verbinden Reichtum und Tiefe der Gedanken mit juristischer Klarheit und der Schönheit eleganter Formulierungen. Was könnte man Schöneres über das Werk eines Juristen sagen!

## Übergang zu den Juristen

Der Wechsel in eine andere Fakultät war 1946 fast unmöglich. Dennoch gab ich nicht auf, sondern stellte mich in der Sprechstunde des Dekans in die lange Reihe der Wartenden, die in den verschiedensten Fragen Hilfe von Radbruch erhofften. Endlich kam auch ich an die Reihe. Niemals vor- oder nachher habe ich als Bittsteller so intensiv das Gefühl gehabt, einem so gütig aufmerksamen Zuhörer gegenüber zu sitzen. Radbruch verabschiedete mich mit der Bemerkung: "Ich werde versuchen, Ihnen zu helfen." Er hat Wort gehalten.

## Ein Lehrer-Schülerverhältnis

Radbruch hielt regelmäßig in der Intimität seiner Wohnung "Am Friesenberg" mit einem kleinen Schülerkreis ein rechtsphilosophisches Privatissimum. Dabei wurden Referate gehalten und anschließend in tolerantem Stil diskutiert. Es war ein Glück dazuzugehören. Als Thema meines Referats hatte ich gewählt: "Die Irrtumslehre im Strafrecht als rechtsphilo-sophisches Problem", was sich bei näherer Befassung als eine ungemein komplizierte Materie erwies. Ein Teilnehmer der Runde, der spätere Münchener Rechtsphilosoph Professor Arthur Kaufmann, hat das Thema zum Gegenstand seiner Doktorarbeit und seiner Habilitationsschrift gemacht.

## Heidelberger Theatererlebnisse

Neben dem Studium und dem Kampf gegen die täglichen Widrigkeiten des Lebens kam auch das kulturelle Leben nicht zu kurz. Besonders waren es die Begegnungen mit einigen er-regenden Theaterstücken, die dazu beitrugen, eine neue geistige Welt zu vermitteln. Eines der ersten nach dem Krieg aufgeführten Stücke von Thornton Wilder hatte den treffen-den Titel: "Wir sind noch einmal davongekommen". Sein Schauspiel, "Unsere kleine Stadt" schilderte die alltäglichen Ereignisse einer kleinen Stadt im Blickpunkt der Ewigkeit ("Du musst das Leben lieben, um wirklich zu leben, und Du musst wirklich lieben, um das Leben zu lieben"). An die ei-gene Fliegervergangenheit erinnerte das Drama "Des Teufels General" von Carl Zuckmayer durch die an Udet orientierte tragische Figur des Fliegergenerals Harras, der ein Gegner des nationalsozialistischen Systems ist und ihm dennoch bis zum Selbstmord dient.

Am tiefsten beeindruckten mich die dramatischen Szenen "Draußen vor der Tür" des selbst schwerverwundeten Wolfgang Borchert, in denen der aus russischer Kriegsgefangenschaft beinamputiert heimgekehrte Unteroffizier Beckmann seinem ehemaligen Oberst "die Verantwortung" für den von ihm erteilten Durchhaltebefehl "zurückgeben" will.

## Der "Friesenberg"

Traditionen waren fragwürdig geworden. Es bestand wenig Neigung zur Mitgliedschaft in studentischen Corporationen. Zu Saufgelagen hatten wir wenig Zeit und Lust und als Kriegsteilnehmer kein Bedürfnis zu Mutproben in Mensuren. Auch schien uns das reine Männerbundsystem nicht mehr zeitgemäß. Wir hatten ja lange genug in einer Männergesellschaft gelebt. Das führte zur Gründung einer auch für Studentinnen offenen Verbindung. Die ersten Besprechungen fanden in der Wohnung von Marianne Weber, der Witwe von Max Weber, in der Strasse "Am Friesenberg" statt. Die Verbindung erhielt deshalb auf Vorschlag von Hans Buchheim , dem späteren Mainzer Politologen, den Namen "Friesenberg". Sie fühlte sich, insbesondere wohl, weil das Gründungsmitglied Jäger in seiner Münchner Studentenzeit zum Freundeskreis der 1943 hingerichteten Geschwister Hans und Sophie Scholl gehört hatte, deren Andenken verpflichtet.Die neue Verbindung entwickelte sich stürmisch und entfaltete ein reges geistiges und geselliges Leben. Viele prominente Persönlichkeiten, zum Beispiel Gustav Radbruch, traten dem "Freundeskreis" bei oder kamen als Gastredner, darunter auch der damalige Kultusminister und spätere Bundespräsident Theodor Heuss, den ich an einem Vortragsabend in Heidelberg betreute.

Leider war unserer Gründung keine Dauer beschieden. In den Jahren nach unserem Studium kamen die Nachrichten an den "Freundeskreis", in den wir nun eingerückt waren, immer seltener, und eines Tages war diese so hoffnungsvoll begonnene Verbindung sanft entschlafen. Die rein männlichen Corporationen sind dagegen lebendig wie eh und je und ich frage mich, ob dieser Unterschied einen tieferen organisationssoziologischen Grund hat? Könnte es sein, dass monogeschlechtlich strukturierte Organisationen eine grössere Chance auf Dauerhaftigkeit als bigeschlechtliche haben? Siehe zum Beispiel die Katholische Kirche und das jüdische Rabbinat ?

### Das Geldwunder

Dem durch Krieg und Zwangswirtschaft entstandenen riesigen Geldüberhang in Reichsmark stand kaum noch etwas Kaufbares entgegen. Seit 1947 war deshalb eine Währungsreform gefordert und unter der Verantwortung der westalliierten Besatzungsmächte unter Mitwirkung der "Bank deutscher Länder" vorbereitet worden. Art, Umfang und Zeitpunkt konnten erstaunlicherweise perfekt geheimgehalten werden.

So gelang die Schocktherapie. Auf Grund einer Ankündigung vom 18. Juni 1948 wurde die Reichsmark am 20. Juni in den drei Westzonen für ungültig erklärt und jede Person durfte 40 Reichsmark gegen in Amerika gedruckte Banknoten in Höhe von 40 "Deutsche Mark" (DM) eintauschen. Wer konnte, hatte vorher noch schnell seine Schulden mit wertloser Reichsmark bezahlt. Im August folgte noch einmal eine Austauschmöglichkeit in 20 DM. Spareinlagen und Geldforderungen wurden im Verhältnis 10 : 1, die bisherigen Löhne und Gehälter 1 : 1 umgestellt. Das wirkte wie ein Wunder. Schon am nächsten Tag waren die Schaufenster und Regale der Läden wieder gefüllt - wenn auch zunächst mit vorher gehorteten Waren. Die Zwangswirtschaft mit dem System der Bezugsscheine wurde aufgehoben, und es lohnte sich wieder, für Geld zu arbeiten, wenn möglich, auch Geld zu sparen. Das Kunststück der Überleitung von der primitiven Zwangs- und Naturalwirtschaft zur Symbolik des werthaltigen Papiergeldes war gelungen. Das war der Startschuss zum wirtschaftlichen Aufschwung Westdeutschlands, den man bald als "Wirtschaftswunder" bezeichnet hat. Fast allen Leuten ging es wieder besser, bis auf wenige, z. B. dem bereits in den Vorbereitungen zum Examen stehenden Studenten, der wenig Zeit hatte, sein bescheidenes Startkapital durch Jobben aufzubessern.

## Eine Katharsis

In die Anfangszeit meines Studiums fiel auch der "Prozess gegen die Hauptkriegsverbrecher" vor dem "Internationalen Militärtribunal" in Nürnberg, über den täglich in den Zeitungen berichtet wurde. Durch diesen Prozess sollten die Hauptverantwortlichen des untergegangenen NS-Regimes nach persönlicher Verantwortung bestraft, aber es sollte auch neues Völkerrecht geschaffen werden. Gegenstand der Anklage in dem vom 14. November 1945 bis 1. Oktober 1946 geführten Prozess waren: Das Verbrechen gegen den Frieden (die Planung und Führung eines Angriffskrieges), die von Deutschen begangenen Kriegsverbrechen und Verbrechen gegen die Menschlichkeit. Angeklagt waren 23 ehemals führende Männer der NSDAP, des Staates und der Wehrmacht. 12 von ihnen wurden zum Tode verurteilt (death by hanging), darunter Göring, v. Ribbentrop, Keitel und Jodl. Die Angeklagten Schacht, v. Papen und Fritzsche wurden freigesprochen, die anderen zu langjährigen Freiheitsstrafen verurteilt. Auch die Wehrmacht als Organisation wurde freigesprochen. Für den

Beobachter entpuppten sich einige der einstmaligen NS-Grö-
ßen, einige davon früher hochgeachtet, als verachtenswerte
Kreaturen.

Es war eine Siegerjustiz der alliierten Mächte Amerika, England, Sowjetrussland und des gegen Ende des Krieges noch
schnell zu den Siegern getretenen Frankreich. Nach den
Kriegsverbrechen der Sieger durfte natürlich nicht gefragt
werden. Sie blieben bis heute ungesühnt und werden es auch
bleiben. So wurde zum Beispiel der von den Russen im Jahre
1940 in Katyn bei Smolensk begangene Mord an über 4000
polnischen Offizieren (Tötung mit Genickschuss) den Deutschen angelastet. Jeder Krieg brutalisiert die Menschen.
Wenn von deutschen Kriegsverbrechen die Rede ist, sollte
man jedoch fairer Weise immer auch fragen, welche völkerrechtswidrigen Aktionen der Gegenseite, insbesondere im
Partisanenkampf, vorausgegangen waren. Dann relativiert
sich mancher heute einseitig erhobene Schuldvorwurf. So
bleibt für einen Deutschen eine zwiespältige Erinnerung.
Aber in der Gesamtbeurteilung überwiegt für mich die Tatsache, dass hier völkerrechtlich zum ersten Mal versucht wurde, den Angriffskrieg zu verurteilen und den Begriff
"Verbrechen gegen die Menschlichkeit" in das Völkerrecht
einzuführen.

Ein anderer Maßstab aber gilt für das schlimmste Verbrechen

unseres Jahrhunderts, vielleicht der Weltgeschichte, über das man täglich neue Enthüllungen erfuhr: Die bis zur Kapitulation mit strengster Geheimhaltung geführten Konzentrations- und Todeslager zur Vernichtung des europäischen Judentums. Sicher hat es schon immer bis in die neueste Zeit zahllose Vorgänge von Völkermord gegeben; sogar im Alten Testament wird wiederholt davon berichtet (z.B. in 4. Buch Mose 21,3 u. 35; 31,7; 5. Buch Mose 20,13,16; Josua 10,28). Aber die unglaubliche Einmaligkeit besteht in der rassistisch motivierten, heimlichen, aber fabrikmäßig organisierten Art der Mordaktion. Dieses Schandmal wird die Geschichte der Deutschen noch lange verfolgen und auch von kommenden Generationen als nationale Schuld empfunden werden. Es bedarf keiner Prophetie um vorauszusagen, dass dieses Geschehen, das mit dem griechischen Wort "Holocaust" bezeichnet wird, in aller Zukunft für die Identifikation der in der ganzen Welt verstreut lebenden jüdischen Glaubensgemeinschaft eine ähnliche Bedeutung haben wird wie der Auszug aus Ägypten und die babylonische Gefangenschaft. Zukünftige Generationen mögen sich dagegen wehren, dass diese Schuldgefühle immer wieder bewusst inszeniert werden. Aber man sollte auch versuchen, ein Bewusstsein dafür zu schaffen, was Deutschland durch die Vertreibung und Vernichtung des loyalen jüdischen Bevölkerungsteils an geistiger Potenz in

Kultur, Wissenschaft, Wirtschaft und Politik verloren hat. Der Name Albert Einstein steht für viele.

Im Rahmen unserer "Umerziehung" zur Demokratie erhielt ich von Amerikanern die Gelegenheit, den damals noch nicht öffentlich gezeigten Film zu sehen, den Hitler über das Verfahren gegen die Verschwörer des 20. Juli 1944 hatte anfertigen lassen. Der Anblick der zutiefst gedemütigten Angeklagten, die mannhaft versuchten, ihre Würde zu bewahren, und das widerliche Brüllen des fanatischen Vorsitzenden Freisler mit den Verurteilungen zum Tode durch den Strang enthüllten dem entsetzten Beobachter die blindwütige Brutalität des vergangenen Herrschaftssystems.

Die geschilderten Erkenntnisse haben sicher entscheidend dazu beigetragen, dass sich nach dem Kriege kaum mehr jemand zum untergegangenen Nationalsozialismus bekannt hat. Es gab keine Nationalsozialisten mehr, sondern nur noch ehemalige (enttäuschte) Parteimitglieder. Mögen auch die meisten Zeitgenossen mehr von der Frage bewegt worden sein, was es am nächsten Tage zu essen geben werde, mich haben die neuen Erkenntnisse tief bewegt und Teile meines früheren Weltbildes verändert. Man könnte diesen Vorgang eine Katharsis nennen.

## VIII. Leben in wachsenden Ringen

### Das erste Staatsexamen

Im Wintersemester 47/48 hatte ich begonnen, mich neben dem seltener werdenden Besuch von Vorlesungen auch beim Repetitor auf das Examen vorzubereiten. Das war eine gute und straffe Schulung. Die Arbeit mit dem erfahrenen Repetitor war so intensiv, dass ich am 29. Januar meinen eigenen Geburtstag vergessen habe. Er lehrte uns, jedes juristische Problem in systematischer Folge mit der Frage anzugehen: "Quae sit actio?", d. h.: "Welche Anspruchsgrundlagen kommen für den geltend gemachten Anspruch in Betracht?" Und das in der richtigen Reihenfolge der Prüfung! Dabei musste man schnell und genau reagieren - Geschwafel wurde nicht zugelassen. Auch kannte er den Stoff der vorangegangenen Examen, den er sich jeweils von seinen ehemaligen Schülern berichten ließ, um sie seinen aktuellen Hörern weiterzugeben.

So meldete ich mich im Frühjahr 1948, etwa 2 1/4 Jahre nach dem Beginn der Vorlesungen, zum Examen. Dies war möglich, weil das halbe Wintersemester ab Januar 1946 als volles anerkannt wurde, so dass die Mindeststudienzeit von sechs Semestern erfüllt war.

Im August 1948 fanden die schriftlichen Prüfungen statt. Dazu mussten von Montag bis Samstag und von Montag bis

Freitag der zweiten Woche täglich aufeinanderfolgend elf fünfstündige Klausuren geschrieben werden. Das war nicht nur ein Wissens-, sondern auch ein Härtetest. Wenn Jura-Studenten heute gelegentlich über den - sicher vorhandenen - Prüfungsstress klagen, sollte man zwar Mitgefühl empfinden, aber doch im Blick behalten, dass die Prüfungen den Weg zu hohen Staatsämtern und anforderungsreichen Berufen öffnen, in denen eine hohe Belastbarkeit gegeben sein muss, und deshalb auch insoweit eine notwendige Auslesefunktion erfüllen.

Am 11. September fand, letztmalig unter Vorsitz von Radbruch, die mündliche Prüfung statt, an die ich jedoch keine besonderen Erinnerungen habe. Insgesamt waren in dieser Kampagne 95 Teilnehmer erfolgreich. Die Notengebung war, wie bei Juristen üblich, streng; eine "Eins" war nur eine theoretische Möglichkeit. Der "Star" Arthur Kaufmann erhielt die Note "Gut(oben)" und der Nächstbeste bereits "Gut(unten)", woran sich unmittelbar die Noten "Befriedigend" (oben-mitte-unten) und "Ausreichend" anschlossen. Mit meinem "Befriedigend (mitte)" lag ich noch gut im oberen Drittel. Trotz der heute kaum vorstellbar kurzen Studienzeit sind alle, die ich kannte, danach einen erfolgreichen Weg gegangen und einige sogar hervorragende Vertreter ihres Berufs geworden, z. B. Arthur Kaufmann als Rechtsphilosoph, Reinhard Gördeler als Präsident des Weltverbandes der Wirtschaftsprüfer, Bernd Cullmann als Chef der Lufthansa, Adolf Müller-Emmert als langjähriger Vorsitzender des Strafrechtsausschusses des Bundestages etc.

## Was vermag die Rechtsphilosophie?

Schon am Tage nach der mündlichen Prüfung des Staatsexamens hatte ich das Glück, von Radbruch als Doktorand angenommen zu werden. Es war meines Wissens seine letzte Zusage. Ein Thema für die Dissertation sollte man nach Möglichkeit selbst finden und vorschlagen. Da ich während des Studiums auch etwas mit Philosophie, insbesondere der Rechtsphilosophie, in Verbindung gekommen war, beschäftigte mich schon länger die Frage nach ihrer Notwendigkeit und Berechtigung. Ist sie nur eine mehr oder weniger spekulative Spielerei, ein Bedürfnis des sich gerne ins Methaphysische verlierenden deutschen Geistes? Oder ist es so, wie Radbruch es formuliert hat, dass alle großen politischen Wandlungen von der Rechtsphilosophie vorbereitet oder begleitet waren? In Verbindung damit stellte sich die Frage, was sie für das Recht praktisch leisten könne.

Diesen Fragen glaubte ich am besten näher zu kommen durch eine Untersuchung, welche Bedeutung der Rechtsphilosophie in den nüchterner denkenden angelsächsischen Ländern, insbesondere in Amerika, zugemessen wird. So schlug ich Radbruch ein entsprechendes Thema vor. Er war sofort damit einverstanden. Es interessierte ihn nicht nur als Rechtsphilosoph, sondern auch, weil er 1935/36 in Oxford gelebt und gelehrt hatte.

## Der Pragmatismus

Die praktische Schwierigkeit meiner Arbeit bestand zunächst in der Beschaffung umfangreicher Literatur aus Amerika, wozu der aus Deutschland emigrierte Wirtschaftsrechtler Professor Hachenburg sowie der ehemalige Harvard-Dekan Professor Roscoe Pound behilflich waren. Beim Studium des Problemfeldes zeigte sich schon bald, dass das selbstgestellte Thema "Erneuerung der Rechtsphilosophie in Amerika" eingebettet war in die von dem Harvard-Philosophen und Psychologen William James und dem Pädagogen John Dewey begründete Geistesrichtung des Pragmatismus. Das Verständnis dieser Gedanken hoffte ich am schnellsten durch eine entsprechende Lektüre deutscher Philosophie-Lehrbücher zu erreichen. Aber je mehr ich darüber las, desto größer wurde die Verwirrung. So versuchte ich es - mit sofort besserem Erfolg - mit der Lektüre amerikanischer Autoren. Leider verwechseln deutsche Philosophen oft gedanklichen Tiefgang mit Schwerverdaulichkeit. Muss Gedankentiefe mit dem Preis der Unverständlichkeit bezahlt werden?

Pragmatismus ist - kurz gefasst - eine Weltanschauung, in der als Wahrheit nur gilt, was sich mit der Gesamtheit der Erfahrungen am besten vereinbaren lässt. Auf die Rechtsphilosophie übertragen bedeutet dies, dass die Vernunft zwar ein Maßstab für das Recht sein soll, aber die "ewigen Rechtsprinzipien" in einer zeit- und situationsbedingten Gestaltung zu verwirklichen sind. Erfahrung ist die Quelle der Erkenntnis. Alle wissenschaftlichen Theorien sind Instrumente der Erfahrung, Annäherungsformeln für die Lösung von Problemen. Ideen haben keinen Eigenwert, sondern sind Kräfte, Energien, die danach zu beurteilen sind, was sie bewirken. Der Kernsatz des Pragmatismus lautet: "That which works is true". Dabei müssen die wirkenden Kräfte im Gleichgewicht gehalten und Kompromisse gesucht werden. Diese Lehre bedeutete die Abkehr von der starren Begriffsjurisprudenz des 19. Jahrhunderts und die Öffnung zu einer mehr soziologisch verstandenen Rechtskultur im Sinne eines "sozial engineering" (einer Art sozialer Ingenieurtechnik), wie Roscoe Pound formulierte.

Pragmatisches Denken ist jedoch nicht wertblind. Zu den sozialen Interessen zählen auch die geschichtlich erfahrbaren Grundtendenzen der menschlichen Gesellschaft, insbesondere der Eigenwert der freien menschlichen Individualität, und die Bindung der staatlichen Gewalt an Prinzipien des Rechts. Zwar beginnt der dem Pragmatismus zugrunde liegende philosophische Relativismus erkenntnistheoretisch mit einer negativen Aussage: Der Wahrheitsgehalt von Überzeugungen ist wissenschaftlich nicht beweisbar. Dennoch ist der Pragmatismus angelsächsischer Prägung nur scheinbar ein wertfreier Relativismus, sondern mündet, wie Max Weber und Gustav Radbruch für die europäische Philosophie gezeigt haben, nach seiner inneren Logik in Wertentscheidungen von absoluter Natur, in die Forderung nach Freiheit der Wissenschaft, Gedanken-, Glaubens- und Pressefreiheit sowie Achtung der Menschenwürde.

### Verlust des Doktorvaters

Gustav Radbruch hat die Arbeit seines Schülers mit Interesse sowie freundlichem Rat begleitet. Er starb jedoch am 29. November 1949, bevor ich die durch den Referendardienst mehrfach unterbrochene Ausarbeitung fertigstellen konnte. Um nicht die ganze Vorarbeit vergeblich gemacht zu haben, galt es nun, einen neuen Doktorvater zu finden, der bereit war, das Thema zu übernehmen. Professor Dr. Friedrich Darmstädter von der Universität London, ein ehemaliger deutscher Richter, der als Gastprofessor in Heidelberg lehrte, erklärte sich dazu bereit. Ich bin ihm dafür lebenslänglich dankbar. Ein persönliches Verhältnis wie zu Radbruch kam jedoch nicht zustande; vielleicht war das unter den damaligen Verhältnissen kurz nach dem Kriege zwischen einem jüdischen Emigranten und einem ehemaligen Offizier der Wehrmacht noch zu schwierig. Der Gesellschaftsrechtler Eugen Ulmer übernahm freundlicherweise die Rolle des Co-Referenten mit der Bemerkung. "Ich verstehe zwar nichts davon, aber es interessiert mich."

## Ein innerdeutsches Hindernis

Zur Weiterführung der juristischen Ausbildung war es erforderlich, als Referendar in den Staatsdienst übernommen zu werden. Da ergab es sich, dass ich zwischen den Stühlen saß. Das Justizministerium von Rheinland-Pfalz, wo ich hinwollte, lehnte meine Übernahme ab, weil ich in Baden-Württemberg Examen gemacht hätte, und Baden-Württemberg lehnte ab, weil ich Rheinland-Pfälzer sei. Die engstirnige Bürokratie schien unüberwindlich. Dies hätte das Ende meiner juristischen Ausbildung bedeutet. Doch wieder gab es eine überraschende Wendung. Am Neckarufer begegnete ich zufällig dem spazierengehenden Professor Eduard Wahl, der damals Dekan war. Er erkannte mich, blieb stehen und fragte leutselig, wie es seine Art war, wie es mir ginge. Als ich ihm meine

Misere schilderte, erklärte er, er werde seinem Freund und Kollegen Süsterhenn einen Brief schreiben und darauf hinweisen, dass eine solche Einstellung "in einer Zeit, in der die Geister wieder zusammenstreben" doch nicht vertretbar sei. Süsterhenn war damals Justizminister von Rheinland-Pfalz und gilt als der Vater der Landesverfassung von Rheinland-Pfalz. Einige Wochen darauf erhielt ich von dem damals noch in Koblenz residierenden Justizministerium die Mitteilung, dass ich am 1. März 1949 den Dienst als Gerichtsreferendar antreten könne.

## "Es ist nicht gut, dass der Mensch allein sei"

## (1. Buch Mose 2,18)

Seit Jahren war ich mit Anne-Lore Weichel in der Freiherr-vom-Stein-Str. 14, einem großen, schlanken Mädchen, das in ihrem jugendlichen Umfeld "Lolo" genannt wurde, in einer kameradschaftlichen Weise verbunden. Daneben gab es beiderseits die Zugehörigkeit zu durchaus unterschiedlichen Freundeskreisen. Ausgebildet als Chemotechnikerin bei Fresenius in Wiesbaden, war sie in der Kriegszeit bei der Lurgi, einer zur Metallgesellschaft gehörenden Ingenieurgesellschaft in Frankfurt tätig gewesen. Dort hatte sie auf dem Gebiet der Aktivkohle gearbeitet, z. B. in der Filtrierung von Wasser und bei der Herstellung und Dichtigkeitsprüfung von Gasmaskenfiltern. In ihrer Frankfurter Zeit hatte sie auch furchtbare Bombenangriffe erlebt, insbesondere, auf den Schienen des Hauptbahnhofs liegend, einen besonders grausigen, und nach der Ausbombung des Labors die Auslagerung in den Taunus mitgemacht. Trotz der immer schwieriger und gefährlicher werdenden Verkehrsverhältnisse ist sie so oft wie möglich zu ihren geliebten Eltern nach Kreuznach gefahren.

Wenn ich gelegentlich auf Heimaturlaub war, habe ich nie versäumt, sie in Frankfurt oder in Kreuznach zu besuchen. Es war immer ein freudiges Wiedersehen unter lieben Freunden, wobei die Treffen in Frankfurt gewöhnlich auch mit einem Besuch der damals noch vorzüglichen Theater verbunden wurden. Über unsere ungewollte Zeugenschaft bei der Zerstörung von Kreuznach am 2. Januar 1945 habe ich bereits berichtet.

Mit dem Eintritt in die Referendarausbildung und meiner damit verbundenen Rückkehr nach Kreuznach kam etwas mehr Ruhe in mein Nomadendasein. Soweit ich nicht durch die Abordnung an auswärtige Gerichte auswärts Quartier nehmen musste, wohnte ich bei meiner Mutter, die ihr Haus Bismarkstraße 17 im Jahre 1939 verkauft hatte, in der Kaiser-Wilhelm-Straße 11b, einem Haus, das der Schwägerin Hilde gehörte. Anne-Lore und ich unternahmen nun häufiger Spaziergänge und Wanderungen auf die umliegenden Berge, wozu Bad Kreuznach ja wundervolle Möglichkeiten bietet, zum Beispiel auf die "Hardt", den "Rotenfels", den "Spreitel" und die "Gans".

Am 30. Juli 1949 änderte sich binnen Sekunden unser Verhältnis. Bei einem abendlichen Spaziergang auf der schönen Roseninsel nahm ich Anne-Lore plötzlich in den Arm und gab ihr einen Kuss, der ihr (angeblich) so überraschend kam, dass sie erschrocken erwiderte: "Was machst du denn da?" Es war der schwierige Sprung vom kameradschaftlichen Umgang in die Welt der Liebenden. Noch am selben Abend, auf einer Holzbank des Gradierwerks im Salinental, hauchte sie ein glückliches "Ja".

Als ich, von meiner Braut wohl vorbereitet, bei den ahnungslosen Eltern Carl und Änne Weichel geb. vom Bögel um die Hand ihrer einzigen Tochter anhielt, wurde ich sofort von der Mutter umarmt und vom Vater, genannt Carlemann, in freundschaftlicher Gefasstheit mit der Bemerkung aufgenommen: "Ich muss Ihnen aber sagen, dass sie noch nicht kochen kann." Sie hat es, unterstützt durch ihre im Labor entwickelte Geschicklichkeit, bestens gelernt. Der Schwiegervater wurde dem früh vaterlos Gewordenen ein väterlicher Begleiter und Gesprächspartner, bis ich ihm einige Jahre später zum Abschied aus dem Leben die Augen zudrückte. Auch meine Mutter war über die Verbindung glücklich, da sie das "Anne-Lorchen" schon lange ins Herz geschlossen hatte. Im Übrigen verabredeten wir, unsere Verbindung zunächst geheim zu halten und neugierige Frager mit erfundenen Geschichten irre zu führen.

Um meine Dissertation weiter zu bringen, was neben dem Referendardienst kaum möglich war, habe ich mich für ein halbes Jahr beurlauben lassen und mich noch einmal in Heidelberg, diesmal in der Wilhelmstraße, einquartiert und in strenger Klausur gearbeitet. Nur an den Wochenenden, wenn Anne-Lore, die inzwischen bei den Kreuznacher Seitz-Werken im weinchemischen Labor arbeitete, zu Besuch kam, waren für uns beide die Himmel offen. In der neuen Gemeinsamkeit entdeckte sie wohl mit ihrem aufblühenden Körper eine ihr bisher unbekannte Dimension ihres Daseins.

*Im Heidelberger Schloss (1950)*

## Hochzeit und Rigorosum

Wir waren beide der Auffassung, dass die Zeit zwischen Verlobung und Hochzeit für uns eine schöne und durchaus eigengewichtige Lebensphase vor der Familiengründung sei, die wir nicht überspringen wollten. Wir wollten nichts vorwegnehmen. Zwar waren wir nicht mehr die Jüngsten, aber wir glaubten, keine Eile zu haben.

Der Termin für die Hochzeit wurde auf den 25. Januar 1951 angesetzt. Es sollte kein großes Fest werden, sondern nur eine Feier in der Familie im Hause der Eltern Weichel. Die Trauung fand statt im städtischen Standesamt am Eiermarkt, in dem historischen Gebäude, das auf den Fundamenten des 1849 abgebrannten, aus dem gotischen Mittelalter stammenden ehemaligen Rathaus der Stadt Kreuznach steht. Trauzeugen waren Vater Carl Weichel und mein Bruder Carl-Heinz. Der sympathische Standesbeamte erfreute uns mit einer einfühlsamen Rede.

*Die Braut unterzeichnet vor dem Standesbeamten*

Erst wenige Tage vor der Hochzeit war überraschend von der juristischen Fakultät Heidelberg die Ladung zum Rigorosum am 27. Januar mit Angabe der Mitglieder der Prüfungskommission gekommen. Eine Verschiebung des Hochzeitstermins war nicht mehr möglich. So sind wir bereits am Hochzeitsabend mit der Eisenbahn nach Heidelberg gefahren, um am übernächsten Tage präsent zu sein. Wir müssen an dem Abend sehr müde ausgesehen haben, denn ein älterer Herr im Abteil gratulierte uns zur Hochzeit und erklärte auf meine erstaunte Frage, woher er wisse, dass wir auf der Hochzeitsreise seien: "Es gibt drei untrügliche Zeichen: Blumen, verliebt und müde."

Rigorosum (lat. "strenge Prüfung") nennt man die nach der Annahme der Dissertation durch die Fakultät noch abzulegende mündliche Doktorprüfung. Geschichtlich hervorgegangen ist sie aus der Disputation, d. h. dem gelehrten Streitgespräch, dem sich in früheren Zeiten der Doktorand über seine Thesen zu unterziehen hatte. Sie gilt nicht als Abschluss eines Studiums (Staatsexamen), sondern als eine Voraussetzung für eine wissenschaftliche Laufbahn.

Damals wurde in Heidelberg noch der "Doktor utriusque juris", der "Doktor beider Rechte", d. h. des weltlichen und des Kirchenrechts verliehen. Deshalb gehörte der Prüfungskommission neben dem bekannten Staats- und Verfassungsrechtler Ernst Forsthoff auch der Kirchenrechtler und Rechtshistoriker Professor Siegfried Reicke an. Da ich seine Bücher über Kirchenrecht noch nicht gelesen hatte, blieb mir nichts anderes übrig, als dies in aller Eile nachzuholen, wozu leider auch die Hochzeitsnacht mit in Anspruch genommen werden musste. Die junge Frau hat es mit liebevollem Verständnis genommen.

In der mündlichen Prüfung wollte Reicke von mir etwas über die "Allmende" im germanischen Recht hören. Da ich leider keine genauen Vorstellungen über dieses alte Rechtsinstitut hatte, hielt ich ihm, in der Hoffnung auf annähernde Richtigkeit, einen schönen Vortrag. Er hörte sich meine Ausführungen unbewegt an und bemerkte dann knapp: "Das, Herr Kollege, war sie nun gerade nicht." Ich habe mir diese Art der Prüfungsleitung sehr zu Herzen genommen und mich bei meinen späteren zahlreichen Tätigkeiten als Prüfer in der 1. Staatsprüfung immer bemüht, die Kandidaten rechtzeitig vor dem Einschlagen eines falschen Weges zu bewahren. Ich tat das z.B. mit den Worten: "Bitte, Herr Kollege/Frau Kollegin, denken Sie noch einmal in Ruhe nach und setzen Sie noch einmal neu an." Es kam mir neben der Prüfung eines Mindeststandards an Wissen immer darauf an, die Kandidaten darauf zu prüfen, ob sie die Fähigkeit haben, mit den gesprächsführenden Überlegungen des Prüfers mitzugehen und schrittweise denkend Problemlösungen zu entwickeln.

An diesem 27. Januar herrschte in Heidelberg eine eisige Kälte. Anne-Lore hat eine Zeit lang vor dem Seminargebäude gestanden, sich dabei eine kräftige Erkältung eingefangen und anschließend in einem wärmenden Café vor Aufregung eine Stuhllehne zerbrochen. Doch Ende gut, alles gut. Anschließend fuhren wir entspannt nach Reit im Winkel, wo wir die Erkältung mit kräftigen heißen Getränken bekämpften und einen schönen Winterurlaub erlebten.

Nach der Rückkehr bezogen wir unsere erste, zwar kleine, aber sehr gemütlich gestaltete Wohnung im Dachgeschoß des Hauses Freiherrr-vom-Stein-Str. 14, bestehend aus einem Wohn- und Schlafzimmer, beide mit abgeschrägten Wänden. Zum Kummer der Eltern Weichel war die von ihnen gekaufte und bereits bezahlte Wohnungseinrichtung noch nicht gekommen, weil die Lieferfirma zwischenzeitlich in Konkurs gefallen war. Erst nach einigen Wochen gelang es uns durch energisches Auftreten, unterstützt von einem von den Seitz-Werken gestellten Fahrzeug, die Möbel herauszuholen. Bis dahin schliefen wir zum Entsetzen der Schwiegereltern auf dem Boden. Es hat dem jungen Glück nicht geschadet.

## Schlussbemerkung

Soweit der Bericht bis zum Jahre 1951.Ob ein Leben gelingt, weiß man erst am Ende. Bis dahin gilt: Erfülle deine Pflichten des Tages und sei glücklich, wenn es dir darüber hinaus vergönnt ist, etwas zu tun oder zu erleben, was über den Tag hinausweist.